◎ 陈俊年 著

南边的岸

SPM
南方传媒　广东人民出版社 · 广州 ·

图书在版编目（CIP）数据

南边的岸／陈俊年著．—广州：广东人民出版社，2023.7
ISBN 978-7-218-16265-2

Ⅰ．①南…　Ⅱ．①陈…　Ⅲ．①散文集—中国—当代　Ⅳ．①I267

中国版本图书馆 CIP 数据核字（2022）第 235254 号

Nanbian De An
南边的岸　　陈俊年 著

出 版 人：肖风华

责任编辑：夏素玲　饶栩元
责任技编：吴彦斌　周星奎
装帧设计：张力平

出版发行：广东人民出版社
地　　址：广州市越秀区大沙头四马路 10 号（邮政编码：510199）
电　　话：（020）85716809（总编室）
传　　真：（020）83289585
网　　址：http://www.gdpph.com
印　　刷：恒美印务（广州）有限公司
开　　本：640mm×970mm　1/16
印　　张：27.5　字　数：262 千
版　　次：2023 年 7 月第 1 版
印　　次：2023 年 7 月第 1 次印刷
定　　价：99.00 元

如发现印装质量问题，影响阅读，请与出版社（020 - 85716849）联系调换。
售书热线：（020）87716172

我的公公
陈思行9岁画
2021年7月19日 广州

浪奔南岸涌诗行
——序

江 冰

　　陈俊年的文学生涯得益于两点：改革开放的时间节点，感奋岭海新浪潮；新时期文化的黄金岁月，倾情南岸写诗文。因而，我把此文标题定为：浪奔南岸涌诗行。

　　岸与诗行，形近神似，两相辉映。在逐浪放歌中，成就了陈俊年的两翼齐飞：业余创作成果丰硕，出版专业颇有建树。

　　有趣的是，陈俊年的本土文化色彩浓郁：源自客家。其才华得益于故乡人文滋润："气爽风清快耕读，西山北海乐樵渔"；史脉见人脉，人脉传文脉，由此照亮了陈俊年的人生底色。

　　岭南文化背景的例证，可从书名《南边的岸》及其重要内容前两辑见出："南岸　风生水起""书香　芬芳袭人"。

第一辑几乎就是作者岭南生活的现实写照。他拥抱时代，热爱生活。

《南边的岸》一文可视作广东乃至中国文坛全景式书写珠江的上佳名篇。大气磅礴，视野恢宏，极具时代气息。一连串比喻如珠似玉，令人惊叹！奇妙处直追历代古典名篇。真可谓摄珠江之魂，形神兼济，丰盈充沛，浑然天成。文采斐然已成次要，以对历史的溯源和现代的挚爱编织成珠江美名更深一层的文化经纬：丝丝缕缕，饱含真情，富有灼见。

《我的文学和出版经历》一文，作者高度概括了自己的文学创作和编辑历程。其中诸多名师对他的哺育与关怀，历历在目。新时期伊始，中国当代文化喷薄而出，文化的黄金岁月由此诞生。作者的幸运，恰于此时见证了改革开放的潮头景象，并在众多名师的提携下，诗文并举，屡创佳构。

《泛动的文脉》本是一篇施政文论，却写得纵横驰骋，才情洋溢，蕴含着出版行家的学养与睿智。广东改革开放如何解放思想先行一步？细读文章，可从字里行间感受个体生命跃动如何与时代脉动同一节奏。

第二辑则是陈俊年对故乡山水人情的深沉回望和对文友著作的真切评论。其中序跋占相当分量，也多见散文意境，似月夜聊天，有热茶润心。

在我看来，他写旧友新知时，其实就在坦露自己："真情真知表真爱""从大山里走来的希望""芦苇荡漾诗意"，均是客家山魂赋予他的情感与境界。

书中包含作者对广东出版工作的心得随笔。这些文字是他对编辑的参悟，对出版的专注，也是他对行政服务的探索，可视为作者热爱南粤大地、建设人文家园的内在驱动力。作者的"故土乡情"与"精神家园"由此达成高度吻合。

陈俊年的特点于文字中呈现。

他的散文，常有小说的情节细节，读来饶有吸引力；且含杂文的思辨辛辣，富有思想的冲击力；也带诗歌的意境韵律，精致凝练中预留想象的空间。尤其选材立意，讲究以小见大，以一当十。浪花映现朝阳。在缠绵的叙事抒情中，不断推出一系列"新人新事新观念"，新时代风情扑面而来。至于文学评论，他也写得情理交融，生动亲切，意趣盎然。

由此，陈俊年也从文字中真切地走近我们——

首先，他是个务实的人。近现代史、改革开放、先行先试、毗邻港澳……天时、地利、人和的广东综合优势——均进入作者的通盘把握。综揽时势大局，把握市场人心，走在时代前列。1987年金秋十月，陈俊年独自骑单车，深入广深公路沿线采访，且行且写，写成《广深走笔》系列散文10篇，披露了许多"第一个"发现，比如首次命名并纪实"打工妹"的境况等等，被《羊城晚报》破例连载。陈俊年讴歌改革开放的力作，后来接连入选黄树森主编的《广东九章》《深圳九章》及《东莞九章》，可谓独占鳌头。

他属于人生的幸运儿，因为深度参与了一个伟大的时代变革。他勤思辨，常忧患，写文学作品善于抓取细节，生发见解，恰恰取决于他面对着广东改革开放前沿这个全新而巨大的舞台，满怀热忱而全身心地投入，去发现、去歌咏。

其次，陈俊年是一个热情且诚挚的人。为艺作文，凡有成就者均有程度不同的自信与自恋，此优点往后退一步就是自矜与矫情；日常生活中"闪闪发光"，自命不凡，亦属常态。但作者似乎天生就有一种"向日葵"式的开朗与坦诚，故乡山水给予他的气质——不因时因地而变化，始终是低调做人，扎实做事。

热诚襟怀可从第二辑"书香　芬芳袭人"中见出。无一丝俯瞰，无半点矫情。写他人"敢遣春温上笔端""江湖夜雨十年灯"，其实亦是写自家情怀："梅花风骨入诗香"。

他由一个客家大山里的乡下人，成为城市的知名文化人。当过兵，大学毕业，坚持业余创作，长期从事新闻出版行政管理。记者生涯深入现场，屡占先机；编辑出版，为人作嫁多出好书。他的文风——更多的是谦逊平和；他的诉说立场——更倾情于真、善、美。始终不渝，始终如一，陈俊年也。

何至于此？根源何在？或许是感恩，是因深爱而忧思，是奋斗过程中的福缘。"挚诚"浸润他的人生，浸润着他的笔墨。

客家乡愁、忧患意识、花城情结、幽默笔调、开放视野、市场观念、编辑操守……这组具有概括性的词意，在陈俊年为人为文中常常呈现，化为一脸平和仁慈的"向日葵一样的"笑容。

奋进在一个波澜壮阔的时代，陈俊年以其为人为文为出版——无愧于心，南天可鉴。

阅尽南岸千帆过，踏浪归来仍俊年。

2022 年 11 月
于羊城琶洲

（作者系广州岭南文化研究会会长、文艺评论家、广东财经大学教授）

目录

南岸　风生水起

1

书香　芬芳袭人

附录　各有所见

南岸 风生水起

仰望阳山

仰望之由

阳山非故乡，却亦常牵挂。若究缘由，与其说最初是读韩愈的"阳山，天下之穷处也"的浩叹而引起质疑，毋宁说，正是这句被现代传媒反复引用而成了阳山县的"特困广告词"，给我以强烈震撼。1995 年，阳山农民人均年纯收入1396 元，不及广州天河区农民的 1/7；广东绝对贫困人口尚有 80 万，阳山占了 4.47 万，几近全省的 1/16。按说，从韩公被贬为阳山县令的唐代算起，历史的飓风也刮过千年有余了，何以就难吹散阳山的贫困阴云？阳山离广州只不过 186公里，何以贫富之距竟还如此遥远？

这些年，阳山一带，因穷得出名而被称为广东的"寒极"。但阳山自西汉置县至今，千百年来却是生生不息，现有48万人。这显然又意味着，阳山并非只有贫困，她与所有的中国农村一样，不仅为中华民族的生存发展而竭力提供源源不尽的物质暖流，同时也参与酿造出既要弘扬又要更新的精神系统。中国的千山万壑是一个巨大的思想宝库。不然，就难以解释中国革命和中国改革，何以总是从山坳上开始起步的。令人担忧的是，在物欲横流的世风袭击之下，不少人原本对乡土的关切，已被诸如"炒地皮""炒房地产"等狂热所取代了。但乡土慈母依旧一往情深地供养着我们。偶尔为之的"文化下乡"被热心的传媒炒成"壮举"似的，而天天如是的"粮蔬进城"又有哪支流行歌曲为之动情吟颂过呢？

正是怀着如此思绪，面对阳山，颇感羞赧。我本是山里人，但22年都市生活，委实疏远了乡村情感。偶尔怀念远山，也不过是出于躲避市尘而已。少有将自己在写字楼上"叹"空调的舒适与农民在山坑田里顶烈日的辛劳作一番省视……中国至今是个农业国，农业人口占全国人口的3/4。倘若对农民、农村、农业这"三农"的情感不浓，中国的社会稳定和未来发展可断定是"淡而化之"的。由此想来，很感谢因"挂职"而得到这次下乡机会，让我"自选"阳山，走向阳山。这是恋山情感的一次弥补和"充电"。阳山，无论作为文化人的课题选择，还是作为本乃山里人的精神皈依，我对你只能报以深情的景仰。

实际恰恰如此，从地理位置看阳山，你也只能仰而望之

——广东境内最高峰——海拔 1902 米的"石坑崆"就巍巍乎矗立于阳山之北。它以占全县总面积 3373 平方公里的 85.6% 的喀斯特山地为连绵起伏、纵横交错的坚实铺垫，以陡峭嶙峋的峰峦、横空突兀的气势，凸现出"广东屋脊"的至高至尊，以铮铮硬骨、磊磊情怀袒露出典型的石灰岩地貌的无比峥嵘！

山穷水恶情更急

这是初秋的晌午。

一路颠簸。我们驱车驶上了秤架瑶族乡所处的那片"屋脊"高地。举目眺望，峰峦叠嶂，山外高山，云沉雾寂，一派苍凉。苍凉生悲凉。不难想象，在不通公路的前两年，瑶胞们从山下背回盐巴、火水和粗布而走归白云深处，该是何等艰辛。而今天这条新公路，也俨然一部"石头记"：劈石山，炸石壁，凿石洞，路基石垒石，路面石压石，以致车轮碾过，压出一股子橡胶焦味。这是我平生走过的最艰险的一段公路，车窗外百丈悬崖，望一望心惊胆战。可怜越野车，一路气喘吁吁，嘶吼声声，山鸣谷应中，我听到了大山的艰难喘息和深沉呼唤！

在这万山丛中，我还先后探访过涝又涝死的白莲乡和旱又旱死的东山乡。

初识白莲乡，始于读《清远市地名志》："相传古时附近水面长有白莲花，故名。"便想象那乡间莲塘方方，莲叶田田，莲花朵朵，何其美哉。可实地一看，全不见白莲踪影，只见四面群山，环抱着一块封闭的山垌盆地。众水归心转为一支伏流。不解的是，在这片450公顷的耕地上，既有"风吹草低见牛羊"的奇观，也有电杆顶上挂枯草的怪事，更有小艇横卧番薯垄的不可思议！后来，问及乡党委书记杨锦，才获知"这是龙王爷常来光顾的地方"。

水文记载：白莲乡这条小山垌，竟要承接方圆100公里的95%的降雨量，排涝的只有一条狭窄山洞，因而，只需下一场45毫米雨，水即漫上公路；80毫米大雨连降2小时，足致山洪暴发，淹没四野。1994年特大洪水，山间盆地变成了"高峡平湖"，以致开船去接省里领导进山的那当儿，领导竟误认为被领入某片湖光山色而勃然大怒："我是来了解灾情而不是来游山玩水的！"后经解释，且恰遇船底撞上电线杆，他才恍然惊呼："这恶水真可恶！"

今年又浸了6次。白莲乡，果真是白花花的天雨年年将你连绵成泽国水乡了！

顶住斜阳，爬上东山。夕晖正燃烤着四周峰峦。乱石隙缝里，苞谷木薯，叶黄枝瘦，稀稀落落。拨开暮霭，我们走进山脚的一家农户。少妇面带菜色，疲惫地斜坐在门槛上，一任怀里的婴儿拼命吸吮着干瘪的奶头。昏暗中，环顾四壁，我发现最值钱的现代日用品，莫过于灶头上的那只新热水瓶。

东山乡，"古称九十九崆"。"崆"字，以其"山""空"结构告白天下：这里的山，空空如也。"金木水火土"，五行全缺，唯独不缺石头。"石头肥，牛屎瘦"，当地民谣唱得很凄凉。直至1995年，在全乡178亩水田和7370亩旱地上的收获，也总共才有人均90公斤口粮和人均735元而已。

听到许多说来是水，实则为泪的故事。

东山乡多为石灰岩"漏斗地"，水源奇缺。人畜仅靠几洼略可储水的小水坑而维持饮用。冬来天旱，村民只好到山外挑水。山路弯弯，桶摇水晃，一半洒在路上，剩下一半是汗水。因而，家家户户，一水多用。晚饭时分，同一瓢水的使用程序是：先洗米，澄清后洗脸，洗番薯，接着再澄清一分为二，一份喂猪，一份洗脚，洗脚水留作淋青菜。

我问过一位阿婆："你最想吃什么？"

"吃鱼！"阿婆快言快语，"东山乡只长石头不长鱼，我这么大岁数，鱼腥味还未闻过哩。"

洗澡，在当地是一种奢侈。为了节水，多用木盆作浴。一位老汉笑说洗澡奇遇，我听了颇感辛酸。

朦胧月夜，老汉赤条条坐在木盆上，极畅快地舀起水缸里积聚的天雨，泼剌剌享用着清凉之淋。这时，许是闻及久违的水声，家养的一只旱鸭，猛然冲出笼子，拍打着翅膀，直朝浴盆飞奔过来。老汉先是一惊，后又一怜，便欣欣然来了个"与鸭共浴"。正共之浴之，岂料旱鸭子突然张开尖尖嘴，一家伙啄住了老汉的"真家伙"，直痛得老汉大声斥嚷：

7

"你以为是条'猪肠'咩……"

"广东屋脊"上的脱贫鏖战

说实话，在大山深处，社会底层，如此真切地耳闻目睹了阳山农民的历史因袭和生存现状，我才深知，特困县的脱贫，何其艰难。而当我确也欣喜看到，贫困正从阳山版图上溃退时，我更敬佩阳山人民向贫困决战的毅然决然，气吞山河。

再到秤架、白莲、东山三乡去看看吧。

在秤架，正是通过那条通天之路，阳山人民把成千上万吨的水泥钢筋和电力工业的庞然大物"请"上了"广东屋脊"，真正高屋建瓴地将现代工业文明直接构筑在古老的群山之巅，让高山流水化为现代能源。那一节节紧贴山梁而起伏的输水管，一如扭动脊骨的巨龙，乘磅礴山势飞奔而下，一口气连作四级腾跳！每一级腾跳即旋响串串炸雷，每一串炸雷都猛甩出道道闪电，于是，我们看见，银光闪闪的高压线从山脚下的变电房里直钻而出，凌空一跃，将无限光明排射至辽远！至1995年底，阳山县投产的水电站已达98座，实现了装机容量12万千瓦，年发电量5亿千瓦时，均居全省第一，成为"全国首批100个农村初级电气化达标县"之一。

在白莲，为了根治涝灾，一项总投资为1370万元的排涝工程正在紧张实施。秋野上，一条穿过山坑的明渠，已筑起了3公里长的坚实堤岸。山口处，3.1公里的钻山隧洞已凿通1/3。隧洞深处，人影绰绰，运出来的全是顽石硬土。施工安全员站在水深没膝的洞口，执意挡拦我们，说是县委书记陈子思领着一班干部，刚进去还未出来，再进人太危险了。我们只得望洞兴叹，叹其难叹其险，更为山里人脱贫攻坚的意志而赞叹。现时的阳山大地，俨然巨大的建设工地似的。时闻惊天动地的爆破声，时见山顶晃动的吊塔巨臂，飞沙走石之中，万众一心，劈山造路，拦河筑坝，致使河道渠化，通航发电；公路成网，全面通车。全县已拥有公路里程1161公里（其中这三年新建的有437公里），公路密度为34.6公里/百平方公里。路路相通对于山山相连的阳山来说，是多么难能可贵。更可贵的是，山民们已悟出这条朴素的真理："修小路来小钱，修大路来大钱，不修路何来钱！"

东山乡则显得格外静寂。几乎是村村薜荔，户户萧疏。断壁残垣中，难见鸡鸭猪牛，难见炊烟缭绕。那么，人都到哪里去了？

原来，鉴于这里的一方水土难养一方人，自1993年起，东山乡遵循上级关于"跳出贫困地区解决贫困问题，异地开发扶贫重建希望家园"的战略决策，实施了大规模的人口迁移。两年来，全乡已迁出1504户，6784人。全县类似的12个乡镇已迁移9935户，46294人。清远全市"人迁"总数则达15万人。

9

切莫以为，迁移就是搬家那么简单。

试想，故土难离，传统的中国人至死都要"落叶归根"，何况活生生的成千上万的阳山农民要举家而迁，舍乡而移。尽管山外有无数致富优势和现代诱惑，但环境陌生和习俗差异也必然带来无数困惑。因此，一旦动员迁移，县"人迁办"即被骂为"人贩办"，"人迁办"主任郭锡全则被讥讽为"人贩头"。

在坑尾农业经济综合开发区的施工现场，我拜识了老郭。"几多委屈不用讲，几多辛苦都顶得住，"这位大胡子的壮汉很动情地说，"只要父老乡亲迁出来脱了贫，不要说我是'人贩头'，就是打崩头我也很开心。"老郭告诉我，这开发区是专为东山乡共282户1234位移民而准备的。门楼上的对联写明开发区的宗旨：山水田园路综合治理，农林牧副渔全面开发。去年6月动工，下个月即可竣工使用。建设资金来自国务院侨办、省政府、省政协、清远市府、广州东山区府和香港同胞等的拨款捐助。3天前，东山乡民悄悄前来"侦察"，结果大喜过望。他们最满意的，一是那群别墅似的住宅，二是那3层楼高的小学校舍和一幢8套的教师住房，三是那间窗明几净的卫生所。"移民还没有来，一切都安排得那么周到全面"，他们临别时紧握老郭的手说："再不敢叫你'人贩头'了，就叫你'郭全面'吧！"

老郭还透露，县委提议，为了相互尊重和永远避免隔阂，凡在阳山的移民集中点，一律不以"移民村"命名，而可以地名或吉祥之意取村名。乍听，这是件小事。但由此我想及"客家人"称谓的来历，它显然包含着本地先人对客居移民的亲和和尊重，意味着中国人权意识的源远流长。我觉得，在现今社会用语里，应当摈弃"盲流"一词。事实上，乡下人进城打工与城里人下乡打农，你能分得清谁盲谁明么？

毫不夸张地说，在阳山12天，翻山越岭，如同踏入脱贫战场纵深之处，处处见鏖战，处处呈火红——

在岭背、犁头、黄垌、大莨等河谷坡地上，近年新种的板栗多达13333公顷。时值金秋，果满枝头，漫山遍野，又迎丰年。

在太平、七拱、新圩、水口等乡镇，利用"冬暖夏凉"的优质水资源，广泛引进客商，已建起具有现代规模的水产养殖基地。远道而来的鳗、鲴、甲鱼及桂花鱼、加州鲈等名贵水族，纷纷落户深山。尤其鳗鱼，1992年才试养，去年就发展至150公顷，产值达2.2亿元。

此外，还有以七拱、新圩、太平为主的6666公顷优质谷基地，以小江奈李、犁头无花果等为主的2000公顷水果基地。在高峰、江英、阳城、石螺等地，集体的、专业户的和家庭的养猪场星罗棋布。去年全县养猪62万头，出栏大猪32万头。七拱镇有个养鸡专业村，有位农民兴奋地告诉我，他去年一年就养了8万只"阳山鸡"，纯收入"30万出头"。

在阳山，"三高农业"已不是写在文件里的一种提法，而是化为千家万户的追求和实践，是长在山地上的无限生机。

绕过一座座茂密山林（这是阳山人民花足 8 年工夫才赢得的一片片福荫），被誉为"阳山第一村"的鱼水村，就凸现在蜜桔簇拥的山坑里。与别处不同的是，这里的一洼洼水田，一年四季长满了绿油油的西洋菜。原来，阳山地形复杂，温差反常，"盛夏无酷暑，十里不同天"，恰恰成了种反季节无公害蔬菜的绝佳优势。鱼水村如鱼得水，靠的正是种西洋菜"种"出了小洋楼。全村 47 户，八成人家因种菜创收而盖起现代住宅。那天，脱鞋入屋，坐在农户客厅里的沙发上，望着鬓发斑白的阿婆，从消毒碗柜里夹出青瓷茶杯，熟练地旋动电热水瓶，为我们斟送一壶香茶时，我突然联想起罗中立油画里的"父亲"，不禁感慨万千！

今年 10 月 8 日，是阳山第三届板栗节的喜庆日子。这一天，全县城张灯结彩，喜气洋洋，迎来了连江大桥、阳山发电厂二期工程、阳青公路改造、秤架一级电站、民政扶贫服务中心、阳山商贸城、阳城水泥厂等十大建设项目的竣工剪彩。这批总投资近 5 亿元的"扶贫造血工程"，是阳山人民在社会各界的大力支持下，艰苦创业的辉煌成果。由此标志着，阳山县脱贫攻坚已开始了根本性的全面突破。

最近，在北京召开的有关会议上，阳山县被国务院评为全国"脱贫先进县"。这一喜讯传到阳山，人们只当作是一种鼓舞和鞭策，而没有集会，没有庆典，没有鸣放鞭炮。他们很清醒地认识到，阳山底子薄，脱贫达标虽说不易，但那些指标也只不过是保不饿肚皮而已。比之山外的富裕地区，阳山脱了贫也还是很穷的，何况山外正在迅猛发展，我们只能勒紧裤带去穷追猛赶！

阳山：思想的阳光普照群山

整理采访笔记，我发现，在广东乃至中国的脱贫和现代化进程中，阳山独具其特殊位置。她是南风北上与北风南下的必经山口，是相对开放与相对封闭而互为激荡的磨合地带，是现代新风与传统旧习极易驳火的热闹战区。因此，考察阳山，极富社会科学价值。她给我们以特别贫困的沉重和苦叹，更给我们大规模脱贫攻坚的希望和振奋。在关注山里人生存现状改善的同时，文化人的目光所及，当然就尤为注视他们精神世界的嬗变。阳山原本穷困，显然包括思想和文化的"双料"贫困。但现时阳山的扶贫脱贫，恰恰正是以解放思想为强大动力的。阳山人的观念更新，是无价的脱贫成果之一。古因"日出先照"而得名的阳山，今天赋予了新的含义：思想的阳光普照群山！

这里，且听听阳山百姓充满思辨的"脱贫放谈"吧！

脱贫放谈之一："是穷就认穷，认穷不服穷。"最初听到许多阳山人说这句话，我并不在意。深入接触之后，我才理解，这句朴素语言有着深刻内涵。认不认和服不服穷，说到底受思想观念支配。在苦困的长期重压下，有一种人穷得喘不过气就全不吱气，另一种是捂住穷为保乌纱帽就尽说假话。针对前者的可悲，后者的可耻，面对沉重如山的脱贫重任，阳山县决策者们首选的共识是：脱贫工作必须坚持以实事求是为指导思想。这种思想理念，被阳山人形象通俗地喻之为："铁锤打石——实打实，硬考硬！"这成为一种社会观念，一种务实精神，成为脱贫的责任和承诺。举一小例。初见县长钟标，他就急切地向我倾述阳山之穷，并恳请我"前（钱）来指导"。我半开玩笑说："我们出版部门也穷，很难搵'钱'来指导啊！""没有钱，书也行！"他反应敏捷地求我，"山区学校非常缺书，你快弄点来帮我们'达标'吧！"说实话，仅此数语，县长的务实和真诚就给了我极佳的"第一印象"。

脱贫放谈之二："干部落足真功夫，阳山何愁不致富！"阳山县领导们认识到，干部代表执政党的权力和意志。虽说只是"九品官"，但"山高皇帝远"，不亚于小国之君。因此，干部带好头，就能带旺全县。早在1993年县党政班子换届之时，县委就精心调整了211名乡镇和县机关副科以上的干部，大胆选拔了123名优秀中青年干部，并从县城选派68名干部去充实乡镇领导。全县实行干部任期目标责任制。县党政班子带头实行"一盅三件"责任制，"一盅"指做好本职工作，"三件"即挂钩扶持一个乡镇和一个工厂及落实一至数项经济项目。结果，陈子思挂钩的七拱镇和钟标挂钩的阳城镇，双双率先成为亿元镇。与此同时，全县开展"百局扶百区，千干扶千户"的挂钩活动，立下军令状，不脱贫不脱钩。如今，干部纷纷进山帮扶贫困户，已成为阳山假日的新时尚。去年除夕夜，阳山气温骤降。县干部未吃团年饭，就蹬上单车，迎着风雪，急急前去探望山民。与某些地方盛行豪饮暴食之风相比，在阳山境内，你极难找到"鱼翅""燕窝"以及"人头马"之类的眩目广告和诱人陷阱。下榻于县招待所，我亲眼看到，在答谢各级来宾的"县宴"上，照例摆上芋头、番薯、麦羹、南瓜、酸豆角、狗皮豆等农家菜色。当然，阳山人喝酒的豪气和海量，也使我大开眼界，自愧弗如。陪我采访的马家庆，是县委办副主任，人称"阳山文胆"。此兄不乏幽默。他曾对我说："土地不很肥沃，种子就要更饱满，在阳山当干部，就得'清贫乐'。清贫为脱贫，脱贫大家乐。"

脱贫放谈之三："既要换上新脑筋，也要带上好算盘。"历史的长河曾涌现过无数次移民潮。但今天发生在广东西北角的这场15万人的移民壮举，之所以为世人瞩目，是因为她首先是当今成熟的共产党人经历深刻反思而诞生的思想硕果。从"穷则思变"到"穷则思迁"，从输血式零散型救济到造血式开发型扶贫，这条崭新的思路，与其说旨在跳出封闭的群山，毋宁说实质是对思想禁区的成功突围。它是一场比之人口大迁移而更为深刻、更为壮观的思想观念的大革新。它充分表明，清远市包括阳山县人民抉择脱贫新出路的果敢和明智。类似的事例，在阳山唾手可拾。与陈达玉交谈，你会发现，这位水电局长的谈锋，不时闪烁着思想的电光火花："我们从不提倡'全民大办小水电'。因为历史证明，'全民大办'之类，往往不了了之。何况既然'小水电'，就容不下'大办'，'全民'更没有必要。水源再多也有限量，'全民大办'就势必造成你抢水我夺源，风风火火拦水筑坝，发电不久，一场洪水冲得你七零八落。到时重修重建，缺技术又缺钱，遍地开花的小水电就成了劳民伤财的'大老虎'。所以，阳山办水电，只搞集中兵力咬大家伙!"农艺师林玑业则谈了他们的实践体会：扶贫脱贫，经济头脑要精明，选准项目才能造血，不然亏本败血，只能越扶越贫。这一切，我在阳山感触良多。原以为，山里人做买卖，还是传统的"论堆不论斤"。可到市场走走，在喧闹的市声中，却听到众话音里，不时夹杂着诸如"成本""利息""产权""增值税""还贷期""物价指数""经济增长方式"等等时兴的经济词汇。市场意识已植根于山民心中，由此可见一斑。在阳山，还不时遇上某类专家学者，一打听，他们中不乏应邀前来参与某项投资或某项建设的效益测算和科学论证者。一位文化人谈及对阳山之行的思考说，扶贫脱贫，一定要坚持学习愚公移山的意志和毅力，但缺乏科学评价，不计效益的挖山不止，恰恰正是愚公之愚。可喜的是，阳山人既换上新脑筋，又带上好算盘，正在做精明的现代愚公。

脱贫放谈之四："把'香老九'留住，把'大希望'办好。"知识分子在脱贫事业中的巨大作用，阳山人有口皆碑。以水电建设为例，遍布全县的98座电站，无一不是由该县水电局的 9 名高工、23 名工程师和 40 名助工等共同自行勘测、自行设计、自行组织施工和安装而大功告成的。这群科技人才堪称阳山知识分子的优秀代表。改革开放 18 年来，这支队伍不断壮大，却没有一个因嫌弃贫穷、害怕艰苦而飞逃山外。问及因由，他们说得简洁、实在：政治经济地位都较满意，县财政再困难也从未拖欠过他们的工资；上下级之间有事都好商量；有事做，做一宗成一宗，对社会有用，实现了价值就有了成就感；有屋住，子女工作有安排，有病有痛有照顾，无后顾之忧。作为文化传人和科技传播者，知识分子在阳山之所以成为"香老九"，得益于全社会形成了"崇尚知识，尊重人才"的新风尚。林玑业还告诉我，某镇的一位"烂仔"，改邪归正后，第一件事就是三番五次"科"他去指导种养。为此，他倾吐肺腑之言："父老兄弟这样渴求知识，求助于我们，我们怎能不把根留住，把心扑在扶贫事业上呢?"放眼阳山大地，我还很乐意负责任地告诉远方的人们，那最漂亮的房子就是学校。在全县 416 所小学和 23 所中学里，普遍是新建的教学楼、综合楼、图书馆（室）、大操场、学生宿舍和教师宿舍等，一应俱全。这与录像中的历史镜头——走廊内是潮湿昏暗的简陋教室，走廊外是寒风习习的学生宿舍相比，简直不敢相信，那极壮丽的奇迹竟是阳山人民得益于社会各界的扶助在极短时间内创造出来的。今年 8 月 18 日，经过上级全面严格验收，阳山县终于实现"普九"达标。看录像《广东寒极"普九"热》，看得人热泪盈眶。

那里有无数感人至深的场景和心声：听，这是陈子思在作誓师动员，"办好教育，阳山才大有希望。教育上不去，万代脱不了贫！现在宣布县委的决定：各乡镇不达标，不准建办公楼，不准建干部宿舍，不准买小车，不准使用5万元以上非生产性资金！……"看，这位衣衫打满补丁的老阿婆，一手抱着公鸡，一手拎着粮食，为捐学助教正颤巍巍走向学校……

永恒的仰望

暂别阳山的前夕，踏着月色，我在连江河畔独自漫步，让纷繁的思绪漂洗在清流之中……

感激阳山，是你的贫困，让我真切地认识了中国的现实国情。不错，生活中时见富哥富姐富豪大款进出五星级酒店。但全国尚有绝对贫困人口多达6000多万，他们仍旧劳碌在贫瘠的山坳上，这是千万不能忘记的。

感激阳山，还因为你的特别拼搏，让我崇敬地看到了中国的民族之魂。不错，都市的灯红酒绿中，尽可以放纵享乐欲望，但发展中的中国更需要全民族的吃苦精神，这更是千万不能忘记的。

有所遗憾的是，此赴阳山，行色匆匆，未能与县委县政府的领导同志们进行深入的交谈。对于他们在扶贫脱贫中的甜酸苦辣虽然略知一二，但毕竟道听途说，未有真切体验。

因而，几次与陈子思和钟标等同志相约，但每次都因他们各有突发公务而一改再改，至今未作详谈。从有关材料获悉，陈子思同志曾被评为"广东省 10 位优秀县委书记"之一，钟标同志则曾被推选为"阳山县 10 位最佳公仆"之一。对于他俩的个人事迹、人生经验以及为官之道，想必有许多精彩动人之处。原想通过直接采访交谈，挖出些"坚料"以补拙文之短。可惜这次来不及了。

回到住所，马家庆又来聊天。无意中他透露，这几年，县里一般干部都接二连三住上了新宿舍，但陈子思和钟标却至今住着旧房子。尤其陈子思，四代同堂，一家挤在还未达标的旧房子，102 岁的老父亲住阳台，98 岁的老母亲和孙女共居一室……

听到这里，我很想请马家庆领我去看看陈家，去拜望可敬的老人。家庆说，都快半夜了，要看就到窗口来，我指给你看看——

窗外，高远的秋夜，万里湛蓝，衬出无数星斗。我久久仰望，一如仰望扶贫脱贫这一崇高的事业以及为之竭尽心智的崇高的人们！

1996 年（国际消除贫困年）10 月

三稿改于清远阳山

19

南澳游说

你去过南澳吗?

东出汕头,车过澄海,再搭上约摸40分钟的海轮,遥遥望去,海天之间,南澳岛迷迷蒙蒙,宛如仙山浮现,颇有些神秘。

上了码头,不见拉客仔,不见兜卖者,唯有清爽的海风在招呼,你尽可随意搭上一辆中巴或的士,放胆朝腹地奔去。

起初景色平平,触目所见,木麻黄、灌木丛,杂乱无章,加之巨石磊磊,遍布山野,千奇百怪,好不骇人,像是考验你的游兴。南澳岛迟迟不露惊艳。直待到绕过海湾,跃上山腰,她才端的是以大家闺秀的风姿,在夕晖的映衬下,坦荡出全方位的标致和水灵灵的秀色——

啊,天蓝蓝透明,海蓝蓝清澈,平坦坦的海面上,礁石如浮现的诗句,云水间荡漾着平平仄仄的韵律。南澳的海很女人，温柔典雅。不见惊涛裂岸，不闻涛声喧天，只见软风微拂细浪，细浪轻吻嫩沙，浪沙耍嬉处盛开簇簇浪花，浪花扬起和平年代的祝福，为黄金似的海岸镶一条圣洁的裙边。建筑物造型，或中或洋或古或今，掩藏在百里防风林带之中，兼枕林涛海韵，享尽山水之乐。背后是水田、蔗林、蕉园……晚归的农人，或荷锄，或挑担，或驾着突突的摩托旋起阵阵现代风。论及南澳的山，则十足是硬汉子的模样，花岗岩石，铁面铁骨，一座座顶天立地，气宇轩昂，俨然天兵天将，巍巍然镇视着太平洋的风云变幻。

的确，若是透过历史风云，南澳岛就更有看头了。

史书记载：早在南北朝，南澳便有"瀛南"之称；到了隋朝，遂得"南澳"之名，"南"指南方，"澳"指泊船之地兼纳海韵浪声。"南澳"之名写于史籍始见《东里志》。

南澳，地处要塞，位于我国的高雄—厦门—香港三大港口中心点，濒临西太平洋国际主航线，故历来为兵家必争之地。历史上南澳曾属闽粤两省齐抓共管，而总兵又制两省之兵，因而驻扎岛上的总兵竟多达 157 任，为世界军史所罕见。毫不夸张地说，踏上南澳，古迹比比皆是，古风扑面而来，一不小心就极可能踩出个掌故或传说来。南澳名胜，多不枚举，比如那神奇的南宋古井、威震南疆的猎屿铳城、雄镇关、郑成功招兵树、戚继光平倭战场、清戍台澎故兵墓园以及粤东沿海最大的关帝庙和享有"天南法乳"美誉的叠石岩寺等等，无不显现南澳的地灵人杰，揭示历史的源远流长以及爱国将士的英勇悲壮。我曾躬身捧喝了一口南宋古井水，真个是甜美沁心。那株浓荫蔽日的郑成功招兵树也够奇哉伟哉的，古榕排成队列，密不透风，天然屏障似的，铜墙铁壁似的！面对这些至灵至现的文物胜迹，我想，她们不仅是历史的造化，更是先人的化身吧。南澳的光荣与骄傲，显然与郑成功和戚继光们息息相关。联想中华民族的生生不息，哪一寸土地不是得益于先人智勇和血汗的滋润呢?！

值得一提的是，南澳有一处新景观，那是矗立在高山之巅的一架架巨型风车。风车足有 10 层楼高，每架三片风叶，每片风叶长达 10 米许，底柱的直径亦有三四米。从山下望去，巨型风车恰似一棵棵大树，构成一座大森林似的，蔚然壮观。

那天下午，我们直奔山顶去看个究竟，恰巧遇上一位姓方的教授。他正领着几位技术员为一架风车作检修。满天飞转的叶片，旋起无数光环，搅响阵阵呼啸，引得山鸣谷应。交谈中，方教授介绍说，这些风车都是用来发电的。为充分利用强劲的风力资源，自 1988 年开始，南澳办起了风力发电业。经过 10 年努力，引进外资及瑞典、丹麦和美国的机电设备，全岛现有 110 多架风车。南澳的风车拥有量及发电量，已成为亚洲海岛之最，在国内则名列第三（次于内蒙古、新疆）。如今，南澳的电力自足有余，多余的已通过海底电缆输入全省电网，为经济建设发挥了积极作用。末了，方教授自谦是从武汉某大学退了休南下打工的，我则笑着与他握别说："你也在用余热发电嘛。"

坦率地说，夕阳下，我也看见南澳的某些创伤。在环岛公路沿线，由于盲目挖山填海，山脚处的绿色植被已被推土机成片成片地"啃噬"了，裸露出来的褐色山体，脱皮露骨，十分刺目。一批动工于经济过热时期的码头、油库、厂房，或中途下马，或人去楼空，纷纷荒置在岸边，好不凄凉。后来，我在一份报纸上惊悉，过去南澳岛周边水深10米以内的海域中，有48种海洋虾类、20种蟹类、117种贝类、85种藻类，但现在只剩下17种虾蟹、30余种贝类、70种藻类。可见无规划地乱填海对海域生态环境的毁坏是多么严重。然而，时至今日，游遍全岛，我连一条环保标语也未见到。由此不禁想起前几年出访澳大利亚，在通往大堡礁的游船上，有一条醒目的警示，令我终生难忘——"请勿将烟灰弹入海里！"

入夜，黄副县长来酒店探望我们。他是当地人，说起南澳快言快语，脉脉情深。他感慨地说，盲目开发，就会变成"害发"。南澳作为广东唯一的特困海岛县，要兴办现代旅游业还是急不来的。因此，县委县政府已调整思路，从实际出发，重在全面保护生态环境，着力保护文物古迹。拟上的项目最大的是规划筹建南澳跨海大桥。目前，只是想在风车地带上新辟一个"风电公园"。他解释道，风车群不仅是南澳最醒目的新标志，且本身就是科技产物，是宣传普及科学知识的现成教具，关键是要利用"风车效应"，设计出更多可触摸可玩赏的游乐项目，比如，新建几座旅游风车，或让游人钻入柱心，登上顶端，一饱极目海天的眼福；或让游人按动电钮，旋起风叶，尝试呼风唤电的科学乐趣……

我们交谈着，讨论着，都认为旅游建设最忌雷同，而这个"风电公园"却是富有"知识经济"创意的。看来南澳人正在致力寻求新的突破。

这一点，我新结识的这位罗少斌也是一个佐证。

小罗很殷勤，斟茶送水，热情有加。起初我以为他是服务员，后来才晓得是酒店总经理。在他的宿舍里，一幅地图一袋书，似乎在表明南澳新一代的抱负和追求。

地图是常见的世界地图，不同的是，在图上有不少国家都贴着该国的国旗。小罗说，搞旅游就要熟悉各国国情，每天辨认几个国家，就贴上几面国旗，三两个月就等于走遍全世界了。

这一夜，县新华书店邱经理，送来 11 本书。我逐本翻阅竟发现这几百万字，全都是南澳人写南澳的著作。伴着涛声读下去，读得我心潮澎湃……

经不住涛声的诱惑，翌日一早，我径自走向沙滩，扑向大海。此时，红日刚刚冒出海面，满海荡漾金波。脚下是平展展的软沙，周身簇拥着白雪雪的浪花，完全是独自一人与日共浴，与浪共舞，这种天大的享受，南澳独赐予我，何其快哉，何其爽哉！

你能不去南澳吗？

1998 年 11 月 6 日

警卫韶山的日子

当兵第二年，部队从广东调防湖南。想不到，一个偶然机会，我竟在韶山当了三个月的警卫战士。真是三生有幸。

1969 年初夏，师党委决定成立"韶山剧目创作组"，由文化科长张十里任组长，我和黄传朔为组员。临行，吕政委给我们下命令："去韶山当警卫战士，搞台节目出来！"

到了韶山，我们三人都被安排在警卫连一排。一排担负着韶山冲里的所有警务：一班警卫毛泽东故居，二班警卫松山招待所，三班警卫毛泽东故居陈列馆。连部则驻扎在滴水洞（即毛泽东给江青的一封信中提及的"西方的一个山洞"）。当时，我们被告知，那是一个全封闭的禁区。崇山密林里，明岗暗哨，昼夜守伏。后来，欧阳海生前部队在那里增修了防震室和防空洞，更平添了神秘和森严。远不像现在，滴水洞已坦坦然向世人开放了，就连雄踞在巍巍虎歇坪上的毛泽东祖坟，我们也尽可以大步向上走，坟前敬杯酒了。

为全面接触生活，张科长让我们各在一个班待上一个月。我极想先去一班，却分在警卫陈列馆的三班。

陈列馆始建于1964年，由粤湘两省建筑设计院、广州市规划设计处和华南工学院建筑设计系共同设计的。外观大方典雅，院内疏朗透亮，与周围乡间农舍极为协调。当时，我们就住在靠正门左侧的第一间展室（现改为"珠宝玉器书画厅"）。说实话，陈列馆警务不重，白天多半充当导游，夜晚也只在馆内巡逻。然而，十分幸运的是，由于工作之便，陈列馆里的所有资料，哪怕当时是顶级绝密文件，我们都可以随时借阅，享尽眼福。从"韶山"的来历至毛家的缘起，从韶峰的传说到英烈的壮举……那一叠叠燃烧着血与火的珍贵史料，每每读得我心潮澎湃，血沸千度。啊！神奇韶山，钟灵毓秀，地灵人杰——"不大地方可家可国可天下，寻常人物能文能武能胜神"——毛氏宗祠的对联，写得对极了！后来，我还有幸读到有关1959年6月下旬毛泽东到韶山的"警卫方案"和"接待方案"等等原件，以及毛泽东此行谈话的完整原始记录。过目难忘。那一页页真实而生动的记载至今历历在目——

毛泽东来到韶山学校。学生们高呼："毛主席万岁！""同学们好！"毛泽东朗声致意，并幽默劝道，"不要喊万岁。人哪能活到一万年呢？假如两千年前的孔夫子到今天还不死，会老成什么怪物？世界是你们的，希望和前途属于你们。"毛泽东说完,一少年为他敬献大红花,另一少年解下自己的红领巾,踮脚给他戴上。毛泽东笑眯眯地问:"你不要了?"

"送给你。"

"那我就把它戴到北京去了!你们看,我年轻多了,变成少先队员了。"……

毛泽东正与乡亲们亲切交谈,却来了一位瘦汉,他边敲饭钵边诉苦:"饭钵叮当响,餐餐吃四两(即125克),做事冇得力,全都懒洋洋。"毛泽东一听,脸色顿时严肃起来,他一面仔细问询,一面对众乡亲说:"忙时多吃,闲时少吃,很好节约,计划用粮。"然后问周小舟:"湖南的粮食怎么管?"接着问毛继生:"你们韶山公社呢?"

听完汇报,毛泽东语重心长说:"像你们这样管,社员冇得一点权,就像瓜瓢一样,把子全是你们抓着。一个人从娘肚子里出来就要吃饭,吃饭是第一件大事……"

那年头,韶山和全国农村一样,也办起集体食堂。毛泽东问:"办食堂,社员自愿不自愿?"

"自愿。"

"自愿?"毛泽东很担忧地反问,"怕是你们强迫的吧?"

在韶山前后三天,毛泽东所到之处,常和乡亲们握手、交谈。秘书劝他戴上手套,涂上药水抑或不握也罢,由他们代打个招呼。毛泽东一听就生气:"要握就握到底!人家跟我握手,是看得起、尊重我。他们那样平等地对待我,伸出手来，我好意思不握？他们对我有什么就说什么，不遮掩，不隐瞒，多好的乡亲呀！我到哪里去找这样了解情况的机会？现在好多人就遮遮掩掩，不讲真话！"

6月27日午饭后，涌来了两三千群众，夹道为毛泽东送行。毛泽东兴致勃勃地从左至右逐一与之握手告别。机灵的小伢子，在左边握了手又挤到右边来，毛泽东一眼认出了，就笑着说："我们已经握过一次了。"握手握了近三个小时，毛泽东上了小车，感慨地对罗瑞卿说："这怕是我握手握得最多的一次了。我的手都握劳（累）了。"……

毛泽东的故乡到处都有毛泽东的故事。在韶山的第一个月，我就足足记满了两大本子。

陈列馆对面是松山招待所，距毛泽东故居约500米，始建于1952年，现已扩建成拥有10幢楼房的"韶山宾馆"，是韶山唯一的定点涉外接待单位。

当时，它也是一排排部所在地。我在这里待了一个月。除了日常的站岗放哨，我们经常外出打柴。不仅仅是因为全排人在这里开伙，需要大量燃料，更出于对韶山一草一木的爱护，我们绝不敢在韶山冲里就地取材。排长很有主意，他把外出打柴列为军事训练。通常是隔上几天，凌晨四五点许，忽然频吹紧急集合哨，我们全副武装，紧急奔袭，直抵一二十公里外的山野。天大亮了，我们放下背包，稍事休整，便就奉命忙拾柴草。至午饭时分，才满载而归。虽不是打靶归来，但偏就喜欢那支歌，每每路过上屋场，我们唱得

28

更欢了:"歌声飞到北京去,毛主席听了心欢喜"……

松山一号楼,是一栋极为普通的砖木结构小平房,白瓦青砖,青漆饰梁,松竹梅樟,掩映其间,显得幽雅安谧。1959年毛泽东回韶山,曾在这里连住两晚,留下许多美谈佳话。

6月26日傍晚,毛泽东用自己的稿费办了10桌酒菜,邀请数十人来松山作客。

晚霞涌动。迎宾桥迎来了毛泽东的父老乡亲:本家亲属、外祖家亲属、师友、烈属、老赤卫队员、老地下党员等等,包括毛泽东儿时塾师毛宇居、毛新梅烈士之妻沈素华、毛福轩烈士之妻贺菊英,毛泽东的堂弟毛泽连、文氏表兄弟以及毛泽东的童年伙伴都来了!

餐厅里灯火通明,欢声笑语。毛泽东双手举杯,起立劝酒:"离开韶山几十年了,今天请大家吃餐便饭,我先敬大家一杯!"

这时,长满花白胡子的老先生毛宇居,激动得文绉绉地曰:"主席敬酒,岂敢岂敢!"

"尊老爱贤,应该应该!"毛泽东恭敬地对答。

宴席久久不散。直至翌日凌晨,毛泽东才回到卧室,毫无睡意,吸烟喝茶,踱步沉思。他打开窗户:远处蛙声如沸,近处韶河浅吟。南风徐徐,仿佛在为他梳理日积月攒的片片乡情;月色溶溶,恰似他心中激荡着的缕缕诗意……

晨光熹微之时,毛泽东铺开宣纸,饱蘸浓墨,笔走龙蛇地写下了那首激愤磅礴的《七律·到韶山》。

近读《韶山导游》一书，方知此诗公开发表时，其首句和末句，均系毛泽东采纳了湖北省委原秘书长白梅的意见而改成的。首句原稿："别梦依稀哭逝川"，"哭"改为"咒"；末句原是"始信人民百万年"，则改为"遍地英雄下夕烟"。毛泽东这一改，不仅令全诗意境含蓄、雄浑、辽远，而且改诗的细节，不也隐含着毛泽东的大家风范么。

终于，轮到我在毛泽东故居——上屋场站岗执勤了！

故居呈"凹"形，是俗称"一担柴"式的江南农舍，坐南向北，背山面水。东头十三间半瓦房为毛泽东的家宅。西头五间半茅房则是邻居的，50年代至今改成警卫班营房，我们名副其实成为毛泽东家的"邻居"。屋前的荷花塘与南岸塘仅一堤之隔。后院的台地上有晒谷坪和收藏毛谷的小茅屋。屋后的翠绿竹林和台地下的盈盈水田，都是毛泽东劳作过的地方。

当日出韶峰，或月映韶河，我们着一身整洁的绿军装，臂戴鲜红的"执勤"袖章，腰佩乌亮的"五四"手枪，晨披霞光，夜沐甘露，巡逡在这个美丽的小山冲，迎送着成千上万的观瞻者——试想想，当年的我们，十八九岁的韶山卫士，是何其神圣，何其荣光！

那时，一班最忙的义务，当是挑"幸福水"。在缺乏饮料没有可乐的年代，为解除众多参观者的口渴之苦，我们每天数十回往返于松山与故居之间，每挑回一担开水得走一公里路，风雨无阻。茶水桶架放在"邻居"前的小土坡上，桶上有一副对联："饮水当思挖井水，幸福不忘毛主席"，横批"幸福水"。日前重访韶山，发现茶水供应处仍旧在老地方。所不同的是，木茶桶换成搪瓷保温桶，桶上有两行红字："义务供应茶水，旧居警卫班。"旁边桌子还竖一告示"游客同志，有困难请找旧居卫士"，落款是"湘潭支队一中队"。那当儿，我道明来意和身份，一位姓曾的战士亲热地应允我直入营房。只见茅屋内依旧是整齐的床铺、闪亮的枪械，最抢眼的是置了一部彩色电视机。

遥想 30 年前，毕竟处于"三忠于、四无限"的巅峰时期，韶山也难免遭遇那场政治肆虐。我们"天天听""天天读""早请示""晚汇报"，床头一律贴着主席像和硕大的"忠"字牌。记得 7 月的一个下午，为纪念老人家畅游长江三周年，警卫连在南岸水塘举行武装泅渡。一位"旱鸭子"战士竟也潜了下去。待全连上岸清点人数，才发觉他永远起不来了……

夏收夏种期间，我们曾去韶山冲帮耕。那天插秧，见水田里冒出许多大田螺，便捡了二三斤，交给我的"三同户"。她不晓得如何炮制，我便照着老广的调味炒了一大碟。起初，她全家人都不敢起箸，见我吮得咂咂有味，便跃跃欲试，这一试，把整碟田螺都"消灭"了。

"三同户"就在故居对面。当时，韶山冲的农户，家家都在堂屋里的主席像下面，端端正正地挂着一本《幸福簿》，记录着毛泽东与户主的关系或交情。我记得"三同户"的《幸福簿》上有如下的记载：

"1959年6月26日上午毛主席光临我家，一进门就问我：'你姓什么？''姓汤，叫汤瑞仁。'我很紧张地回答。'是不是芋头汤的汤？娘家很远吧？'主席风趣的问话，问得我不再拘谨了。我答道：'娘家在如意亭，一清早的路。''如意亭有姓汤的？只有宁乡有汤家湾，莫不是你家就是从汤家湾迁过来的吧？'主席对故乡的山川人情十分熟悉。接着，他见我穿着黑皮鞋，笑着问我：'你贪不贪？'我摇摇头。'不贪就好！'主席点点头，又问我：'你爱人在哪里工作？''在部队，当个中尉。''哟，难怪你穿皮鞋，原来你还是个官太太呀！'主席朗声笑起来，接着，他抱起我身后的孩子问：'你叫什么名字？''我叫毛命军。''毛命军'，主席逗他说，'你也想当革命军人吧？你家是光荣的军属户哩'。"……

1989年深秋，我去了一趟韶山，参观完故居，正是午饭时分。见对面有间"毛家饭店"，我便走了过去。店堂里挂着一幅毛泽东与汤瑞仁等乡亲合影的巨照，我看了很是亲切。入席甫坐，眼前来了一位大嫂子，她打量着问我："你是小陈伢子吧？""汤大嫂！"我也惊喜地认出她来了，激动说，"难得你还记得我！"交谈间才晓得，改革开放后，汤瑞仁作为韶山的第一批个体户，她率先创办了毛家饭店，生意越做越红火。后来这些年，毛家饭店办到长沙、北京、广州……当时我称汤大嫂是"大老板"，她笑着说："全托毛泽东和邓小平的福哩！"

是的，没有毛泽东就没有新中国，没有邓小平就没有新中国的现代化。新中国人民永远感念着中国现代史上的这两位伟人。

30年前，在即将离别韶山的那天下午，我们激荡着最为深切的依恋之情。我们三人商定，先去拜谒毛泽东父母的坟地，然后再一次虔诚地去瞻仰毛泽东故居。

步入旧居对面的羊肠小道，我们朝象鼻山走去。沿山脊爬了一里多，满山是苍劲的古松，间杂着翠绿的楠竹。夕阳西下，晚风低吟，荒草萋萋，罩着一派肃穆的气氛。我们默默前行，思绪万千，心头掠过毛泽东鞠躬的身影——

1959年，毛泽东回韶山的第二天，起一大早做的第一件事，便是独自匆匆走向象鼻山。后来才跟上的随行不明就里，便告诉毛泽东，这山上没有路。毛泽东也不回头，却说："事在人为，路在人走，我就不信山上没有路。"直走上山，走近一座黄土圆堆，一看碑文，毛泽东便恭恭敬敬地双手合十，垂首三鞠躬，口中喃喃道："前人辛苦，后人享福啊！"至此，随行们才明白毛泽东是为父母扫墓而来的。可事前谁也未做一点准备，一卫士便机灵地折下一束松枝，毛泽东接过来，手颤颤地插入黄土堆里……

说实话，我们前来拜谒的那当儿，这座实非寻常的墓地，依旧仅仅是圆土一堆，荒芜清冷，并不堂皇，也不显赫。啊，"春风南岸留晖远，秋雨韶山洒泪多"（毛泽东《祭母灵联》之一）。我们肃立、脱帽，无尽思念化作滚滚松涛！

回到毛泽东故居，时近黄昏，游人已散，我们得以静静地跨进上屋场大门。入堂屋，过厨房，经横屋，来到右厢房。这是毛泽东父母的卧室。墙上挂着毛顺生、毛文氏两老遗像。毛泽东曾说过"我是像我母亲的"。

双亲卧室隔壁，便是毛泽东卧室。我们凝视着墙上那盏竹络小油灯，仿佛看见毛泽东青少年时寒窗苦读的情景：夜读时，他常用帘子遮窗口，以防灯光外泄，截住父亲的唠叨。灯光如豆，目光如炬。20 年代毛泽东两度回韶山组织、调查、考察农民运动就住在这里。也正是在这卧室的小阁楼上，他和杨开慧主持了韶山第一批农运积极分子的入党宣誓仪式……

毛泽东的木板床，很古朴。挂的蚊帐是深蓝印花麻质的，很像旧时客家农村常见的那式样。我走近床前，忍不住看了又看，伸手摸摸，忽然间，涌起一股冲动，萌生了一个渴念。我小声地问张科长："我们……上床躺一下吧？"

"放肆！"张科长瞪了我一眼，吓我一跳。

静默了一会儿。"躺一下？也可以理解的吧？唔?!"张科长非答似答地说，"不过，这件事，只能我们三人，谁也不准说出去！"

我和黄传朔会心地互递一眼。没想到张科长刚说完，就第一个上去了！黄传朔第二个上！轮到我上去时，我舒心地将整个身肢躺成一个"大"字，忍不住一声一叹地大喊起来：

"好—幸—福—啊！"

自 1969 年 8 月离开韶山之后，我曾于 1989 年 10 月和 1999 年 5 月两次重访韶山。圣地重游，感慨万千，得益多多。我要真实地告诉读者的是，世纪之交的韶山，山更青，水更绿，韶光更灿烂，可供观瞻的佳景胜迹也更多更开放了。邓小平的两幅重要题匾，已庄重地分别高悬于"毛泽东同志故居"和"韶山毛泽东同志纪念馆"的正门额上。江泽民题写的"毛泽东同志"五个金字镌刻在毛泽东巨型铜像的座基里。有关书刊和录像记载：在纪念毛泽东百年诞辰的日子里，在毛泽东铜像矗立之时，韶山出现过壮丽的三大奇观：天空中日月同辉；满山杜鹃提前盛开；六只美丽的蝴蝶，紧绕着毛泽东铜像翩翩飞舞……

啊！韶山，正以其特有的神奇和伟力，激励着亿万人民，吸引着无数游客。如今，即便从广州去韶山，路长水远也变得十分亲近了。只乘一夜火车，且是带空调的专列。安稳，舒适。一觉醒来见韶山——韶山托着金太阳……

1999 年 5 月 23 日—6 月 2 日

写于广州黄华路学二楼

山花的笑容

到过许多地方，见过无数美景，但梦中常常浮现的，却是我生于斯长于斯的九连山水。

啊，您是九连山，我是久恋山！

或许，九连山的峰峦已塑成我们的骨架，九连山的清泉已注入我们的血脉，而九连山的文化呢，显然已构成了我们生命的底蕴。

曾记否，采茶戏、山歌调，是那样的迷醉了我们幼小的心灵，以致举着松烛火把，赶几十里山路去一睹县剧团的风采；之后，我们模仿着，扮演着，文艺的细胞就这样被唤醒了；再之后，我们亮起青春的歌喉和舞姿，继往开来地聚集在县文艺宣传队（或曰轻骑队、采茶剧团）的旗帜下，到松岗、竹坑、杨梅岭去，到汤泉、贝溪、滚水河去，及至沿着东江入珠江，沿着珠江踏南海……啊！今生今世，我们感激地说，我们是和平文艺的受益者；今生今世，我们无悔地说，我们是和平文艺的传播者！

真的，双峰嶂上，有我们青松般的英姿；浰江水中，有我们山花般的笑容。不信？请看看这一册影集的历史记录！

往事历历，珍藏于心。今作小文，不禁泪涔……

1999 年 12 月 12 日深夜

健身见思录

1

贺岁电话，前几年，最流行的祝福莫过于"恭喜发财"。今年明显不同，"祝您身体健康"已成为主打贺词。看来，小康社会的"康"字内涵和要求，不仅被广为认同，且付诸实践了。

隆冬的清晨，在珠三角的腹地，那片秀美的"南国桃园"里，若非亲眼所见，压根就不敢相信，富裕农民的晨运竟是如此"奢侈"：或驾驶轿车，或开动摩托，一家老小，三三两两，绕过厂区，远避尘嚣，不约而同地专拣在这片僻静的青山绿水之间，一个个扎步运拳，展臂行操，抖擞在透明的晨光和清纯的晨风之中。

这两年，我亦爱去健身，在体育中心健身苑里，有所见识有所感受，做着四肢运动的同时，也略作些思想运动……

2

这是一片净土。

无级别。无身份。官员、大款、市民、打工者……统统凭门票进场，穿起健身服，一律都是平等的健身者。月半（胖）小姐也好，月巴（肥）先生也好，病叟（瘦）老头也好，入得健身苑，只管开开心心做你的运动去。没有指责。没有非议。只是怕你承负太重，难度太高，才有善意提醒和热心指点。达不达标你可自由选择，列队站位也不搞论资排辈。是自我健身，而非对抗争斗，没有挑明的也没有潜在的对手，你就无须承受外来压力，更不必担惊遭人暗算。一切都可以从容尽兴，轻松自如，一如"春风得意马蹄疾"，一如"春风放胆去梳柳"。教练她大汗淋漓地教你练，你感动、感激进而由衷敬佩，全用不着畏惧、屈从。教练是美的天使。教练不搞长官意志。

这样的好去处，现实中不可多觅了。所以，尽管每天去个把钟头，也总有红尘荡涤之感，总有心灵解脱之爽，总是去了还想去。

3

这是一片乐土。

总是欢快的节奏。来自两方面：一是音乐旋律，时而激越强劲，尤其迪士高音乐一经播放，每一块地板都响应得铿锵有声，连屋顶也震荡得翅膀抖动似的；时而舒缓轻曼，比如小夜曲之类一旦流动，满地仿佛泻满如水的月光，连窗外的花花草草也恍如大受感染，枝枝叶叶禁不住轻轻摇曳起来。这时候，我们当是更忘情地伸展我们的身体语言节奏，手舞足蹈地表达每一个关节的灵活和每一个细胞的兴奋。前厅是健美操，上百号人统一节拍，投手举足，刚柔兼济，立定时形成道道屏障，比画时撩动层层波澜，动静都有美感。中厅演哑剧。满室的健身器械都是些沉重加沉默的硬家伙。满室健身者都在咬紧牙关、屏声息气地埋头苦干：举哑铃，蹬铁轮，撑钢球……臂上热情隆起的三角肌只能面对黑着脸的铁老大！后厅则是风情涌动，姿色迷人：清一色的现代女性翩翩跳起形体舞（奇怪，领舞者则是位温柔的男子汉），那婀娜舞姿，时而柔如杨柳随风，时而静如芙蓉出水。间或在舞池里，青藏高原的洁白哈达与江南水乡的桃红纸扇交替闪现；间或又随着舞曲的变奏，倏然在你面前幻化出一汪美丽的天鹅湖……这时候，或许有几位"月半"大姐扮成一群小天鹅，桶般粗的身躯压着沉甸甸的舞步，那模样俨然肥企鹅般的幽默，令你忍俊不禁，但又不敢笑出声！

这里笼罩着欢乐的氛围。这里腾升着生命的追求。欢乐的生命更具震撼心灵的威慑力！

4

通常是，做完操，举举重，出了一身汗，便去蒸汽房，焗一焗，洗一洗，作一番酣畅淋漓的身心洗礼。

这地方最隐私却又最开放，一尊尊赤裸的男性胴体，逼得那些穿裤衩的初到者反倒觉得不自然了，于是，也脱得毫无纱线。本色体现是最真实的人性流露。在真实面前，任何遮掩都是多余的。

人们交谈对话，也很赤裸、坦诚。举凡天下大事，名人逸事，家庭琐事，个人趣事，均可在蒸汽房里交流融汇，顺着腾腾热气散发开去。海峡风云，股市晴雨，总统登台，贪官入狱，东家上网，西家下岗……都成了滔滔不绝的密集话题。谈起腐败，群情激愤；抨击时弊，不乏调侃；论及改革开放，多有喜形于色。纵横放谈，言论自由，这里发挥得最生动、最极致了。蒸汽房蒸发着热腾腾的社情民意。

也许由于赤诚相对，这里更显得彬彬有礼，举止文明，不存在乱哄哄、冒失失。只有被蒸得血沸千度，且又在冷水的淋浴之下，那些止不住痒痒的喉咙才会偶尔一吐心曲，放声歌唱。这歌声是"高保真"的原唱原色，原汁原味，绝对动听。

想不到，改革年代的民情心声，在健身苑里也表露得如此真切！

5

据称，健美操是一项集音乐美、舞蹈美、服装美、体态美于一体的国际新兴体育运动。我的感觉是，其舞姿轻柔流畅，热烈奔放，在优美、明快的音乐之中，确能让你自乐自信，健身健心。

我觉得，与我们传统的大众体操相比，健美操这种舶来品，着意展示的是人体的健、力、美，讲究人体各零部件的协调、灵动、自如，以求人的体型匀称，体态健劲，美感和气质的超然。因而，做起操来，扭扭屁股挺挺胸，拍拍脑袋抖抖肩，时作探戈式的高傲昂头，时作芭蕾状的轻盈踮步，这一切，甚至糅入适度的滑稽、幽默和性感动作，大有可乐好玩、男女咸宜的情趣。这恐怕是健美操广受欢迎的奥秘所在吧？

回想起中学时代上体育课，总是上成军训课，总是雄赳赳、气昂昂，操正步，且作走过天安门广场状，庄严得毫无乐趣，难以消受。那年头，"忠字舞"取代了广播操，总是手持宝书贴胸膛，总要挺成"工农兵雕塑"一般，使本应活泼的我们变成了"僵硬时代"的僵硬符号。现在看来，体育也罢，文娱也罢，动辄要求寓教于乐，往往是教也白教，要乐无乐。过分强调神圣反而令人敬而远之。所幸的是，今非昔比，健美操不是"忠字舞"了。

当然，健美操也有美中不足，比方选用的舞曲，大凡原创原配的多属西洋曲目，国产的则往往不是老掉牙就是乱点鸳鸯谱。例如，不知何故，《地道战》电影中的那首插曲《太阳出来照四方》，居然演变成很煽情的扇舞舞曲。《草原上的红卫兵见到了毛主席》竟也成了美国西部牛仔舞的配曲。这现象值得音乐界去探究。依愚之见，其根本原因是，创作的翅膀跟不上生活的脚步，音乐家在体育音乐的创作上严重缺失了。应当反思的事实是，这些年，"爱、爱、爱不完"的流行歌曲泛滥成灾，但体育音乐却仍旧十分沉寂，留下了太多的空白和遗憾。由此联想到，名为《运动员进行曲》的那支名曲，却常常在央视的国宴场面上反复奏响，甚至在举国上下的颁奖会、招商会、恳谈会等等五花八门的会议上被挪用为例行的"会歌"，这种风马牛不相及，恰恰也表明，我们的现代喜庆乐曲真的太单一、太陈旧、太苍白了。

6

近年来，我国文化、教育，包括体育部门，都在争论一个问题：可否产业化？文件上对此尚无定论。但精明的实践者在恪守"不争论"的同时，却是大胆地先行先试了。

我去健身的这家号称"健力宝健美集团"，走的就是产业化道路：集团内部实行股份制，对外门票则分会员制和散票式。五年间，他们不仅以"健美增自信，强壮助成功"作为宣传广告，并以此定为赢取市场的经营观念，因而，接连在广州市区创办了八家连锁式的健美分苑，并远去花都、南海城镇开辟分部。这些场所大都租赁在园林之中，环境幽雅，设备现代，气派脱俗，足见经营者是花足本钱去精心营造体育市场的。

历史和现实表明，实行义务教育，首先是政府的义务，但兴办文化、体育之类，全靠政府投入是吃不消的，尤其泱泱大国，"底子薄，人口多"，就应该调动社会积极因素，提倡和激励文化产业的形成与发展。现今连老百姓都时兴"花钱喝酒，不如花钱出汗"的健身观念，我们就为什么不能放手发展健康的文化产业，以引导、满足和促进大众的文化消费呢?!

有人说过，"产业"可以，"产业化"不行。我就不甚明白，这两者到底有何截然区分。抑或也有姓社姓资之争？文化之类能否产业化的问题，我看关键不在争论而在实践。比如，"健美集团"的实践，显然符合"三个代表"的要求，难道不应肯定和提倡吗？

7

健身之中，时常冒出两个念头。

一是十分羡慕眼前的花季男女：高高挑挑，标标致致，要身材有身材，要气质有气质。不像我辈当年时，遭遇三年灾害，经历上山下乡，饿着肚皮还要挑挑担担，压得扁扁矮矮的。在我辈青少年词汇里，压根就没有"健身""健美""形态操"这一说，遑论美的追求！新人类，新朋友，你们好命水啊！

二是广东正在时兴的健身热，想必也将像粤人叹茶之风一样，迟早会南风北上，拂遍神州大地的。健身之风的形成，需要生活富裕和精神向上作为前提。随着经济开发和观念更新，可以断定，大西北的窑洞里也会出现健身房的。醒过来就想站起来，站起来就想富起来，富起来就想康起来。这是百年中国的人心所向和社会趋势。不可逆转的小康社会的重要标志是文化繁荣。尽管中国的文化市场目前尚未真正形成，但将来必定大得很，火得很。有识之士，当应把握机遇，为中国文化干一番大事业。

未来十年乃至稍长时间，影响中国历史进程的，至少有两件大事：加入世贸，申办奥运。前者有利于中国经济发展，后者有助于振奋民族精神。两者都意味着面临激烈的竞争。竞争需要心力、智力、体力和毅力。因此，我时常自勉，并鼓动朋友们：抓紧健身去！

二十一世纪第一个大年初八

大西洋拾"贝"

——德国贝塔斯曼集团考察观感

2001 年 12 月 9 日至 19 日，我有幸参加了"中国出版发行代表团"赴德国贝塔斯曼集团的考察活动。得益于组织者的精心部署和接待方的热诚周到，我们全面了解了自 1835 年创办至今贝塔斯曼的发展历程，深入考察了分布在汉堡或慕尼黑等地的集团总部、若干子集团及子公司的运作现状，广泛接触了包括默恩夫人在内的一批高层决策领导者、中层管理者及编辑员工，并实地参观了图书俱乐部连锁店、印刷厂、音乐制作基地及物流中心等机构。这 10 天，虽说风雪兼程，走马看花，但毕竟第一次看到了现代传媒王国的真实模样。

作为世界级著名的跨国传媒先驱，贝塔斯曼集团的经营业务，几乎囊括了广播影视、图书期刊和报纸出版发行、音乐娱乐、专业信息、印刷和媒体服务、图书和音乐俱乐部、传媒电子商务等众多文化传播领域。2000—2001年度，她的8万员工在60个国家分支机构中，合力创造出年销售170亿美元的赫赫业绩，位居美国在线—时代华纳（362.13亿美元）和维阿康（200亿美元）之后，名列世界第三。但就主业而言，却是雄踞世界之首。毫无疑问，"贝"的巨大成功，饱含着可资借鉴的丰富经验。

一、把握机遇，与时俱进

贝塔斯曼在创办之初，只是偏安于德国北部小镇的一家作坊式的小出版社，仅靠石版印制宗教读物。其后历经百余年，步履蹒跚，亦无甚惊世之举。然而，进入上世纪50年代初，他们的新一代决策者，冷静分析了二战后的世界格局：告别战争，渴望和平。德国正面临洗刷民族耻辱和重建家园的双重渴望。实现这两者都需要思想的勇气和知识的力量，尤其图书是思想和知识的最佳载体。基于着手解决战后的德国重建物质与精神家园的渴求及民众买书难的问题，他们首创了"读者俱乐部"这一旨在联络读者、便利读者的崭新营销形式，到1954年就发展了200万会员，至今拥有全球会员达4000万之众。与此同时，借着渴望和平、抚慰心灵的听众之需，他们又迅速创办了音乐集团（BMG，1958年创办，目前成为全球五大音乐制作公司之一，年销售收入达47亿美元）。整个 50 年代，一翼是图书出版，一翼是音乐制作，俨如雄鹰劲展双翅，贝塔斯曼由此放飞理想，实现了改变命运的伟大转折。

纵观贝塔斯曼的发展轨迹，我们不难发现，在过去五十年间，几乎每隔十年，他们总是精明地确定一个"与时俱进"的战略目标，永不停步：从 60 年代进入国际市场到 70 年代成为媒体公司，从 80 年代进军美国及电台电视业务迅猛发展到 90 年代跨入多媒体时代及战略重点转向东欧、远东……由此可见，贝塔斯曼的成功，关键是决策。决策的关键在于把握时代精神，顺应历史潮流。这正是传媒业的本质和使命所在。

联想我们的出版改革，无疑是为时势所迫，但客观来说，"与时俱进"的精神尚未真正成为改革决策和实施的根本出发点，计划经济带来的历史因袭、思维和行为模式依旧严重束缚着人们的手脚。当务之急要深刻认识与牢牢把握"入世"带来的挑战与机遇，在这一背景下作出与时俱进的决策。当然，改革是一个过程，贝塔斯曼每隔十年就作出一个战略决策的实践也表明，任何伟大的目标，总是通过阶段性去实现的。这也提醒我们：宏观要与时俱进，微观要扎实渐进。

二、突出主业，注重内容

原以为，像贝塔斯曼这样的超级跨国公司，其巨大的经济收入必定产生于多元的经营业务，而其拥有极为雄厚的资本也足以涉足任何经营领域。但事实上恰恰并非如此。贝塔斯曼的经营业务几乎仅限于传媒业而已。可以说，除了传媒还是传媒，单纯得令人难以置信又不能不信：在贝塔斯曼不同类别的经营业务中，销售收入的比例是：图书出版 12.3%，音乐制作 27.9%，杂志 17%，俱乐部 13%，电视产品 12.4%，工业产品 13%。可见传媒业产品收入占的是绝对数，而其核心部分则是图书、杂志的出版发行收入。

贝塔斯曼的业务经营结构呈三大板块，包括：

1. 传媒内容，实体有图书出版的兰登书屋、音乐制作的音乐集团、报刊出版的古纳亚尔（G + J）、广播影视的 RTL 集团、专业书籍出版的斯普林格；

2. 印刷与服务，实体为 Arvato 集团，从事专业印刷、服务（物流）、信息技术、存储传媒产品等业务；

3. 客户直销，实体为直接集团，负责电子商务、图书俱乐部、音乐俱乐部。

在上述业务结构中，我们找不到传媒业以外的业务踪影，可谓专注专一、一以贯之。这是贝塔斯曼的又一成功经验：咬定传媒不放松。要使传媒业做大做强就必须在传媒业本身下足功夫，做足、做活、做细，对传媒自身进行全面的大整合和"深加工"。接触中，我认为，"贝"方屡屡提及的"传媒内容"，不仅仅是板块归类的一个概念（或者说是一个范畴），实际上更是一个全新的经营理念（或者说是注重传媒特性的一个观念)。因而，在板块结构中，"传媒内容"不仅被放在最显著的位置，而实施中更是作为"龙头""支柱"和吸引大众的关键而倍加重视。无怪乎"贝"的刊物（学术性期刊就有五百家）选稿标准是追求世界的唯一性，兰登书屋则成为拥有诺贝尔获奖作者最多的出版社。将传媒内容从出版（报刊）社传统的经营模式中剥离出来，使之独立于印刷发行的制作经销之外，这无疑有利于聚精会神把传媒内容做精做细做新做美，防止来自经济的重压、诱惑或染指。对比之下，我们虽然长期在出版社工作，但对出版社的本质认识却存有误区。都在搞编印发，都喜欢小而全。看来，出版改革的一个重要突破，就是要大胆向出版社的经营组织结构开刀，使之回归到出版社的本义上，成为一个独立纯粹的编辑部。

三、统分结合，各司其职

管理庞大的集团，是一项系统工程，贝塔斯曼实行三级管理：集团董事会（设董事长1人，董事8人，分管出版、发行、电视及投资、规划等）、子集团（经营各种业务板块，由负责有关业务的集团董事领导，机构设置与集团董事会相似）和子公司（经营具体业务）。目前，贝塔斯曼有大大小小的集团、公司达600多家。

概括而言，统分结合，各司其职，是"贝"长期实行的管理原则。集团实行董事会领导下的多元管理原则。董事负责集团公司的总体发展规划制定、重大投资项目决策、重要事项协调和重要人事任免。同时强调，"给下属企业以更大的自主权，让企业家自己去经营公司"。以新办某个公司为例，谁都可以提上马点子，但立项决策由董事会拍板，并由董事会投资。经营者一般在完成年增利10%的前提下（即保值增值），尽可以自主经营，董事会不会作太多的过问。集团每个月都在柏林举行一次中层管理骨干以上的交流会。每逢年底，全集团的公司都要专题研讨明年的发展大计，评估管理人员的当年业绩，这被称为贝塔斯曼的"第五季"。

我国的出版改革，在集团的组建过程中，同样也要面临和解决统分结合、各司其职的问题。我们广东省出版集团提出了"母子公司共发展"的内部管理理念，坚持党委领导与企业法人治理结构相结合的原则，重在"两个确保"（即确保坚持正确的出版导向和确保国有资产保值增值），着力支持并放手各子公司自主经营。整个集团初呈良好开局。但由于资产尚未明晰，国资还没有真正授权经营，因而，管理尚属粗放型的。对于统与分的认识和实施，不仅观念上存在差异，操作上现行体制也带来一定的难度。这些问题，在改革中要加以认真解决。

四、重视科技和人才，重视企业文化

如非亲眼所见，很难想象，现代高新技术及设备在贝塔斯曼的所有企业中发挥的作用和魅力，竟是如此巨大而神奇：在总部附近的印刷厂，由于拥有全球第一台64页滚筒印刷机等先进设备，每天具备了印刷30万件广告宣传品、10万本日历的能力。在居特斯洛市的物流配送中心，仓储着7000万册图书，输送流程全面机械化和自动化，偌大库区，几乎看不到工人，只看见货物在自流自配自送。面对近年骤然刮起的"网络风暴"，他们冷静而沉着地迎接挑战，不是慌乱盲目地办"站"撒"网"，而是积极寻找网络技术在编、制、印、发等各个环节上的创造性应用，使传统媒体插上现代翅膀。他们没有"烧钱"的惨痛，只有"在线"的酣畅，盖得益于对现代科学技术的科学选择。同时，他们利用自己建立的贝塔斯曼大学，对广大员工进行长期培训教育。像我们正在推行的持证上岗、轮岗挪位、换岗锻炼等有利于人才成长和监督决策管理者等措施，他们早就实行多年了。为推进管理人才的年轻化，凡年满60岁的管理者都必须退位，在德国，能在贝塔斯曼编辑部之类谋职，已成为一种高尚身份的象征与追求。为我们授课的二十多位不同专业的管理人员，全都是三四十岁的年纪，个个气度不凡，足见贝塔斯曼的藏龙卧虎。对人才的引进，他们自豪地说，"搞的是五湖四海"。在总部，我们接连遇见不同肤色、不同国籍的贝塔斯曼员工。据悉，在"贝"的上海分部，270多位员工中，有不少是我国出版界的"跳槽"者。更有消息说，他们列有一批中国出版精英的名单，"入世"之后，他们要"挖"过去。不论怎样，贝塔斯曼对人才的重视和培养，已成为企业成功的决定因素，也是值得我们学习的重要内容。

应当提及的还有贝塔斯曼的企业文化。他们认为，传媒产业的基础是创造性思维，所以"人"是贝塔斯曼的最重要的资源，而"人"是需要文化来熏陶和滋养的。所以，建立有特色的企业文化是调动和发挥员工积极性的重要途径。

在实施企业文化建设中，他们着重推行一整套"价值观"体系，包括：

团队关系——企业文化基础是团队精神。提倡相对独立、彼此信任、赋予职责、参与交流、共同决策，并分享成功喜悦；

认可与鼓励——坚信独立性可驱使主动自觉、不断创新，因而得到公司认可而倍受鼓舞的员工是公司发展的坚实力量；

主人精神——期望员工充分运用公司赋予的责权，同时相信，这也有助于完善其个人职业生涯；

权力下放——相信要在日益变化、竞争激烈的市场中立于不败之地，就一定少不了权力下放带来的灵活性、责任感和高效性；

合作精神——子公司的行为要确保集团利益，同时顾及合作伙伴的利益；

客户至上——根据客户需求不断更新、开拓是贝塔斯曼的每个经营个体的制胜关键；

人才家园——贝塔斯曼致力于保护人才资源，并为之建设一个吸引艺术家、作家等创造天赋人才的家园，且为他们提供艺术与商业双重发展；

此外，还包括提倡"包容性""民族传统""尊重各国文化""社会业务"和"持久和独立"……

应当说，贝塔斯曼类似的企业文化建设，体现以人为本，着眼于观念更新，既有较高的思想内涵，又有针对性和可操作性。

德国，位于大西洋北海之滨。贝塔斯曼集团无疑是她的一颗璀璨的文化彩贝，可观可照，可鉴可宝！

考察观感，草记至此，谨作拾"贝"捧上。

2002 年 2 月 18 日

南边的岸

　　广东，风生水起，不特气候潮湿雨缠绵，地图上就泛现出潋滟与浩瀚，且浏览地名，也读得出她的丰盈与润泽。一连串地级市，如湛江、阳江、珠海、云浮、江门、清远、河源、汕尾、汕头、潮州，无不在水一方，带水成名。广州、惠州、梅州，名字里貌似缺水，事实上，珠江、东江、梅江，恰恰浓缩如"州"字中间的三江成"川"，一一穿城而过。肇庆有西江，韶关有北江，揭阳有榕江，中山有岐江，佛山有汾江，东莞有小运河，茂名有小东江……岭海之间，如此无水不成市的浩浩"威水"，足令曹雪芹将其传世名言改写成：城市是水做的。至于"深圳"，客家话的原意便是"水深的小河"，那是祖国流向香港的一脉血管。何况深圳湾连着太平洋，踮脚的浪花正从天边朝她簇拥而至。

　　有水就有岸，有岸就有史。史作基石，构筑成这一条条南边的岸，漫长而悠久。赵佗建佗城为都，韩江因韩愈姓韩，苏东坡流放天涯，包宰相端州倡廉，文天祥伶仃绝叹，宋帝昺崖门投海，林则徐虎门销烟，丘逢甲誓保台湾，康梁维新变法……及至彭湃的农民运动，朱德三河坝激战，周恩来东征北伐，毛泽东雄文开篇，孙中山联俄联共扶助农工，甚至包括蒋介石主持黄埔军校接着闹出中山舰事件……这一切的一切，无不与南边水岸相关相连，莫不是史海钩沉的裂岸惊涛，飞溅着弥漫南天的荣辱悲欢。

可见，很久很久以来，南边的岸，就一直承受着历史之重。后来，在那段异常的年代里，更被过分地固化成阶级斗争的防线了。因而，无奈地说，我们这代人，接受岸的思想启蒙，大多是始于亦局限于诸如《岸边激浪》《南海长城》等等充满火药味的熏陶。

庆幸的是，随着长河涌动新潮，岸也变成新诗行了。这十年间，得益于公务之旅，常有临岸之便，或溯江而上，或顺流而下，或粤东粤西沿海流连。广东的巨变，令流水多彩岸多姿，亦教我多长见识多感悟，多有艳遇多惊喜。那一回，沿着深圳新辟的滨海大道追风逐浪，猛一抬头，正前方万顷蔚蓝托着彤红旭日，俨然硕大火球似的在蓝绸上滚动燃烧，映得满海荡金，美得摄人心魂。记得月夜经过珠海情侣路，端的似一脚闯进了青春前线，只见树荫花丛，情影绰约，情人依偎，奔放的海风撩动一岸的浪漫，惹得你不便久留。转入番禺万顷沙，闻说有许多河涌，堤基却不易寻觅，但见蔗林临风摇曳，蕉树傍水舞蹈，密匝匝演化成一望无际的甜海蜜浪了。在虎门东岸，我曾登临沙角炮台，眺望海天苍茫处，虎门大桥直如一架耸入云际的铮铮竖琴，那特大跨度的桥拱，就像巨大的连音符，一气呵成地连贯着历史与现实、战争与和平、屈辱与骄傲，伴和珠江入海的澎澎涛声，鸣奏着虎啸龙吟般的新世纪交响乐，令人壮怀激越，血沸千度。

秀水丽岸，并非富裕地区的专有景致。在贫困地区，如生我养我的九连山腹和平县，县城一河两岸，三四年前也就一举拆除了落后与丑陋。如今，垂岸的杨柳风迎面拂来，加之下游筑坝蓄水，端午时节，竟也有了万人空巷的龙舟大赛。再纵横岭南山区的话，你会发现，清远和梅州的江岸，好像一对山村姐妹，同是纯朴清秀，却又各有各的标致。

清远，饱受水患。记得六年前，来势汹汹的北江水，猛然冲塌了半山上的飞来寺。寺中的菩萨雕像，也可怜地被冲到数十里之外。那时候，我在清远挂职，亲眼见市府背后的北江河面，虽说有长江宽阔，却无奈惊涛挤涌，浊浪滔天。清远人见惯了北江的淫威，抗洪抢险也用不着开誓师大会。滂沱雨夜，马灯和手电闪闪烁烁，北江大堤上，游动着无数警醒的心……及至雨过天晴，飞来峡水利枢纽工程的竣工，宣告了北江水患的终结。暴戾的北江变得温驯可亲了。也不过三几年的光景，清远的江岸出落得楚楚动人：无须奢华艳装，一副天生丽质。原有的堤基扩展成宽敞的马路，两旁路灯投影，植物矮墙衬着石雕花栏。顺石级而下，但闻舞曲诱人，这当儿，你就放胆好了，与市民们一齐翩翩起舞，直旋入偌大的临江舞池，三步四步，尽情尽兴吧。至此，你或许想不到，今夜歌舞升平处，原本是雨天一片汪洋，晴天一地烂泥。因而，可以说，清远的现代舞步，正是从艰难境地蹚过泥泞踏浪而来的。又或许，跳过三五支舞曲，累了，歇歇，你就平躺在江畔草地上舒坦舒坦吧。数数天上星星，或点点远处渔火，再深深吸一口江风送来清香溢远的清远气息，该何等惬意，何其爽哉。又不然，就去夜江垂钓，就去赤膊夜泳。你看看，有长长的防波堤护着你，有软软的细白沙垫你脚，有多情的小鱼虾围着你，兴许还有圆亮的月光关照着你呢。这就是清远之岸的与众不同：原生态，现代风，人文野趣，浑然生辉。清远不远，劝君常去亲近她。

梅州，则偏安于粤东北角。一如客家人质朴本分，梅州城呈现出小家碧玉、山中闺秀般的典雅端庄。所以，每每拜望嘉应古城新貌，心中不免唱起《小城故事》。梅江河也很文静，明镜似的映现出两岸的祥和与一城的灵动。灵动包含穷则思变。比如，整治梅江两岸，当地就首创出"谁投资，谁收益；筑堤归公，填滩归己；蓄水变长湖兼发电"的综合开发经营模式。于是，市场的"手"变成了梅江的堤，堤岸上长出笋盘楼花，崛起房地产业。市民也因此多了健身散心的好去处。山歌亭，便是市民首选的聚心亭。每当夜幕降临，那里就一路响起革命老歌，从浏阳河唱到井冈山，从宝塔山唱到天安门，抑或是跨过鸭绿江，意气风发走在大路上。歌者多半是离退休者，借歌抒怀，满腹感叹。这是夜唱的序曲。接下来，年轻人也不大唱流行歌曲，而是把山歌唱成主旋律，从"五句板"唱到"尾驳尾"，此起彼伏，高潮迭起。时有"手攀花树问花名"的发问，时有"一钱想你十二分"的思求；或是"无情阿哥妹唔交"的拒绝，或是"锡打茶壶假镀金"的谴责；初恋者唱"旱禾见水心就生"，热恋者唱"打生打死做一堆"……客家情歌堪称客家文化的瑰宝，以劳动者的本色相见，毫无虚饰与矫情，芬芳的泥土气息、鲜美的山区色彩和圆熟的比兴手法，加之悠扬的二胡伴奏和清脆的竹板节拍，构成它特有的艺术魅力。偶尔，或可碰上那些传统长篇叙事山歌的片段吟唱，如《孟姜女》《等郎妹》《十寻亲夫过台湾》等等。那更是如诉如泣，凄凉悲愤，催人泪下。梅江之夜升腾着一股子文化韵律，满天星星都是山歌拨亮的音符。

如果说，广东众多的水岸构成了一首雄浑交响诗的话，那么，流经广州的珠江河段，便是它最亮丽、最迷人的"诗眼"了。江是珍珠江，堤是翡翠堤。无数古老骑楼和现代大厦延绵成奇观万千、气势恢宏的岭南建筑博览。江中游轮与岸上飞车，互为活动景，相看两不厌。入夜，最是华灯璀璨时，珠江闪闪飞秋波，两岸胸前佩项链，五座大桥如五条过江金龙，直搅得满河流光溢彩。那楼顶劲射的道道激光，像一支支激情迸发的晶莹彩笔，在湛蓝的夜空上，抒写着南国大都市的现代美、神奇美。

沿江漫步，十里长堤是一条历史长廊。从西段到东段，处处史迹，历历可数：列强蹂躏，沙面曾流下痛如沙粒掺眼的满面泪水。英烈拼死，无数血肉之躯铺筑成那条六二三路。震撼世界的"省港大罢工"，当年的总指挥部就设在天字码头北拐的越秀南。鲁迅先生当年来穗讲学，其寓所白云楼便正对着现今的江湾大桥。海珠桥被敌机炸断过，但炸不断解放大军沿着解放路的南下挺进。"海珠丹心"是人民的胜利象征。那尊英雄塑像，以其钢枪护着鲜花的细节刻划，昭示着南国花城的成因真谛。再顺着潮流向东走去，涛声阵阵，你听得见珠江的深情歌唱和自豪诉说：邓小平"画了一个圈"和"写下诗篇"，当代中国改革开放史上的这两大极其重要事件，都恰恰发生在珠江入海的东西两岸；而指引着中国现代化伟大进程的"三个代表"重要思想，其首次公开而完整的表述，也正是在沿江路东端珠岛宾馆的一个会议室里。这就是，为什么珠江最早由衷地唱响《春天的故事》和《走进新时代》，引来万水千山齐应和！

人们常说，天空给人以哲学的联想，其实，江水也予人以思想的启迪。一方水土养一方人。广东人开放包容的情怀，也委实与珠江的形态大有干系。你看，珠江，够奇特了，它没有统一的发源地，也没有共同的出海口。珠江水系是一个由西江、北江、东江诸河汇聚而成的复合水系，它流经滇、黔、桂、湘、赣、粤六省（区），从而形成支流众多、水道纷纭的特征，并在珠三角腹地漫流成网，最后更自由奔放，分由虎门、蕉门、洪奇沥、横门、磨刀门、鸡啼门、虎跳门和崖门八大口门流入南海。而且，一路来从不讲究名分地一以贯之，直至流经美丽的广州，它才亮出珍珠镶成的美名。这就是珠江的务实与睿智。沿江漫步，你还会发现，珠江水亲近人，垂手可掬，不像别的大江之水，不是拒人于外，就是深不可及。珠江满腹力量，却悄然涌动，从不大肆张扬，亦不大抛浪头。因为潮汐的作用，向往大海的珠江，从不歇脚，永不自满，每天都无私地奉献出拥有的一切，又欣欣然接纳着新来的一切。凭栏临风望珠江，几多感慨，几多感激。珠江滋养了千古羊城，美化了锦绣花城，丰润了金色穗城，激活了广东人的思维与情性。珠江，我们的母亲河呵！

徜徉珠江两岸，挚爱地说，也不免另有一些感慨。比方，近年新建的楼宇，总嫌它过于零散，且造型呆板，除了会展中心，百看不厌的建筑艺术太少了。再说，江面上不见帆影，也很遗憾。须知，帆，是悬亮于水面的诗篇。试想想，若有一叶叶轻舟，或是沿江卖花的小艇，又或是备有艇仔粥解馋的观光小艇，远远望去，都悬有飘动的风帆的话，江面会变得多么生动，多么有趣，那该是珠江扬起的旗帜，该是寄达心灵的明信片吧?! 另外，夜来伫立江岸，抚摸着金星米黄花岗岩栏杆之时，我真渴望，那栏杆脚下或花卉丛中，隐藏有现代音箱，有一阵阵妙曼的广东音乐飘逸而出，有动人心弦的《雨打芭蕉》《平湖秋月》或是激越明快的《赛龙夺锦》……

踏遍南边的岸，最难忘新近的春雨夜，我路过广州二沙岛，行至美术馆与音乐厅之间，抬头一望，只见冼星海昂然挺立在风雨之中。其时，风正狂，雨正猛，迷迷蒙蒙中，分明见冼星海泪流满脸，大汗淋漓。真是神奇之遇。想不到这位写下不朽的《黄河大合唱》的珠江之子，竟在此时此岸，仍又振奋双臂，指挥着当前的珠江大合唱！

啊！此岸是起点，长岸当强弓。

啊！愿广东之舟疾飞如箭直射向理想的彼岸……

2003 年 2 月 28 日

泛动的文脉

召开首届泛珠三角出版论坛，旨在认真贯彻落实中央有关战略决策精神，努力提高先进文化的建设能力和水平，以"合作发展，共创未来"为主题，以解放和发展先进文化生产力为目标，深入交流改革开放经验，友好共商合作发展大计，齐心促进全区出版繁荣。因此，可以说，首届泛珠三角出版论坛的胜利召开，是泛珠三角出版人努力实践科学发展观的共同创举，是解放和发展先进文化生产力的合力之举，是中国出版业在改革发展中具有历史意义的一件盛事！

在筹备论坛的过程中，我们九省区出版行政和产业部门经过深入调查研究，广泛交换意见，一致达成了共识，这就是：泛珠区域出版业合作发展具有得天独厚的众多优势和广阔前景。

首先，泛珠区域出版业较好地把握了社会和经济发展的态势，同时区内强大的经济实力和广阔的市场前景、雄厚的出版产业基础，成为全区出版业合作的强大推力。

泛珠江流域的九省区和港澳地区大都在大珠江水系范围之内，地缘相邻、人文相近、利益相关，优势互补，交往源远流长。这里 200 多万平方公里的辽阔大地，承载着祖国 1/3 的 4 亿多人口，创造了近 5 万亿元的生产总值。泛珠区域泛动着无限活力和生机。

这里的出版业声气相通，市场相连，商机相接，出版产业有着雄厚的物质基础。据不完全统计，九省区 2003 年新闻出版产业总资产约 1600 亿元；图书出版以 2.6 万个品种占全国的 14%，而实现的 17.5 亿册印数则占全国的 26%。全区有图书出版社 89 家，音像出版社 66 家，报纸 545 种，期刊 1755 家。而广东仅印刷企业就有 15000 余家，占了全国 1/4；全省有 394 条光盘生产线，规模和产量均占全国的 2/3 强。2003 年香港特别行政区出版图书 13075 种，有期刊 864 家。九省区深化出版改革，政企分开，政事分开，已诞生的 6 家出版集团和 4 家发行集团正以其强大的实力和活力打造成为新的市场竞争主体。尤其在印刷和发行业，民营企业和外资企业蓬勃兴旺，正在成为重要的生力军。这一切，既说明区内出版产业的规模庞大，也预示未来发展的强劲和市场潜力的巨大。

其次，泛珠区域历史悠久、文化深厚、山川俊美、人杰地灵，有着丰腴的人文素养和久远的人脉资源，成为泛珠区域出版业合作不竭的动力。因为，惟有人文风貌才能显现文化之神韵，才能跃动文化之灵魂。以人为本的历史、文化、宗教、艺术等人类文明及其人文精神始终是推动出版业发展与进步的动力源泉。恰恰是泛珠区域厚重历史之沉淀，灿烂文化之底蕴，使我们出版业正如鱼得水，如坐春风。

且看泛珠区域，江山多娇，秀甲天下：名山奇，大川雄。从梅里雪山到天涯海角，从金沙水拍到南海浪涌，从彩云之南到匡庐之巅，这里鼓浪涛声如鼓，洞庭波渺如烟，漓江碧流如带。这里有凤尾竹吟、荔熟蝉鸣、蔗海甜唱、茶山飞歌。河山形胜，物华天宝，椰风蕉雨，地肥水美。出版人沐浴其中，尽享恩泽。

泛珠流域，人民风流，各显风采：闽粤人的开放与务实，江西人的勤谦与刻苦，湖湘人的气魄与胆略，广西人的和睦与奋发，海南人的闯荡与热诚，云贵川人的豪放与直爽以及港澳同胞的拼搏与眷恋。这一切生动丰富了中华民族的性格风貌和时代精神。这里也是多元文化共生带，一如大自然多物种，奇葩争艳，交相辉映，既有巴蜀文化、滇云文化、黔贵文化、八桂文化、湖湘文化、岭南文化、闽南文化和赣文化，更有风情涌动、风采迷人的多民族文化。区域内历史悠久灿烂，人脉生生不息。170 万年前元谋猿人就在红土地上留下了不灭的火种；差不多5000 年后的今天，瑰丽的广汉三星堆文化才掀起了一角神秘的面纱；而长长的海上丝绸之路将中外海上交往足足绵延了2000 多年……

泛珠区域更是历代人才辈出。圣贤先哲们的巨大成就及其对华夏文明的深远影响，如珍珠项链般闪烁在数千年中国历史的前胸。从屈原、张九龄、杜甫、王安石、三苏、朱熹到郭沫若、钱钟书、巴金，文豪大师迭出，文坛盛事不断。从维新变革的康有为、梁启超，民主革命先行者孙中山，新中国缔造者毛泽东、刘少奇、叶剑英，到中国改革开放和现代化建设的总设计师邓小平，他们都以伟大的功绩为中国近现代史奋笔写下了壮丽的华章。

珠江是祖国第三大水系。珠江文化不仅沸腾着江河文化，且富有海洋文化的秉性，具有多样性、包容性和开放性的品格与胸怀。珠江文化与黄河文化、长江文化比肩而立。如果说"9"即内地是以江河文化为主体，"2"则象征着海洋文化，那么"9＋2"则等于江河文化与海洋文化的总和。在如此博大精深、蕴涵深邃、包容开放的文化背景下，区域内出版业合作当可左右逢源、顺水顺风、千帆竞发。

在充分认识泛珠区域的社会综合优势和出版产业实力的同时，我们还应当深入分析其潜在的弱势或劣势，清醒地看到我们出版业的现状与全面建设小康社会的要求不适应，与人民群众日益增长的精神文化需求不适应，现行的出版管理体制与社会主义市场经济体制不适应，与我国对外开放的新形势不适应，与世界高新技术的发展态势不适应。对此，我们泛珠三角出版人敢于正视不足，勇于面对现实，共同探索着眼于未来发展的新的战略构想。因而，在积极筹办出版论坛的同时，《泛珠三角出版合作框架协议》也呼之欲出了。

如果说，出版论坛的筹备和召开，标志着"9＋2"省区的"热恋"阶段，那么，今天即将签署的《泛珠三角出版合作框架协议》则是区域内出版业珠联璧合、喜结良缘的大红证书！

《泛珠三角出版合作框架协议》以《泛珠三角区域合作框架协议》为指导思想，旨在促进泛珠区域的出版业合作和共同发展，遵循自愿参与、友好协商、平等互利、优势互补的原则，通过搭建共赢平台，整合区域内出版资源，拓宽合作领域，以促进全区出版事业大发展，出版产业大跨越，出版实力大提高。通过协商，泛珠区域出版业的全面合作将在内容生产、印刷复制、出版物市场、人才交流、信息共享、行政执法、信用体系建设、合作融资和宣传推广等九大领域展开。

为抓紧落实泛珠出版合作协议，现提出如下建议。（略）

泛珠区域，江流奔涌，惊涛拍岸，珠江与南海拥抱，江海一体；内地与港澳携手，海阔天高。我们坚信：区内各位同仁携手合作，共促发展，同创未来，泛珠三角出版业必将迎来崭新的战略发展机遇期，必定更加兴旺，更加繁荣！

2004 年 12 月 9 日
于广州珠岛宾馆红棉厅

难忘的晚餐

——聆听任仲夷的席间笑谈

与其说那是我们宴请任仲夷，毋宁说是他老人家给了我们永恒的精神盛宴。

2000 年 4 月底，广东教育出版社出版的《改革开放中的任仲夷》一书，甫一面世，即在社会上反响热烈，好评如潮。5 月 31 日，在广州广轩大厦召开出版座谈会，来自党政界、学术界、出版界的专家和官员，纷纷情不自禁地说起任仲夷在改革开放中，创造性地贯彻邓小平理论的实践功绩和动人故事，对该书的思想性、真实性、文风史笔和出版价值给予充分肯定。为表达对任老的敬意和谢忱，也为了向他老人家汇报上述的社会评价，我们以广东省出版集团的名义，特邀任老和作者向明及其好友张作斌等老同志共进晚餐。

原定 6 月 9 日 18 时入席。不料,是晚天河大塞车!平生第一次跟一位省委书记级的领导吃饭,且是去拜见这位敬仰已久的尊贵智者,迟到十分钟,简直抱憾终生!待我和黄尚立满头大汗赶上岗顶帝苑酒家 12 楼小餐厅时,见所有客人都到齐了,我更是诚惶诚恐,低头愧歉,不敢移步靠前。

这时,坐在沙发上的任仲夷挪动身子,腾出空位,招手呼我坐在他身旁。

"堵车了吧?"任老第一句话就替我们"解围"。我很尴尬地傻傻点头。

"广州的交通,时常交而不通,是个问题。"任老说。众笑。我心头释然。

我向任老汇报出书后的反响和座谈会的赞誉。任老说:"张作斌始作俑者。我是不赞成为我写书的。宣传部老催,又有向明的热心,你们都有著作权,我也无可奈何。"

向明说:"原本只知道有个任仲夷,但从未见过面,是那年在增城荔枝山庄,我、张作斌和任老同住两晚,感觉他非常平易近人,接触多了,便萌生写作的冲动。花了近四年的工夫,才写成这本书,贻笑大方。"

我对任老说,向明写的这本书,不仅在广东,在全国出版界也很有影响。最近,我们去了趟沈阳考察学习,拜访了辽宁出版集团董事长任慧英,并赠送他这本书。他接过书非常激动,深情地回忆起任老果断地为张志新平反等等一系列为辽宁人民做过的大好事，其中也谈及 1980 年，任慧英出任《辽宁青年》总编辑，当时有一期封面大照片，是一位少妇晾晒花衣服的特写，少妇身旁蹲着一只小花狗。殊不知，这照片竟引起了轩然大波：一些干部和部分读者怒斥这照片宣扬了资产阶级生活情调，告状信、批判稿纷纷寄到宣传部，宣传部把握不定，就写了份综合反映给任仲夷。

任仲夷作出如下批示："如果这样也是宣扬资产阶级情调的话，共产党还有生活空间么?!"

任老听完朗朗大笑，说："这样的事，我当年处理太多了，记不清了。"

入席前，欢声笑语，任老和我们，仿佛是久别重逢的师生，亲切地转谈了一个又一个话题。我由衷地感激任老，1999 年 12 月 22 日，正值冬至日，我们集团召开成立挂牌大会，85 岁高龄的任老冒着凛冽的刺骨寒风，特地赶来参加，当时就对我们说："文化体制改革是件大事，你们要学着经济体制改革来干啊!"接着，我对任老说：拜读了发表在 4 月 29 日南方日报的《再谈坚持四项基本原则》这篇大作，深受教益，深受启迪。文中多有新意，多有创见。四项基本原则，既是立党之本，也是强国之策，是全党思想的结晶，也是实践的指针。对这个大原则，您一谈再谈，越谈越深刻，令人敬佩!

任老深思片刻，缓缓地说道：

"经济基础决定上层建筑，这是马克思主义的一个最基本的原理。经济基础发生变化了，上层建筑也必然而且应该发生变化。我在'再谈'这篇文章里，着重说了两层意思：第一层，强调四项基本原则不仅写进了党章，也写进了宪法，这是不能变的，不能动摇的，必须始终坚持；第二层意思，改革开放至今二十年了，经济基础发生很大变化，上层建筑就不能一成不变了。所以，我觉得，四项基本原则内涵要在实践中不断发展和丰富，赋予它们新的时代内容，作出新的阐释和说明，注入新的意义。"

　　任老接着说："比如，常常说五十年抑或一百年不变，我理解是一个历史时期的概念，是我们要坚持的一个原则，但也并非指一个实数。而且变也有两种可能，一种可能变好，另一种可能变坏。不变是相对的，变好是我们奋力追求的一个原则……"

　　我们谈到了"文化大革命"，谈及他那帧戴着高帽挨批斗的历史存照，他微笑着说："最近，我收到两本'文革'批'走资派'的漫画，很好看，很好笑。一只铁拳打过来，把我打翻在地。那只铁拳画得比三个任仲夷还要大，把我吓都吓死了！"

　　"那是丑化您的。"黄尚立说。

　　"不不不，我的样子还画得挺像的。"任老说。

　　笑谈之间，我们入席就座。我扶着任老入坐主位。

　　任老摆摆手，笑问："你是不是要我'埋单'？"

"岂敢！岂敢！"我说，"你是我们尊敬的老首长，理当坐主位"。

"我是'前、原、老'，是老百姓，是你们的客人，你们才是主人。你坐你坐，用不着论资排辈。"说罢，任老就坐在主位旁边了。

我坐下来，惶惶不敢举箸。任老笑说："你不吃，我先吃咯。"说着，他夹起一块卤乳鸽，埋头吃得津津有味。

看他吃得有趣，我给他连夹三块，他都来者不拒。上什么，吃什么，毫无顾忌。我们向他敬酒，他一饮而尽。复又为我们举杯，说："来来来，真的感谢你们，为我出书，又上了红酒。"

望着他清瘦而硬朗的身板，我笑着说："任老，看来您没有什么'三高'呀？"

"不论三高，还是三低，是代表中国先进饮食文化的，我都大快朵颐。"他兀自大笑起来。

"看来你的胃口很好。"

"我做了胃切除手术，我是无所胃（谓）的呀。'大进大出，两头在外'，所得无几咯。"这时，任老探过头来悄声地对我耳语，"当年提'大进大出，两头在外'，中间得不到什么，我是有看法的。"他又对大家说："我最重的时候有一百四五十斤，现在'大进大出，两头在外'，只剩下九十多斤，我是千金难买老来胖。"

笑声中，梁佩玲走过来敬酒："任老，祝您健康长寿！"

任老见梁是位女士，便起坐碰杯："祝您健美长寿！"随即他又笑着改口道："对女士说长寿，容易被误听成'常瘦'，还是祝您青春常驻吧！"

然后，他兴致盎然地邀张作斌对饮："我今年86，你今年85，我们是老朋友，就祝您什么呢——祝您老不死吧！"

我们笑得轰然喷饭。

任老说："别笑得太厉害。'永远健康'，换成俗话，不就是'老不死'嘛，'文革'期间，你要敢说林副统帅老不死，那你肯定就得立刻死。所以逼得人有时候实话不能实说。其实，人活一万年，既违反自然规律，也会把活人活活累死的。知足常乐。我等能闯过九十大关就足矣！"

临散席，李钊提议与任老合影留念，任老说："好吧，我和你们回到沙发上排排坐，照亲热一点。"

照毕，任老极善解人意地招呼我："喂！董事长是不是也来一张？"

我惊喜地应声跑过去，端坐在任老身旁，他侧过脸笑眯眯看着我说："别那么正襟危坐，我们作谈心状吧！"

镁光灯一闪，任老又对摄影师说："再来张正面的，还是做正面人物好！"

就这样，整个晚餐过程，我们仿佛置身于一种精神的香熏之中，沐浴在一束理性的辉耀之下，分享着一位思想智叟的幽默与睿智。终生难忘，终身受用。

华灯满街，天河璀璨。送别时，卢锡铭扶着任老上车，任老转过身拉着我的手，轻声连连叮嘱：

  "多出书！出好书！"

2000 年 6 月 9 日漏夜速记

任老逝世第二天即 2005 年 11 月 16 日清晨誊正存念

花城版《丑陋的中国人》出版前后

"这本书不仅应该出，而且要赶快出!"

台湾著名作家柏杨的《丑陋的中国人》一书，如今在大陆有多种版本，但在上世纪80年代，只有花城出版社和湖南人民出版社两种，且是不约而同地几乎同时出版。湖南人民版被收入由严秀、牧惠等杂文家编纂的《当代杂文选粹》丛书；而花城版则是单行本，是将台湾林白出版社1985年的原版图书直接"拿来"，稍作删节就出版的，因而，是真正意义上的原版书。

记得1986年盛夏的一天上午，我们花城社的王曼社长，刚从深圳参加东南亚作家座谈会回来，就约我（时任花城社副总编辑）到他的办公室。他说，一位香港朋友送了他一本柏杨的《丑陋的中国人》，看了很受触动。"这本书在海外挺有影响，"王曼将书交给我，嘱咐说，"你先看看怎么样。"

回到家，一头扎入《丑》书，放不下手，读了一天一夜，读得我思绪万千！这位在台湾蹲过十年冤狱的不屈柏杨，在其漫长的创作生涯中，十年小说，十年杂文，十年历史，十年通鉴，不仅是一位著作等身的大作家，同时也是思想家、社会观察家和文化评论家。1984 年 9 月 24 日，在美国爱荷华大学，柏杨"有生以来，第一次用《丑陋的中国人》演讲"。此前即 1981 年 8 月间，柏杨先在美国纽约华府孔子大厦作《中国人与酱缸》的演讲，紧接着在旧金山市斯坦福大学历史系作《人生文学与历史》的演讲。这三篇代表作集中火力猛烈抨击中国人的陋习，诸如"脏、乱、吵""窝里斗""不团结"，浸淫于"酱缸文化"而不能自拔！柏杨的杂文，既犀利地针砭时弊，又独具深邃的历史眼光，旁征博引，鞭辟入里，嬉笑怒骂，痛快淋漓。在我的阅历中，《丑》书简直像一枚巨磅的思想炸弹，读之如雷轰顶，震慑心魂！

显然，《丑》书因其强烈的冲击力、穿透力而令华人社会格外敏感。读林白版书就可感知，其出版前后，在台湾，在海外，在华人世界掀起的轩然大波！那么，我们能出吗？敢出吗？……我仿佛饱受拷问，陷入了艰难的抉择。

我苦苦思索。从宏观上看，改革开放之初，全社会正深入开展"思想解放运动"，当时对诸如"反右扩大化""十七年""文革""两个凡是"以及"以阶级斗争为纲"的极左路线等都有广泛的反思与批判，因而有了"真理标准"的讨论，"伤痕文学"的问世以及众多冤假错案的平反，等等。但那时候，人们只是更多地从政治路线、党内斗争的角度去认识其产生的背景及成因。这无疑是十分必要的。但仔细再想想，十年"文革"折腾得那么惨烈，难道仅仅是"毛主席晚年犯了错误"，我们亿万国民就没有自身的责任吗？"文革"时，多少人都以参加红卫兵为荣啊，但匪夷所思的是，待到"四人帮"一打倒，许多人却都说自己没有参加过。这不是更丑陋么？

《丑》书是一面来得非常及时的镜子，明晃晃映照出中国人身上的病症。柏杨多从文化与人性的角度去剖析，下猛药，目光如剑，笔锋尖锐，文字辛辣刻薄，颇有"鲁迅风骨"！你不能不佩服，他的抨击"稳、准、狠"，比如书中"酱缸文化"这一提法，委实新颖、形象又深刻。"中国历史文化就像是长江大河，滔滔不绝，但是时间久了，河里污秽肮脏的东西积沉得多了，就腐坏了，成了一个酱缸，发酸发臭。"同时，柏杨还以慧眼独具的新发现，把当年鲁迅痛批的国民劣根性，放在当下来缕析细剖，现实性、普遍性和针对性就更强了。

再说，这本书没有什么高深理论，也不涉及什么政治体制。它主要是针对历史上文化专制对中国人灵魂的腐蚀，行文激愤，但其批判也多属伦理性的，诚如柏杨在书中明确地表白："我所谈到的艰难，不是个人问题，也不是政治问题，而是超出个人之外的，超出政治层面的整个中国人的问题。"而谈及中国人，柏杨则首先"联想到中国文化"，并郑重声明："我们所指的中国人是广义的，并不专指某一个特定地区，而只指血统。"事实上，柏杨这本书的批判笔锋，也确实是往往从中国人日常的生活琐事乃至鸡毛蒜皮而切入的，由表及里，入骨入髓，从中国传统文化的深层结构中，猛批"臭鞋大阵"，讥讽"尿入骨髓"，痛骂懒得排队，怒斥怕说真话……读者读到这一切，我相信准会情不自禁地"对号入座"，进而扪心自问，三省吾身。因此，我坚信这本启蒙式、批判式的书，一定为读者所急需。

我把对《丑》书的读后感想及对出版时势的分析，向王曼社长作了汇报。末了，我力主："这本书不仅应该出，而且要赶快出！"

听完汇报，王曼社长郑重其事地当即给我写下一行手令——

"由陈俊年同志负责决审《丑陋的中国人》。"

在简陋的铁皮屋里挥汗精编《丑陋的中国人》

说实话，当时我也担心《丑》书的出版极可能引起波折，因而，在确定最迟 10 月底发稿的同时，我还认定当务之急，就是确保全书的内容把好关；其次是印发征订要周密部署。我内心的目标：既要力争有大影响，更要力戒出大问题。多年的编辑实践，令我非常清醒，"负责决审"，不仅仅是完成一道最后的工序，更意味着要承负最终的责任与担当。

于是，我负责地从物色责任编辑做起。

当时，在花城社由我分管《青年诗坛》《历史文学》《旅伴》《浪潮》等杂志的编辑部工作。四种杂志有十来位编辑。我首先想到叶曙明。

叶曙明是位自学成才的青年作家与学者。他高中毕业当知青，回城当工人，因文笔出众，便直接调入花城社当编辑。几年间，他接连参与编辑《花城》杂志、《沈从文文集》、《郁达夫文集》，既潜心于传统文化，又敏感于现代文学，且笔耕勤奋，短篇小说在台湾结集出版，引起轰动，而为人处世，踏实稳重……这些长处，让他足以胜任《丑》书的责编角色。

我和他一谈，他就高兴地接过《丑》书，连连点头。

在接下来的一整周工作日，我都看见叶曙明在天台上的铁皮屋里挥汗赶工。

那时候，正是花城社的艰苦创业期。刚由广东人民出版社文艺编辑室分立扩建的花城社，没有地方办公，于是，只能在现今广州大沙头四马路人民社的天台上，搭了个防震棚似的"铁皮屋"。

天台呈龟背形的地面，中间拱，两侧低。其间，用三角铁支架架起金字形的屋顶，盖上铁皮，再用夹板间墙，便成了俗称的"铁皮屋"。编辑们的办公桌都紧靠着板墙，并用石块垫实两只桌脚，以防地面不平而滑动。编《丑》书之时，正是10月初，广州的暑热依然毒辣，屋顶上装有喷水龙头，酷热难顶就不时洒洒水，冲下来的水都烫手。最难挨的是，叶曙明所在的《浪潮》编辑部的大门，恰恰正对着公共厕所。一人入厕，整个编辑部都臭气熏天。以致每每有人大解，便有人咆吼："哪个衰人，蹲点蹲这么久！"

在如此简陋的铁皮屋里，叶曙明花了一个多星期就编定了全书。他将《丑》书中"中华民国××年"这样的写作时间，一律改成规范的公元年份；并建议删除抑或是改改《正视自己的丑陋面》一文。我觉得，不是改改，而要全文删去。这篇文章着重写"文革"批"文革"，但柏杨不是"文革"的亲历者，他只是"隔岸观火"，对"文革"的曲折过程与复杂成因，缺乏全面掌握和切身感受，故有不少笔误与硬伤。删掉它，不仅完全必要，而且对柏杨也好。事后，柏杨对我说："你们改得好，删得对。"

仍在铁皮屋里，编定书稿，我们就着手装帧设计。我请美术编辑苏家杰主持此事，并一道商议立意与构图，确定重在强化封面的内涵与视觉冲击力：在原版的基础上大胆突破，致力创新；格调要凝重、醒目；要虚实结合，形神兼备。几经修改，苏家杰设计的效果令人眼前一亮：封面上半部是一张蜘蛛网，下半部在暗红色的背景中，凸显一尊被焚烧过的石狮子。封面传达的寓意是，拨开历史的尘封，烧掉腐朽的残渣，在时光侵蚀的悠久文化中淬炼真金，东方的雄狮屹立依然！从封面深沉的浓暗底色过渡到书脊漫满至封底的翠绿亮色，则恰好象征着中国正走向生机与希望！后来，柏杨亲口对我说，花城版的整体装帧效果要比台湾版的好。我记得，当时，蜘蛛网与石狮子都是摄影家黄仁达特意拍摄的。而石狮子烧焦的效果，自然不像现在用电脑一做就灵，那时候，我和苏家杰费尽脑汁，最终真的划亮火柴，把石狮子照片点燃了，然后用玻璃板小心翼翼地压灭，才制造出焚烧的痕迹来……

发印前，因预计是畅销书，我们对定价就越发慎重。经过成本与毛利的测算，初定 2 元左右最合适。最终，我确定：每册定价 1.90 元。

第一版竟征订到 280 万册

10 月底，在如期发印《丑》书的同时，我们就火速向全国新华书店发出征订单。当时，通常的征订反馈往往要半年，最快也要等到三个月以上。而《丑》书却只消一个月，即 11 月底，就报出了吓人一大跳的征订总数：280 万册！

这个总数对于花城社和我个人而言，与其说是"喜"，毋宁说是"惊"！因为当时花城社的畅销书，如《海外文丛》，如琼瑶言情小说，初版征订最多也只是十来万册，大陆作家的好书如戴厚英的《人啊，人》最初也只有近十万册，而《丑》书一来就爆出 280 万册的天文数字！我真的怕

"树大招风"啊！

我冷静下来，权衡利弊，决定采取力求稳妥的三个特殊措施。

首先，我觉得有必要开宗明义，在扉页背面上，醒目地增补一则《出版说明》，把编辑过程及出版意图，简洁而如实地告白天下。这则《出版说明》由我执笔撰写。全文如下：

出版说明

本书原为台湾林白出版社出版。现删去《正视自己的丑陋面》一文，并作了若干文字变动，其余照原版重排。本书作为内部发行，仅供有关专家、学者及研究人员参考之用。

花城出版社

一九八六年十月

其次，在版权页最后一行，特意加上带括号的四个字：（内部发行）。

按当时的规定，凡"内部发行"的图书只供有关读者凭单位有效证明方能购买。在广州，这类书当时集中陈列在北京路古籍书店二楼的一个专卖柜里。

第三，要妥善解决"印多少？如何印？"的问题。《丑》

书由广东新华印刷厂承印。倘若一次如数照印的话，按当时厂里的生产能力，印量过大，一时吃不消，何况新华厂正在赶印中小学课本。再说，280万册一下子印齐投放市场，风险太大，且万一滞销，我们花城社可就要倾家荡产甚至性命难保了！况且已定为"内部发行"，还是留有余地为妥。于是，我决定，分两次印刷，总印数减至不得超过210万册。

《丑》书面市后反响巨大。第一次印80万册，20天内在全国就被抢购一空，第二次连续印够130万册，两个月内总印数210万册。其实，还在排印的时候，我们去新华厂检阅清样，就发现许多工人边吃午饭边争阅《丑》书，甚至被告知，有些工人迫不及待地悄悄捎带样本出去，送给亲朋好友先睹为快。

现在回头来看，大陆最早由花城社出版原版《丑陋的中国人》，是偶然更是必然。柏杨在台湾曾经因言入狱，出狱后几番演讲，既颇有争议，又广受欢迎，所以，《丑》书一直热销于台港地区及海外华人图书市场。花城社敢为人先，出版《丑》书，这委实得益于"天时、地利、人和"。首先是天时。改革开放的好年代，广东先行先试，解放思想，"杀出一条血路"，包括冲破极左禁锢。其次是地利。广东毗邻港台，文化同根，血缘同宗，水近路捷，交往密切。不然，我们社长未必能及早得到香港友人的那册馈赠。三是人和。花城社拥有岑桑、苏晨、王曼、李士非、易征、司马玉裳、范汉生、林振名、黄伟经等一批思想敏锐、学识丰富、专业精通、团结拼搏，视出版事业为自己生命的优秀编辑家。说句感激的话，我的成长也全得益于他们悉心的传帮带。仰仗着这支出色的团队，花城社创建之初，就连连攻下一串串"全国之最"：最早引进港台图书，最早出版武侠小说，最早组编特区专著，最早创建袖珍诗丛……花城社向以敢为人先而著称于我国出版界，她的众多出版物，如《人啊，人》《春天的童话》《被囚的普罗米修斯》《泥泞》《夜的眼》《席慕蓉诗选》《汪国真诗选》以及《现代小说写作技巧初探》等等，在当时甫一面市，无一不"洛阳纸贵"。正是改革的年代，正是开放的胸襟、建设的心态和敢为人先的理念，成就了包括《丑》书在内的这桩桩美闻啊！

为出《丑》书而作检讨受批判

然而，我隐隐担忧的波折，还是发生了。

1987年春节前后，广州遭受一场强劲而凛冽的南下冷空气的袭击，也变得格外寒冻。那天黄昏，我在区庄宿舍的巷口，与王曼社长不期相遇。见他脸色冻得紫青，便想陪他赶快回家。不料，他话音低沉，严肃地说："聊一会儿，跟你说件要紧的事。"

原来，王曼刚被领导"约谈"了。领导严厉批评花城社出版《丑陋的中国人》，"搅乱思想，是严重的精神污染！"

末了，王曼对我说："已决定在后天上午开批判会，你从今晚就开始反思，认真准备讲稿，后天代表社里去检讨。"

一天两夜，我坐立不安，夜不能寐，却又不得不低头沉思，伏案写起检讨来。社里也传开了。第二天一早，易征、林振名、司马玉裳、李联海、李士非等同志，先后特意爬上八楼来我家探望。我们一家在深受抚慰的同时，也越发感受到氛围的重压！

第二天半夜，见我还在低头书写，妻便做了夜宵，一手端着碗鸡蛋汤粉，一手拿着个大红苹果，轻放在书桌上。我毫无食欲，便苦笑地摇了摇头。妻说："粉不吃我就温回锅里去。但苹果你要吃啊，吃苹果会平安的。"

批判会如期召开。主持人指出："《丑陋的中国人》是严重的精神污染。花城社是一切向钱看才导致出版这本书。现在根据领导指示召开这个批判会。下面陈俊年同志上来作检讨。"

我作了诚恳的反思与说明。平心而论，与会发言者多是主批"精神污染"，点到即止，火药味并不那么熏眼呛鼻。此情此景，也足见地处改革开放前沿的广东，其文化环境与氛围，也相对宽松和包容。此会令我深受教益。

这件事，我从未与叶曙明提及。2008年5月8日，《南方日报》刊载有关出版《丑》书的访谈录，叶曙明对记者说："那个时候，出版社真的很保护责任编辑。当时的情况那么紧急，我却等到事情都平息了才知道。"

批判会之后，事态渐渐趋于平静。不见有任何红头文件批过这本书，也没有接到要收缴销毁此书的任何指令。

专程赶赴西安：给柏杨送上迟到的稿酬

虽然风头渐过，但有件事，却久悬于心，难以着落。柏杨的书已经出版多时，我们却一直未能与他本人联系上，以致稿费未能结算，更无法奉上。毕竟如《乡愁》诗云，隔着一道海峡，他在那头，我在这头啊！

此事涉及版权问题，弄不好，我们社就成了盗版者。无论如何都要设法及早妥处。1988 年春节临近，我终于想出一个办法：何不趁欢度春节之际，在《羊城晚报》登上一则贺岁广告，并醒目地把那些在花城出过书但未拿到稿酬的港台作家都列上去，既表歉意，更盼联系，明确希望他们速来领取稿酬呢?! 主意既定，广告词我就请林贤治撰写，记得先是一行大字："花城赠你一枝春"，下面是对广大读者与作者的问候语。我特意把柏杨的《丑陋的中国人》也镶嵌在名单里面，藉此公开发出两个信号：提请作者及早联系，并隐示，柏杨的这本书还"活着"。

然而，广告刊出大半年了，我们仍未能联系上柏杨。直到 1988 年 11 月间，我从报纸获悉柏杨夫妇抵达西安探望儿女的消息，即向王曼社长建议："机会来了，我们赶紧把稿酬送去西安，当面酬谢柏杨，建立长期关系，以便以后再出他的书。"王曼很支持。可一结算，稿费才2900多元。我很难为情，既然专程去西安，至少要带个整数啊。但当时的财务制度仍旧执行着计划经济那一套，严得不能动一个子儿，加上事先未有版权签约，只能出版社说了算。我和编辑们合计，后来才变通凑足了3200元稿酬。于是，坐上火车，我专程赶赴西安，打听到柏杨先生及其夫人张香华女士下榻在人民大厦，便马不停蹄赶去登门拜访。

乍见之时，柏杨先生一如他的杂文，谈锋犀利，快言快语，妙语连珠。我深表歉意地呈上稿酬，柏杨边接边感谢，并开玩笑问："不会是美金吧？"

"是人民币。"我说。

"那允我请教一个问题，"他略有所思地问，"'人民'怎么划分？"

"我们认定一个标准，就是：爱国。"

"那我算不算？"

"您当然是中国人民的一分子啦！"

"对对对……"柏杨扬起那叠人民币，高兴得像个顽童，手舞足蹈地大声嚷嚷，"人民入住人民大厦，又有人民币花，真是幸福的人民啊！"

我们一起捧腹大笑……

香华女士则静立一旁，不时微笑着添茶递烟，显得温文尔雅，一副似水柔肠。后来彼此"驳通"了广州话，她更是如他乡遇故人，娓娓交谈，动情动心。离别时，柏杨夫妇客客气气地双双题签，赠我一册恰如香华般漂亮的《千般是情》。

回到旅舍漏夜捧读，我不禁为香华女士丰富的人生阅历与纯真的创作激情而震动心弦。热切而深沉，是她诗作的感情基调。在她那凄美的吟哦声中，深深蓄含着关注台湾现实的忧患意识和敢于抗衡世俗的傲然骨气。她的取材，既有儿女情长，也写芸芸众生，从不粉饰，毫无造作，亲切真实，娓娓倾诉。她认为，"新诗不只是少数象牙塔里，文人茶余饭后的优雅与从容，也是广大众生心灵生活的映像与实录"。因此，她坚韧而执著，以不懈的诗艺实践，去实现她的诗歌主张："让诗大众化、生活化……"

那一夜，我几乎未睡。天亮时，萌生了一个想法：也该及早让张香华的诗集与大陆读者见面。

次日，我向柏杨夫妇谈了我的恳求，并对香华女士说：柏杨先生的书风靡大陆，你的书也会大受欢迎的。

她听了笑了笑，说："生活上，柏杨和我是夫妻。但创作上，柏杨是柏杨，我是我。这一点，我要说清楚的。"

征得香华同意，后来出版社让我来选编这部诗集。1989年初秋，香华首次来穗观光，得知我们资料欠全，一回台北就寄来两大包书，包括她亲笔题赠我的《爱荷华诗抄》和《千般是情》。承蒙香华女士的错爱与催促，我为花城版的《千般是情》撰写了题为《温香弥漫的华章》的拙序。此书的出版时间是1990年。

此前此后，我还与柏杨夫妇有过如下的难忘交往。

一是 1989 年 5 月初，我专程赴京等候柏杨，以便一道去中华版权代理总公司，共同办理拟出花城版的《柏杨全集》的版权签约。无奈苦苦等了大半个月，天天不是狂风，就是骤雨，柏杨终究未能从台北"飞"过来，我只得抱憾离京回穗。花城社也从此失却了《柏杨全集》的出版机缘。

其次，2001 年底，果真是"冬季到台北来看雨"，我率广东省出版考察团赴台，下榻在台北一家宾馆，便打了个电话，先问候柏杨夫妇，未想到，半小时后，香华女士就冒雨赶来看望我。见她的脸庞虽也刻了些岁月的痕迹，但她的风采依然。我们无所不聊，既感奋于两岸的往来，又感慨于海潮的起伏。只是分手时，她叹了叹气说，柏杨常卧病榻，很少出门了，很抱歉……我安慰着她，深切问候并托祝柏杨先生健康长寿！

告慰柏杨：《丑》书荣入"30 年 30 本书"

2008 年 4 月 29 日傍晚，从香港电视新闻中，惊悉柏杨先生逝世的噩耗后，我拨通花城出版社副社长詹秀敏的手机，因为这些年来她一直负责港台图书的编辑出版事宜，尤其与台湾许多作家交往密切，她一定能迅速地联系上张香华女士。于是，我在电话里叮嘱，以花城出版社的名义速办三件事：发唁电，沉重悼念柏杨先生并敬献花圈；敬请香华女士节哀；如能征得授权，花城社可考虑重版《丑》书。

同时，为表达对柏杨先生的深切缅怀与感念，我觉得，有必要向公众披露当年《丑》书的出版过程。5月3日，我先后与《南方日报》文艺部副主任周洪威及主任陈志红联络，主动"报料"。他们即派记者蒲荔子，来到我在出版局的办公室，采访了我和叶曙明。

2008年5月8日，《南方日报》以独家报道的方式，满满一整版的篇幅，配以花城版《丑》书封面照片，刊发了《〈丑陋的中国人〉大陆出版内幕》的长文，并以黑体字加上编者按语：

柏杨魂归道山，葬礼将于5月14日低调举行。这位上世纪八十年代在大陆几乎妇孺皆知的作家，因其去世再一次引起公众的关注。而大陆人最熟悉的柏杨的著作，无疑是《丑陋的中国人》。书中的"酱缸文化""窝里斗"等概念已经成为日常的文化概念，但人们可能已经忘记，1986年12月，大陆第一本《丑陋的中国人》出自广州花城出版社。

现任广东省政协常委的陈俊年，当年是力主出版此书的花城出版社副总编辑。撰写《其实你不懂广东人》的知名作家叶曙明，当年正是此书的责任编辑。记者近日采访他们二人，揭开了《丑陋的中国人》尘封的出版内幕。他们回忆起在铁皮屋里编辑这本书的情景，讲述初版 210 万册的奇迹，还有被批评、做检讨的历史。

5 月 9 日，花城社社长肖建国告诉我，嘱办的三件事，前两项已经落实，唯有重版《丑》书一事，因柏杨著作的出版版权，在大陆早已另有授受，故花城不可重版了。我们都为之深深遗憾！

2008 年 12 月，为隆重庆祝改革开放 30 周年，全国各种媒体都举行了声势浩大的宣传活动。《南方都市报》别出心裁，勇于创新，从文化的角度切入，并经广大读者的"海选"及专家学者的严审，举办了"30 年 30 本书"的评选活动。

12 月 8 日，该报郑重地公布了"30 年 30 本书"的入选书目。可以告慰柏杨先生在天之灵的是，《丑陋的中国人》荣列其中！

是日的《南都》，在刊登《丑》书封面的巨照下端，特意醒目地注明："《丑陋的中国人》，柏杨/著，花城出版社，1986 年版。"

紧接着是一段有关《丑陋的中国人》一书的"内容简介"。

最后一栏是"入选理由"，写得凝练、精准，俨然柏杨杂文似的，发射出强烈的震撼力与穿透力——

只有敢于正视自身丑陋的中国人，才有可能是美丽的，这就是柏杨告诉我们的有关中国人的辩证法。在上世纪八十年代，这本书点燃了一枚反省自身的巨大的炮弹。

2009 年 7 月底至 8 月初

附注：2009 年 6 月中国出版科学研究所约稿函告，为展示新中国 60 年来出版成就，拟编辑出版一套包括 60 年来有关名著、名编、名店（新华书店等）故事丛书，并明确要求，把《丑陋的中国人》的出版过程详写出来。我遵命如实撰写，原文完整地被收入《出版六十年·名著的故事》（2009 年中国书籍出版社出版）。

磨呀磨碟沙

磨碟沙，面积不大，地处赤岗附近，与我现住的屋村只隔一条黄埔涌。

查史料不见记载，想问问原住民，却又都被拆迁得不知踪影。因而，心里就常常寻思探问：这个地名，缘何为"磨碟沙"？

八年前，来选楼盘，看过周遭的环境，家人都表态反对：一是黄埔涌的河水太臭，二是啤酒厂排放的浓烟太黑，三是屠宰场杀猪的惨叫太吓人！我却嫌它还不够臭黑吓人。理由说得有点"玄"，我笑着劝道：事物往往会由量变发生质变的。你看看现实，几多问题到了老大难不就会解决吗？况且"老大难，老大难，老大出手就不难"。我还是相信政府会出手的。

果然，入住两年后，磨碟沙就动工修筑黄埔涌东岸。只隔三四个月，新砌的石堤足有一公里长，很宣示地从珠江拐弯处一直延伸至赤岗桥头。河水虽然还臭，但总算有盼头了。

又过了两年，即 2006 年春节过后，忽见磨碟沙闯进了一群庞然大物：挖掘机、推土机、打桩机、压路机、搅拌机、起重机等等，俨然是一支现代建设机械军团的混合作战，摧枯拉朽，搅得满天尘土飞扬。转眼间，屠宰场被推土机"宰掉"了，烂泥滩填满新土，被压路机压得平平整整，茅舍民宅更是经不住钢臂铁爪的强势摇撼而轰然坍塌。远处两条黑烟囱，一条被彻底拆除，犹存的一条也削去大半，且不再冒黑烟。

几乎同时，黄埔涌也热潮汹涌。数十辆大型泥头车，不断向河面倾泻沙石。那双向截流的决战架势，颇像是三峡工程的小克隆。而靠近赤岗的河面上，七八艘挖泥船没日没夜地深抽猛挖，机声怒吼，搅得满河泥浆翻滚，嘈得四周鸡犬不宁。如此大动干戈，却不见安民告示。我们担忧，不知磨碟沙要"磨"什么？

不久，媒体传出好消息：政府拨款将磨碟沙建成小公园的同时，全面彻底根治黄埔涌，包括清污疏航，美化两岸，并新建两座潮汐调节闸，一座建在磨碟沙西侧，一座建在黄埔古港附近。

原来，大名鼎鼎的广州两处历史胜迹——黄埔军校与黄埔古港，都在流经我家门前的黄埔涌的东头。历史距现实并不遥远，荣耀离我们如此亲近！黄埔军校，人称中国的"西点"，委实是我国现代史上的一个亮点。她培育叱咤风云的骁勇将士，至今，趁着夜色，仍时时出没在各色荧屏上。黄埔古港，则是我国海上丝绸之路的重要起点，自古以来就是中国通向世界的主要门户。其海上贸易，始于秦汉，盛于唐宋，明至清时登峰造极。清政府封闭江、浙、闽三海关，却独留广州一口垄断八十载。那天，我专程去拜访黄埔（原名"凤浦"）村，但见古港口、古宗祠、古民宅、古街巷等遗迹修旧如旧，古风犹存。那雄浑苍劲的"粤海第一关"的题匾，高悬于旧时黄埔税馆的门额上，让人读得出昔日"四海云樯临凤浦，五洲商旅汇神州"的繁荣与辉煌。

可见，对黄埔涌的治理与美化，实则是对广州光荣史的传承与弘扬。水脉疏浚了，文脉接通了，人心就活络舒展了。你看，公园建成后，在那片小树林里，几乎每天清早，总有一位长者在吹奏唢呐。也是久违了，每每傍晚，或见桥下浮现出渔舟唱晚的景致，那网上的鱼虾活蹦乱跳，令岸上的游人欢呼雀跃。

近五六年间，令人雀跃的城市建设更是凌厉推进。倘若以磨碟沙为磨心，以三公里为磨槽半径的话，周围数以百计的建设工地，包括地面的、地下的、跨江的、摩天的……凡此种种，最具现代气派的新广州标志性工程，无一不囊括在这座"现代化巨磨"之中！

毫不夸张地说，此时此地，在这条被确定为广州城市新中轴线的附近，每一寸土地都饱受着现代化的洗礼与磨研，

95

以致经年累月，沙尘蔽日，灰霾不散。每一寸光阴都在呼啸前进，即便在子夜，你也会听得见半空中弧光焊花的哗剥怒放与切割锻打的铿锵宣言。高耸入云的脚手架，密密麻麻，像是现代画师用巨大排笔猛刷下的繁纷线条，勾勒出一派层层封裹却如春笋破土的拔节之势。此时的广州，俨然化身为一座座气宇轩昂的巨型吊塔：立定现实，扬起巨臂，哪怕是艰难的转身，也不辱使命，不负重托，把梦想与抱负混凝成未来的预制件，不失时机地镶嵌进更高的追求！

如此浩大的工程，如此紧迫的工期（迎亚运），无论对决策者、组织者，还是设计者、施工者，都是严峻的挑战与考验，其引起的社会震荡与关注，也是空前广泛和高密度的。比如，对 BRT 的抨击、对灰霾天的指控、对珠江治污的问责以及钉子户的维权横幅……几乎所有的大工程都引发大舆论。此期间，民意的诉求与无助，媒体的疏导与鼓噪，官员的道歉与雷语，都伴随着大都市化的急骤步伐而演进为加快民主政治建设的助推器，这也足见广州的开明与开放。

为新电视塔的命名很热闹，媒体坚称"小蛮腰"，公选却初定"海心塔"。采用双名而不定于一尊，恰恰体现了广州人审美情趣的多元与包容。依我看，正名当取"海心塔"。说广州没有海，那是浅见。广州不仅有"海"，也有"心"，海心上有塔保佑，不是很美很诗意很有海福么？况且其正对面恰有一座"海心沙"岛，方位明确，名副其实，也好记好找。至于"小蛮腰"，虽含调侃意味，叫开了也无妨，可在

《广州地名志》"海心塔"的词条中作俗称而备注之。后来定名为"广州塔",也是蛮有道理的。

值得反思的,是那些拌着水泥钢筋而凝固的永久遗憾。别处不说,只对磨碟沙作些点击。

公园落成后,磨碟沙仍屡受折磨。由于要建猎德大桥,好端端的公园被突然占去一半,刚种上的花卉草木也惨遭蹂躏。因为要在黄埔涌一公里内的河面上,接连建景观桥、艺洲桥和高架桥,河堤筑了又毁,毁了又修,河涌掘了又填,填了再挖!公园里有一座玻璃桥,中看不中用,清晨露水湿,雨天桥板滑,害得游人战战兢兢,如履薄冰(注:2020年此玻璃桥被拆除重建为水泥桥)。如今公园开放了,却又在近些天挖挖填填,据说要建游艇码头。现代施工多用封闭式,但如此短视的规划,如此混乱的设计,如此无序的施工,如此造成的巨大浪费与消磨,却是难以围蔽的。

随着亚运的逼近,磨碟沙周围的工程都将竣工了。广州的现代城建史也将因此写满新的一页。值得浓墨重彩的不只是建设成就,更应是为此作出巨大奉献与牺牲的广大市民,包括入穗务工人员。

那次,恰逢新电视塔原点的开掘之时,我好奇地溜入工地,向三位挥镐的江西籍民工,作了一番简短的"访谈"。"什么是原点?"我求教地问。"原点就是起点。"一位理小平头的民工答道。"新电视塔就从原点竖起来吗?""对呀,"一位民工抬起头说,"竖起来广州就看得远了。""是你们把广州托高的啊!"我由衷地赞叹。"我们?"一位敦实的民工笑了笑说,"我们是外来工哩"……

也记得那个台风之夜,趁着雨歇了,我照例去江边散步。走到在建的景观桥下,只见那座临时工棚宿舍,刚被暴雨洗劫得一片狼藉:雨水湿透床铺,蚊帐滴着泥水,许多衣物散落在烂泥地上。民工们无暇顾及这一切,正忙于赶夜工建桥墩:掘土的、挑沙的、传水泥的、扎钢筋的……炽白的射灯,把一个个甩开膀子、汗流浃背的身影,生动地映印在桥墩的外立面上,真切地告诉世人:民工就是桥墩!

最难忘那个黄昏,下班路过广州塔工地附近。猛见马路旁警察们个个神色凝重。路人告知,是日,乃广州塔广场征地搬迁的极限日子。但并未见发生什么冲突。夜色渐降,晚风平和。只见街尽头的原住民,陆陆续续,或推着堆满坛罐的板车,或扛着大件小件的家什,三三两两,携老带幼,默默地走出巷口,又依恋地一步三回头!路灯下,震慑心魂的,是那一双双无奈的目光……

如今,要观赏最新最美的广州夜景,当选节日之夜,登临猎德大桥。东望琶洲夜空,怒放的烟花喷火吐焰,万紫千红。西眺珠江两岸,凌乱中新城崭露,气象万千。那钻天的广州塔,通体透亮,俨然一尊镂空的迎春花樽,矗立江天,接福九霄。西塔如同南天一柱,撑起满天星光。歌剧院仿佛是一座会唱歌的巨石,正横空卧吟。博物馆神秘隐现,恰似藏满神奇的宝盒。海心沙看台突兀怪异,颇惹审视。倒是观光的夜游船艇，彩屏幻影，流金泻银，映得满江珍珠滚动，项链浮闪。而眼前的猎德大桥，更是缀满灯饰，形同彩贝含珠，恍如对珍珠的生成与珠江的内涵，作出最生动形象的演绎与昭示。

是的，磨呀磨碟沙！既然我们面临黄金发展期，也是矛盾多发期，更是新旧交替的社会磨合期，那么，摩擦、磨炼、磨砺、磨勘，以至打磨、碾磨、折磨，甚至磨难……这一切相伴相生的经历与过程就不可避免了。这也是人生成长乃至社会发展的普遍规律。河南省裴李岗出土的古石磨盘表明，中国的悠悠磨转，至今已转了7800多年。对于人生而言，磨砺何尝不是一种财富。对于社会来说，磨合则是达到调和矛盾，融汇意愿，整合力量，促成新生的有效途径。正所谓"好事多磨"。

联想新世纪这头十年，我们国家的发展巨变，从山坳上的中国向街市上的中国的伟大转型中，接连经受非典的肆虐、雪灾的重创、地震的强撼以及全球金融海啸等等的巨大挑战与磨难，中国反而强起来了，广州日见靓起来了，磨碟沙也磨出了秀气！这一切，不都印证了"宝剑锋从磨砺出，梅花香自苦寒来"么?! 记得孔子编纂的《诗·卫风·淇奥》中有则隐喻，说要做有文采、有修养的君子，就要像加工骨器和玉器一样"如切如磋，如琢如磨"。城市也要有品格，就更需要精琢细磨。

事实上，广州的发展史也确实是一部打磨史。一位文史

99

研究员告诉我，古代珠江江面宽阔，广州城市现今的大部分区域都地处水下，海珠区更是如此，只有几块露出在水面。其中常年露出水面的被叫做"岗"，如赤岗，退潮时或枯水期才露脸的叫"沙"，磨碟沙因古时形似碟片，被水打磨，故而得名。这是一道历史磨痕，磨转至今，广州亦尚非至臻至美，仍须科学而持续地打磨啊！

　　磨呀磨碟沙，只要你磨的是好事！

　　磨呀磨碟沙，只为了明天会更好！

　　今天的磨碟沙，已是广州地铁的一个站点。我们由此出发，正飞速穿越新的时光隧道……

2010 年 6 月 10 日

中国大陆南极村考察报告

——徐闻角尾：大陆之角，神州之尾

考察的缘起

地处中俄边境的黑龙江漠河村，近年加快旅游建设，并更名为"中国北极村"，一跃成为"中国最令人向往的金牌旅游胜地"。究其经验，贵在创意。"北极村"将"中国大陆最北端"的独特区位优势发挥到极致：举凡车站、宾馆、饭店、界河和边境线……都冠以"中国最北"为神圣命名。在"中国最北邮局"门前，每每涌现游客排长龙寄明信片的盛况。我们身临其境，背北面南，呈现眼前的是苍茫无垠的整个中国！国家意识、领土意识油然而生……

由此联想，我省湛江乃至广西北海一带，近年也竞相亮出"中国大陆最南端"的旅游名片，但因至今缺失明确的

"顶端点"的支撑，"最南端"的区位指向便失之于空泛了。这两年多，我执意查阅史地资料，或去粤西苦苦寻觅，以期找到那个令人心灵尖叫的"顶端点"。

后来，在《徐闻：大陆之南》一书中，我惊喜地读到这段文字："中国大陆最南端的极地是徐闻县角尾乡灯楼角，它与海南天涯海角和台湾鹅銮鼻并称为大陆及两岛的'南三端'。"天涯海角和鹅銮鼻我都去过，那两处早已是闻名中外的旅游胜地。唯独徐闻角尾，至今待字深闺无人识！

为此，我独自专程去角尾调研考察。大喜过望！得到的结论，便是一个令人惊叹的发现：湛江徐闻角尾乡就是天然现成的"中国大陆南极村"！

这真是：众里寻他千百度，蓦然回首，那人却在渔火珊瑚处……

真实与传奇

角尾因地形酷似伸向大海的一只牛角而得名，位于徐闻县境西南部，距县城 28 公里，三面环海（东、南面临琼州海峡，西濒北部湾），北连陈迈镇，面积 49.6 平方公里，人口 3.2 万人，有 11 个村委会，36 条自然村。考察发现，角尾独特的区位优势、滨海景观、人文史迹和渔家风情……构成了"中国大陆南极村"的绝对真实与传奇。

102

独特的区位优势

角尾的"顶端点"是灯楼角，地理坐标为东经109°55′，北纬20°13′，古有"极南""尽南"之称，绝对是中国大陆最南端的唯一极地。至此，角尾之名，凸现出更广更形象的含义：它是名副其实的大陆之"角"，神州之"尾"！

壮美的滨海景观

角尾海景，大美壮观，自然本真，多姿多彩。

海是双海　蓝湛湛的南海水与灰蓝蓝的北部湾，交汇相拥在角尾的臂弯，形成壮美多情的双海奇观。一地坐拥双海，这在中国海岸并不多见。角尾有此福分，真是得天独厚！

浪是奇浪　时见若隐若现的尖沙洲，那是南海与北部湾的分水线。分水线变幻莫测，潮汐风向都会令其变得形态迥异、逶迤多姿。尤其涨潮时分，双海涌起的潮水，从不同方向同时发力，相互激荡拍打，打出一条长长的"十字浪"，令人叹为观止。

礁是珊瑚礁　角尾拥有中国大陆架唯一的成片面积最大、种类最密集的珊瑚礁国家级自然保护区，总面积143.785平方公里，绵延37公里，礁区已查明的珊瑚物种多达3目19科82种，海底奇观堪与澳大利亚大堡礁媲美，享有"粤北丹霞山，粤西珊瑚礁"、"万岁娘"（珊瑚礁寿龄超过一万年）、"中国最美的海岸"等美誉。

此外，角尾延绵的海岸，弧线柔美，海清沙嫩，坡斜徐缓。角尾属亚热带海洋气候，四季无冬，万物葱茏。常见的琼北原生态，这里原版纷呈。角尾还是著名的南方果蔬北运基地，每天都有冷冻车队开赴全国各地。

密集的人文史迹

角尾虽属偏安一隅的弹丸之地，但人文史迹却是悠久密集，几乎连贯古代、近代、现代史脉，包罗军事、经济、文化景物，且悲欢荣辱、泪水笑声都刻满岁月深痕。就从历史源头顺数下来吧。

放坡村　角尾灯楼角与海南澄迈县临高角隔海相望，对角距离只有 12 海里，因此，灯楼角历来是渡琼最近的启航点。北宋绍圣四年（公元 1097 年）农历四月，苏东坡流放海南，便是由惠州经雷州过徐闻，在角尾渔村稍作逗留后，由此乘船登岛的。为此，这个渔村被称为"放坡村"（意即流放海南时苏东坡住过此村）。千年至今，放坡村敬贤如师，厚德重教，诗书礼乐，古风犹存。尤见古朴坚固的民居宅院，以珊瑚石垒砌，外墙平整雅观，俨然对仗有致的律诗结构，而珊瑚石缝中，常有微风过隙，音韵飘逸，故珊瑚屋被誉为"会吟诗的房子"。

古灯塔遗址与法式凯旋门　灯楼角因自古建有灯塔而得名。据《中国航标志》记载，作为海上丝路的重要助航设备与地理标志，清政府建在角尾的灯塔，命名为"关滘尾灯塔"。鸦片战争期间，外国侵略者觊觎这条黄金水道。1894年，法国人分别在灯楼角和临高角建造灯塔，并在两地各建面阔20米、进深7.4米的七开间洋房，作为管理和生活用房。1941年，日军侵占雷州半岛期间，灯塔被毁。洋房则拆于1984年。如今，尚存的连体青石七拱门（又称"法式凯旋门"）及遗留的断壁残垣默然而立，唯"徐徐可闻"的涛声诉说着海疆风云与历史沧桑。

渡琼作战指挥所　1950年3月5日19时，中国人民解放军十四军一一八师三五二团加强营790名勇士，在师参谋长苟在松和营长陈承康的率领下，分乘由林望炳等80名船工驾驶的13条木帆船，从灯楼角启航，飞渡琼州海峡，打响了解放海南第一枪。翌日下午二时，在海南岛儋县白沙井成功登陆。3月16日，2937名解放军官兵，分乘由徐闻船工驾驶的81条木帆船，亦从灯楼角启渡，在海南岛澄迈县玉苞港胜利登陆。为铭记徐闻人民为解放海南作出的巨大贡献，当年十五兵团司令部在赠送锦旗上敬书八个金字"解放海南，功在徐闻"。

如今，作为人民胜利的历史见证，作为祖国统一的战略伟筑，青石砌墙、三层楼高的渡琼作战指挥所，依然凭海临风，坚固如磐。在广东千里蔚蓝的海岸线上，她是一座高矗南天的红色丰碑！

岬角盐场　角尾自宋至今盛产海盐。灯楼角盐场现有面积536公顷，是我省重要的产盐基地。除了引水和收盐用现代机械，当地盐农至今沿袭千年不变的原始生产方式，完全靠日晒风干，硬是将碧波变成白雪。于是，在海尾岬角，游人不仅可饱览海水变盐——"国之大宝"的生产全过程，而且收盐时节，白茫茫盐田一望无际，那是令人惊艳的"南海雪原"！

改革开放新灯塔　无独有偶，灯楼角现有的两座灯塔，恰恰都是改革开放的成果：1979年建的灯塔，是在新中国成立之初海军建的白铁架灯塔旧址上改建而成，塔高16米，石砌塔身呈圆柱形。1994年，时值灯楼角设塔百年之际，广东省海事局在保留1979年灯塔的同时，在古灯塔原址西侧，建起一座多功能现代化新灯塔。36.6米的塔高和六角菱形的造型，寓意着"生生不息，六六大顺"的吉祥祝福。新灯塔配备国产化的高亮度智能灯具、全天候雷达应答器以及太阳能环保供电系统，亮堂堂彰显当今中国的综合国力。"中国大陆最南端"的醒目大字，竖砌在灯塔面海的巨幅南墙上，成为大陆南极显著的唯一标志。日如擎天巨柱，夜放文明之光，新灯塔宛如"高大上"的助航天使，热情守望着国际航道，迎来送往，不舍昼夜。因此，人们把新灯塔视为中国改革开放的时代象征！

这两年，新建景观有三处：风电群塔、珊瑚展馆及潜水培训基地。风电群塔的业主是国有"粤能"公司。27座巨型风力发电塔，一排过矗立在海岸线上，旋转的风叶一如巨人展臂，搅动满天风云，极富现代气派，成为摄影者必选的"秒杀"佳景。珊瑚展馆由广东省海洋与渔业局投资管理，占地面积两百亩。去年建成的珊瑚标本展馆现已对外开放，第二期工程即珊瑚活体展馆即将告竣；同时，与广东海洋大学合办的潜水培训基地亦已动工。角尾正在成为探海培训和科普教育的重要基地，也将拥有中国大陆最南端最野性兼最现代的"水族大观园"。

奇特的渔家风情

大海盛产生猛海鲜，热土奉献丰硕佳果，岁月繁衍传统习俗，潮流涌来西方文明……这一切，合奏成一部奇特美妙的角尾风情交响乐！

长寿之村　角尾的原生态，不特指陆海景观，也指阳光灿烂、空气透明和水质洁净，更包括民风的和善淳朴和百姓的身心康健。前不久，徐闻县评上"中国长寿之乡"，角尾则是徐闻闻名的"长寿之村"：80～90岁的现有765人，90～100岁的80人，超过百岁的老寿星有4人。那天，在渔民家吃晚饭。进得小院，绿荫满庭，花香弥漫，挂果的波罗蜜树干之间，悬着两张写意的吊床。主人的小汽车泊在红豆树下，车旁静卧着一对小花狗。我感激主人摆上满桌海味，她笑眯眯地招呼："随意啊，家常菜，都是刚从海里'跳'到锅里来的。"

文化"雷区" 许是由于偏远、闭塞，内陆文化鞭长莫及，反而倒逼着角尾的乡土文化强劲生长。但凡春节、元宵、清明、端阳、中秋等传统节日，舞龙舞狮、劲走"火山"、神游"串令"、巡行飘色……千年延续的百姓狂欢，成为壮美角尾的文化盛典。难得的是，几乎村村有戏台或对歌台。戏演雷剧，歌对雷歌。欢庆时节，鼓乐雷鸣，欢声雷动，雷州半岛上的这片热土，俨然是春雷滚滚的文化"雷区"！同时，小小角尾居然有一座基督教堂和六座妈祖庙。东西方文化在这里相安相生，交流融汇。海疆与心田沐浴着东西方文明的关照与恩泽。人们敬天敬地敬神敬祖，至今保持着祈祷、祭祀等民俗活动。敬畏与向善，成为人们的精神主导和行为操守。教堂的钟声，祖庙的香火，韵香飘逸，同佑尽南，共祈永泰！

赶海之乐 在广东沿海，环境污染足致传统的"赶海"场景几乎绝迹。但在角尾，赶海依然是人们获取食材的生活方式，也是寻求野趣的闹海乐事。那天拂晓，我特意赶去赶海现场。在灯楼角附近数公里的海滩上，但见潮水退处，渔火点点，人影绰绰。人们俯身弓背，且巡且停，不时翻动小块礁石，敏捷地将潜伏的螺贝鱼虾尽收篓中。赶海赶上两三小时，即可满足自家食用，富余的则上岸就卖。于是，堤岸上热闹成"天光墟"。卖鱼论堆不论斤，只讲整价不零赎，这种市场规则古老而新奇。可以想见，若将"赶海"纳入旅游节目，必定大受欢迎。

现实的问题

尽管拥有如此丰富的旅游资源，但角尾的现状，却是待开发，欠发达，饱受冷落。偶尔来猎奇的，多半是先锋的摄影发烧友。传媒也极少关注，独见去年《南方日报》发过一篇通讯。

真实地说，角尾远未形成旅游业态，就连基础性硬件设施也欠缺不全。部分路段还没有实现硬底化，大巴难抵灯楼角。无大型停车场。食宿不便，没有旅游餐馆和宾馆。我执意要住下来的那晚，也幸得借宿于风电公司。

角尾缺水，没有河溪，生产和生活全靠地下水。去年惨遭超强台风正面袭击，多处海堤损毁严重。

为改变角尾的窘境，当地政府和群众作出连年努力，但徐闻毕竟县穷力薄。因此，座谈会上，乡干部和群众言辞恳切，殷殷期望：加大扶持投入，加快角尾发展。

思考与建议

角尾实在不应该被遗忘被冷落。为此，在撰写拙文的同时，我向政府部门送上一份"参事建言"，专就发展角尾的思考与建议，提出我的一孔之见。

发展是硬道理。角尾不发展或慢发展都没有道理。

角尾是中国沿海稀有的风水宝地。无论从军事、经济、生态乃至历史、现实、未来纵横考量，角尾都堪称大陆之南的战略要塞。发展角尾，有利于彰显和维护国家利益：在神圣的大陆南极，宣示中国的海疆美丽和主权尊严，大大激发国人的爱国热情和海权意识。从广东层面上着力，有利于振兴粤东西北战略的全面推进，也是实现"两个率先、三个定位"的题中之义。对湛江徐闻而言，更是分内事，将角尾建设成现代滨海旅游园区，可辐射带旺广东最西部的社会发展。而以"中国大陆南极村之旅"为龙头，足可串游盘活徐闻的西汉古港、贵生书院（为被贬在徐闻"添注典史"的中国戏剧鼻祖、"中国的莎士比亚"、《牡丹亭》作者汤显祖与知县熊敏捐资创建）以及红土地上"菠萝的海""香蕉的海""甘蔗的海"……

由此展望前景，在中国旅游地图上，南有南极村，北有北极村，她们将是一对相守南北、绽放两极的美丽姐妹花。徐闻角尾与海南天涯海角和台湾鹅銮鼻，倘若结成中国"南三端"旅游战略同盟，实现互通互航，则将创造出"祖国统一"的旅游热线和惊世品牌！

然而，这些背景和前景，往往淹没在人们对角尾"路漫漫""太偏远"的抱怨声中。其实，酒香不怕巷子深。酒真的香，香如香格里拉，现代旅游者还怕路途远吗？何况广湛

110

高铁指日开通、汕湛沿海高速全线兴建、港珠澳大桥飞虹在即！再说，更远的天涯海角早已人满为患，没准角尾的崛起会截留、分流南渡的游人及过冬的"候鸟"呢……

为此，我首要的建议是：对于发展角尾，为政者要带头增进感情，提振信心，强化责任。偏远尤须亲近。欠发达更要快发展。

具体建议包括：

正名与管理　作为旅游目的地与旅游品牌名，将角尾旅游区定名为"中国大陆南极村"，设立"中国大陆南极村管理委员会"。

立项与申报　将"中国大陆南极村环境保护与旅游发展项目"确立为省市县重点工程，并分别向国家"建设21世纪海上丝绸之路"、广东省"振兴粤东西北经济发展战略"及"老区扶贫战略"、湛江市"十三五"规划及省市县"旅游发展规划"等申报立项，力求全面深度切入，争取各级重视扶持。

规划与原则　规划先行，是保护和发展的前提。认真做好角尾地形的立体测绘及其史地文典的搜集整理。以国际视野，战略眼光，立足现实，传承历史，创新未来。探讨以"务实与超前、保护与发展、海洋与陆地、风貌与文化、完善公共服务设施与适度旅游商业配套、政府为主导与村民为主人"等相并举并重的科学规划原则，形成《中国大陆南极村环境保护与旅游发展规划》。规划宜分近、中、远期。近

111

期开发首选一平方公里的灯楼角为核心区域，重点完善旅游服务配套设施。中期要做好开发海洋海港大文章，利用角尾现有的南岭、苞西、放坡、白宫、包萝等可停300吨船舶的港湾，直通穗湛琼桂及越南之便，力争建成新海丝的"尽南"港口或重要泊点，成为旅游冲浪、飞帆、游艇乃至国内外邮轮的"可靠家园"。在中远期，更以热带的热情，为国民休闲养生预留或提供"过冬基地"及"长寿福地"。

建章立法　借助国家及省市县现行的历史文化名城名镇名街名村保护及旅游发展的上位法规，做好宣传普及，制订乡规民约，出台《徐闻县角尾乡"中国大陆南极村"保护与管理暂行办法》，积极推动《广东省徐闻县角尾乡"中国大陆南极村"保护条例》的立法与实施。

当务之急与长旺之策　打造"中国大陆南极村"是一项复杂系统的社会工程。实施中要依法依规，积极稳妥：一是切忌开发即开杀。新常态下的旅游开发，不能走老路，切忌大拆大迁，切忌与民争利。尤其角尾，历史文化遗产多，自然风貌原生态，这些珍贵的资源，只能精心保护，不可任性损毁。二是让原住民成为受益的主人翁。常见的新景区之所以多半"短命"，一个致命病因是，原住民被圈地为"维稳对象"。因此，"南极村"的建设，要始终维护好、实现好、发展好村民的合法权益。要广泛动员本地民众和外来投资者积极参与"南极村"的保护与建设。有关吃、住、行、游、购、娱等服务设施，多用民居珊瑚屋，或兴建商业风情街，以便旅游经营活动与村民日常生活融为一体，让村民们成为充满获得感和自豪感的主人翁与管理者。对于规划布局、建筑设计、经营特色、商业氛围和文化意蕴等等，政府应予热情引导和依法监管，以此激活传统风情，实现居民利益，既保障旅游者的旅游质量，又永续"南极村"的兴旺繁荣。三是尽快拾遗补缺。能修复的人文史迹，要尽力修旧如旧，比如，那幢已毁的法式七开间洋房，宜尽早复原重建。渡琼作战指挥所，虽然现存完好，但隔窗望进去，"败絮其内"，堆满烂船破网，实在有碍观瞻。由此想到，在灯楼角最需要补缺的是，应当建一座"解放海南纪念馆"和立一尊"解放海南英雄群雕"！四是积极宣传推介。角尾要致力提高知名度和美誉度，主动介入现代传媒，展开生动持久的宣传攻势。创办"中国大陆南极村旅游网站"，利用互联网，全方位多角度向全中国全世界展示小小角尾之大美、奇美、艳美……

临别角尾，很想见见健在的"老船工"。乡干部林英虎便带我去拜访邓洪烈。邓老今年 94 岁，高高瘦瘦，满脸慈祥。交谈中，老人侧耳听，话不多，但有四句经典之语，令我刻骨铭心！

忆及解放海南的渡海之夜，邓老只说了句："月黑风高浪又大啊！"问及其长寿秘诀，"清清淡淡"，答罢他细声打听"今年政府津贴发了没有？"聊及角尾的发展前景，他凝望门前阳光长叹一声："等了好久啰!"起身告辞之时，我衷心祝福老人家万事如意，长命百岁。他微微笑，点点头，喃喃道："怕不止吧"……

2015 年春节至春分

诗歌钉子户

——罗沙琐记

　　早就该写写罗沙，却迟迟未敢动笔。有两个压力山大，不妨先说说。

　　一是罗沙诗著多，诗龄长。罗沙今年八十九岁，诗龄七十有余。自 1945 年发表处女作至今，其诗著近三万行，诗论过十万字，出版诗集十部。其中最新的这册《白云霞光》，是他入住白云山老年公寓这十年间，出版的第六部诗集。如此高寿高产、诗满人生的"罗沙现象"，实为广东乃至全国诗坛所罕见。这仅仅是罗沙业余或余热之作。他的职业是诗歌编辑。离休前，花城出版社出版的数百种古今中外诗集诗论，以及改革初年创办的《海韵》《青年诗坛》《当代诗词》等期刊，或策划或组稿或责编或决审，几乎本本都与罗沙有关。因为他当了十年诗歌室主任。罗沙一辈子痴迷于诗，坚守于诗，不老的诗心真是"比铁还硬比钢还强"。要悟透写透罗沙——这粒"诗化的沙子"（黄治中诗句），对我而言，绝非易事。

二是罗沙的诗读者众，评论多。他的小叙事诗集《东方女性》一版再版，发行七万余册，创下了诗歌图书的"票房"奇迹。至于评论，我国诗坛名家如邹荻帆、张永枚、谢冕、孙绍振、李元洛、陈良运、岳洪治等均有赏析评介，其中不乏学术论文。平民百姓也点赞。同住公寓的长者伍家明，就在《老人爱读罗沙的诗》中写道："我身体多病，痛苦难耐时，读读它，就会增加生活的勇气；寂寞苦闷时，读读它，也会增加生活的乐趣，觉得人生还有些意义。"

近年，广东文友不约而同地为罗沙撰文赋诗，如省老领导张汉青，出版社老社长岑桑、范若丁，老编辑司马玉裳、杨光治，老作家洪三泰、吴茂信及晚辈樱子、黄治中、司徒杰、采云……其中杨光治就写了六篇。这批温馨诗文，仿如良朋夜雨围坐在一起，品赏共享罗沙诗艺成果的同时，纷纷以同事或亲历亲见者的回忆，真切记述着罗沙为诗为人的感人情景及细节，字里行间洋溢着对罗沙诗意人生的敬慕与祝福！说实在，拜读之余，令我深感迟写罗沙心愧疚，而今写来却长叹："眼前有景道不得，崔颢题诗在上头"！

倒是罗沙早有诗句，记录着我们的诗缘："我俩忘年知交/高等学府谈诗"。40 年前，我读华师，罗沙也家住华师。他从墙报上看到我的诗草，便来学生宿舍找我，令我惊喜难忘。那是夏日的傍晚，罗沙骑单车载我去他家，我紧靠着罗沙的腰背脊，沿着浓荫庇护的校道，清脆车铃摇响一路诗语……

我常去罗沙家，讨教，借书，还蹭饭吃。为此，邓秀芬阿姨（罗沙爱人，华师印刷厂厂长）为我备有一副专用碗筷。罗沙谈诗，常把自己当"靶子"，取出存稿或新作，要我"点射"。拜阅中我发现，罗沙从不写政治抒情诗，只专攻小叙事诗。诗情也不是大江东去，一泻千里，而是像他平时说话，温和平缓，涓涓如泉。他的诗作蕴含着丰富的人生阅历与思索，从红军后代到南下军人，从电影编辑到诗歌编辑……一路求索，一路酝酿，以致厚积薄发得格外沉实。罗沙的《卧狼山》，取材于1959年西藏平叛的战斗经历；构思一年多，1961年10月才在成都写出初稿；之后随军调防潮州，于1962年8月再作修改；直至1978年2月赴京定稿，同年5月号《诗刊》刊出，前后历时20个年头！罗沙为我开列过一张人生必读书目。而我把罗沙当书读。读得最敬佩的，是他对诗的执着与坚韧。终生受用啊！

幸运的是，毕业分配时，经罗沙推荐，岑桑支持，陈标放行，杨奇促成……我从华师留校转调出版社，成为罗沙手卜的一名诗歌编辑。

初来乍到无房分，见罗沙常住办公室，我也"入伙"住进去。后来，才明白，罗沙有家不常归，外宿之意在乎诗。且看他的夜行诗踪：

　　草草晚餐（那年头，饭堂的晚餐只售 5 分钱萝卜干拌 3 两粮票 6 分钱的白饭），罗沙便匆匆出门组稿。通常一晚走访一两位诗人。往东走，穿过东湖上东山，遍访广州军区的诗人群。往西行，乘 12 路车至文德路，去拜访省作协的众诗人。因路远搭车不便，探望越秀山下的芦荻和彩虹桥畔的野曼，就骑单车穿街过巷。约稿，谈诗，聊天，也常聊及敏感的时政话题。有一晚，罗沙得知张永枚"放"回来了，便带我一起去探访。去军区招待所的路上，罗沙感慨地说起张永枚："名诗人啊！走过弯路也不是全错在他个人。张永枚写过《骑马挎枪走天下》，写过《人民军队忠于党》，写过《红松店》，写下那么多好诗好歌好戏，我们应该去看看他。"……

　　每每夜访归来，冲个冷水凉，罗沙就伏案台灯下，静静地做两件事：看稿，复信。那时来稿真多，多到有时要拉板车去邮局运回来。罗沙看阅全国来稿，很善于从中察觉诗汛前兆，捕捉出版机遇。并发挥主将杨光治及同事们的集体智慧，及时策划新书选题，致力首创，系列出书，打破了"逢诗必亏"的出版常规，以显著的双效双赢，引领全国诗歌出版新潮（详见杨光治为罗沙撰写的《可敬可亲的"大傻瓜"》）。有道是"桃李春风一杯酒，江湖夜雨十年灯"。罗沙在办公室，为人作嫁，夜耕诗园，也亮足十年心灯啊！

　　转眼间，罗沙离休快三十年了。说实话，彼此见面少了，牵挂却多了。我担忧他的身体。毕竟身患癌疾，住过五次院，挨过二次刀。但他硬顶过来，还精精神神的。他对我说过一番人生哲思："小孩有时发烧了会长高，人老有病未必不是在成熟。"我也挂念他的心境。毕竟老伴离世，两个女儿远在大洋彼岸，单罗沙独处远郊。真怕他寂寞难耐。但这么多年了，罗沙志趣不淡，诗兴不减。他用《亲情》回答：

世上只有妈妈好，

人间只有儿女乖；

每周通一次话，

每年见一回面；

孝心永远难了，

亲情抒写不尽！

我很担忧老人家的生活质量。毕竟移居老年公寓，"白云深处有罗沙"（张汉青诗句）。洗涮饮食，起居出行，谁来服侍照顾？况且近年失聪，如何让他倾听而不闭塞……这一切，好在好人有好报！罗沙的两任保姆是一对表姐妹。前任回湖北老家留守去了，就派表妹来接班，前赴后继似的。每每携扶罗沙外出，保姆必带齐药盒、纸笔（以便与罗沙"笔谈"）及保温杯。难以置信的是，有一回，罗沙背诵新作，中间卡了壳，保姆竟能脱口接上。我兴奋得写上纸条："老罗，您把保姆也培养成'诗粉'了！"保姆点头，罗沙大笑。

今年春节，我和陈海烈与罗沙共进午餐。保姆抢过菜谱就说："我来点菜！罗沙爱吃什么，能吃什么，我最知道！"

罗沙为老年公寓创办了一间书屋。满屋图书全是他一次次进城背回去的。他在赣南老家也捐建书屋，千里迢迢为苏区乡亲送上缕缕书香。"悦学诗屋"是罗沙为其居室取的名。顾名思义，悦为心悦，学无止境，诗乃至爱，名副其实。罗沙在小小诗屋里专写抒情小诗。小诗不小。句短情长。他写道，"残缺的牙齿，冷落了肠胃"，但依然星光下"在苦读书，为前半生'缺失'补课"；"稀疏的白发，淡化了的欲望"，但依然闲人不闲地"近看云山入云，远眺珠江泛珠"。因为"偶接越洋电话，半听半猜半晓"，所以更关注：人间的"友情亲情爱情"，世态的"潮涨潮落潮平"。莫道"白云山中闲住，诗书堆里忘忧"，一首短短的《差异》，足可见罗沙对现实的深深关切：

乡下少男少女，
进城打工养家；
城里贫困父母，
流汗卖奶维生；
亲生儿喝米糊，
富贵女汲母乳！

四年前的冬末，我和罗沙、司马玉裳同去市郊黄岐拜访

120

岑桑。途中遇见拆迁维权的场景，我们便有所议论。罗沙沉思良久，突然"蹦"出一句："我是诗歌钉子户！"

信哉斯言！敬哉斯人！真的悟不透，写不尽——罗沙情怀总是诗……

2016 年春分雨夜

你还是一朵花

——岑桑印象

读初中的时候，虽然家贫，但我还是凑够零钱，特意买来一本心爱的笔记簿，把整整一册《当你还是一朵花》抄了下来。我抄的自然是"文化大革命"前的版本，作者的署名是"谷夫"。"文化大革命"期间把"一朵花"当作"大毒草"来大批特批，但我还是把抄有"大毒草"的笔记簿一直珍藏至今。我觉得，这朵"花"不仅文笔优美，知识丰富，更主要的是，她教我如何做人，如何珍惜如花的青春。所以，我的许多同辈人都把她当作人生教科书，把作者"谷夫"看成是可亲可敬可信赖的青年良师。很可庆幸的是，1977 年，大学毕业后我调入出版社，在岑桑同志直接领导下开始了文艺编辑工作。不久，《当你还是一朵花》如重放的鲜花得以再版。说实话，直到看见封面上作者的署名改为

"岑桑"之时，我才晓得：原来我们文艺室的主任竟就是我心目中一直十分崇敬的"谷夫"。真是有眼不识泰山！何况他和我，桌对桌，面对面，朝夕相见……

见得最多的，是他那和蔼可亲的笑容。

那时候，省内的中青年作者常来编辑部。岑桑常常闻声离座，微笑着迅速跨步迎上去。那种跨步有如"急急风"，带着喜悦和热切，他那发自内心的问候往往是先从咚咚咚的脚步声传出去的。岑桑对许多作者十分关切、十分熟悉，以致他能敏捷地辨认出许多人的字迹和口音。比方门外刚传来一阵略带沙哑的客家口音，他准会高兴地猜定："哈！程贤章来了！"然后是循声迎上去。有一次，诗人谭学良来访，结果彼此握手的那当儿，岑桑手中的笔掉了下来，惹得笑声四起。

便是在这样亲热的气氛中，岑桑接待过数不尽的作者，和他们谈长篇，谈短篇，或散文，或诗歌，从思想到艺术，从结构到细节，从题目到标点……他总是微笑地凝神谛听着你的高论、你的高见，或点头，或摇头，但眼睛总是笑眯眯地注视着你。然后，他谈他的分析、他的建议、他的期望。炯炯的眼神中闪烁着对你的尊重和信赖。自始至终，你会觉得你面对的不仅是一位知识渊博、经验丰富的文学编辑家，而且是一位推心置腹、肝胆相照的人生老友记。

在岑桑近40年的编辑生涯中，究竟有多少部粤版图书倾注了他的心血，究竟有多少位业余乃至专业作家得到过他的帮助，恐怕是多得难以统计，恐怕连许多受惠者本人也未必完全知晓。只记得他常常一坐就是一个上午，铺开信笺就埋头写下去，一封接一封，许多是写给那些远在山乡、渔村、工矿的作者们的热情回信。也记得有好几回，岑桑匆忙地掏出小手绢，以孩童般的认真将手绢打了好几个结。我好生奇怪，有一回忍不住问他："老岑，你这是干什么？""啊？！"岑桑抬起头，自嘲般地微笑着，"今晚约好去文艺招待所见中山来的余松岩，我怕事情一多给忘了，先打个记号，擦汗的时候好提醒自己。"当然，对于作者中的某些不正之风，岑桑也往往报之以冷峻的微笑。有一回，他接过一封"吹捧"信，他显然消受不了，就当众朗读起来。全信的内容记不清了。只记得其中一段是特意"赞美"岑桑的钢笔字的，说是"岑老，您的字——美如风卷杨柳"云云。读到这里，岑桑忍不住连连大笑，说："我的字还'美如风卷杨柳'呢！真是笑死人啰！"他的笑，既是对来信者的含蓄批评，也包含着他的自责自谦。因为我不止一次地听岑桑说过，他写的稿子，有时由于字体不易辨认而难为排字工人了。此话大概不假。但我也耳闻目睹，这几年，岑桑兼练书法，练得似模似样，以至《羊城晚报》晚会栏目专门介绍过他的书法成就。我相信不久的将来，他兴许会爆出个"岑桑书法展"的冷门来。

岑桑的笑声，常常发于肺腑，连续不断，充满着持久的爆发力。他的笑容，富有真学者的风度，而绝无伪学者的架子，有着孩童们的真挚，却绝无夜郎般孤傲……特别是他对作者的那份笑意，永远是那样热情，那样自谦，那样给人以亲切和温暖，因而他在作者、读者乃至编辑同行中都享有很高的声望。作为后来者，我常常思考着诸如应该怎样当编辑，怎样与作者和读者交朋友等等问题，想着想着，便往往不期然地想起了岑桑的笑容……

岑桑伏案疾书的那副勤奋身姿，也常教人肃然起敬。

作为出版社的领导，岑桑是公认的出色的勤政者。他向来主管编辑业务，每年审阅签发的书稿多达数千万字，他不仅练就一目十行的速读本领，而且那些病句、错别字及标点符号，也很难逃过他的"火眼金睛"。他伏案审读的神态，很有达摩面壁的专注和韧劲。整日整日的全神贯注，只听见翻阅书稿的声音。读到精彩处，他才笑出声来，击节称赞。别人上班"一份报纸一杯茶，两个烟圈吐半天"。岑桑却忙得连上洗手间都常常疾步如风，而且每每出到走廊，又匆匆折回办公室，找几份报纸往腋下一夹，这才满足地前去"蹲点"。那时候，广州的电话真难打，十拨九不通，要耐着性子避忙音。遇上这种时候，别人等电流只会一味唉声叹气，岑桑却是惜时如金，见缝插针：一手抓着听筒，一手扬起报纸，在等待的间隙中，蛮有兴致地浏览新闻信息。

在编辑部里，总有些很活跃的"长气侃爷"，一侃起来，滔滔不绝，没完没了。这时，岑桑通常是起身离座，微笑着走到人堆中间，悄声地问：某某的信，你复了没有？或问：某某的稿，你几时看完？他这一问，令侃题即改，编辑部很快就恢复了"办公秩序"。的确，在岑桑的面前，谁都很难偷懒。倒不是他有什么铁的纪律、铁的手腕，而他靠的是以身作则，他比你上班早，比你下班迟，他的工作热情和效率总是远远超过你，令你感动都来不及，你还好意思偷懒！这两年，岑桑虽然退休了，但他仍然全身心扑在一往情深的出版事业上。记得1991年大年初一，我接过许多贺年电话，但坦率地说，岑桑的最感动我，你听听："……喂喂，俊年吗？新年好！新年好！今年你有什么新打算……啊，好，好！喂，我想跟你商量一下，过了年初四，我想开个《岭南文库》编委会议，议题我昨晚拟了一下，总共有四个，第一……"接完电话，周围正响起鞭炮声，望窗外满街是熙熙攘攘的闹春人潮，心想：这样的喜庆日子，全国都放假了，老岑，你却从除夕夜到年初一仍然念念不忘工作、工作、工作！我不由得想起了你在你的散文中的不断呼唤："时间，时间，时间！"——"这是因为我痛心于失落得太多的时间。"——"任它岁月如流水，依旧豪情似大江！"老岑，你的生命果真似奔腾不息的大江啊！

熟悉岑桑的人都知道，这十余年，正是岑桑从壮年步入老年的转折时期，然而，也恰恰是他事业的辉煌时期。从公务来说，这期间，他当了多年的广东人民出版社（实际上包括广东教育出版社和新世纪出版社）的社长兼总编辑，为繁荣和发展广东出版事业做出了贡献。与此同时，他本人的文学创作也欣逢特大丰收季。他有生以来一共出版了 25 部著作，包括小说、散文、杂文、评论、诗歌及儿童文学等等，其中有 19 部专著，是在这十余年间出版的，总字数达 300 多万字。在繁忙的行政公务中，岑桑竟然撰写了如此丰厚的文学作品，这在广东作家群中委实鲜见。那么，他究竟用了什么"秘密武器"，他是怎样刻苦地写作的呢？

作为许多时候的现场目击者，我可以作证的是，岑桑虽然是一位优质高产的著名作家，但他更是一位如假包换的业余作家。他的所有作品几乎都诞生于业余时间。午休之时，所有的编辑都在办公室里打铺"卧倒"了，唯有岑桑没有午睡的习惯。午饭后，他常常沏上一杯茶，铺开稿纸拿起笔，埋头伏案，奋笔疾书，只听见沙沙沙的笔底生风。那种亢奋与忘情，令他执笔的手不停地迅速挪动着。一个中午下来，一篇佳作，一气呵成，无需重抄，即可发排。下午的上班铃响，往往叠合着岑桑新作的问世婴啼。这当儿，岑桑会时不时轻声朗读起他的新作，让我们分享着他那未尽的激情与兴奋。

记不清有多少个夜晚和节假日了，岑桑放弃了对天伦之乐等等的享受，或是有家不归，或是归家不久又出来，独个儿悄悄躲进办公室里，一盏台灯长相伴，通宵达旦地"填格子"。那时候，办公条件十分差劲，夏夜停电，风扇不转蚊虫多，熏人的是一盘蚊香，流泪的是一支蜡烛。岑桑却微笑着作一篇又一篇的《残雪断想》《沙角怀古》《宝瓶口遐思》……以及写下了一篇又一篇的诸如《唱给新来的日子》和《风流云逸的年代》……说实话，那时候的物质生活还很贫乏，即使加夜班也难找个馆子去宵夜。岑桑填肚子的办法是因陋就简，或是几块饼干顶一夜，或是把下午消暑的汽水留待晚上喝。总之，吃喝之类他不大讲究。有感于此，我常常觉得，岑桑虽然是个很有名气的文人，但他的本质仍然是农民的儿子。不是么？"谷夫"者，种田人也。"岑桑"者，"蚕桑"的谐音也。老岑，你以你的名字以及你在田畴般的稿纸上的辛勤耕耘，证明了你不愧是一位勤劳智慧的顺德佬啊！

岑桑向来乐于思索。早在 50 年代，便以犀利的目光关注、思索着国际风云，满怀激愤地写下了一大批深受读者欢迎的国际小品。从 70 年代末至今，应该说，岑桑的目光变得更为深邃，更加睿智了。因为同室办公，我常常看见岑桑那副陷入沉思的神态：目不转睛，屏息凝神，紧闭的嘴唇时不时蠕动着，仿佛牙床里正在嚼磨着某种坚硬的思想内核，双眉时锁时开，睫毛一扑一闪……然后他或是轻声叹息，或是沉默不语，如此反复三思，许是达到思想的沸点了，他会眼睛一亮，敏捷地铺开稿纸，飞快地疾笔写下去……

分析岑桑这些年来的思想轨迹，我们不妨把目光回望得更远一些。

粉碎"四人帮"之后，经过拨乱反正，党的十一届三中全会确定了基本路线，从此，我们的国家进入了社会主义新时期。剧变的时代振奋了亿万人民，使我们获得了前所未有的崭新生活。真理标准的讨论实质上是一场人人受益的思想解放运动。她为每一个勇于追求、勇于探索的思想者开辟了宽松且广阔的思想天地。在这个时代背景下，中国一大批具有良心的当代作家，紧紧跟上时代的步伐，从个人的生活经验出发，努力寻找与同代人的血肉联系，积极寻找历史的底蕴，以更自觉的责任感和更强烈的紧迫感，大胆突破，敢闯敢试，既严肃地反思过去，又热切地拥抱现实，无论怎样评价，新时期文学主流是好的。岑桑的新作（包括他经手编辑出版的一批文学新著），便大都是在这个时期勇于思索的结晶体。思辨色彩益发强烈，哲理因素益发饱满，生活透视益发真切，构成了以深沉清朗为基调的崭新气质，这是他前期作品所鲜见的。尤为可贵的是，在探索和思考的过程中，岑桑紧紧扣住"文化大革命"和"改革开放"这两个截然迥异的重大事件不放，对前者彻底批判，对后者由衷礼赞，老作家和老编辑的勇气和胆识跃然纸上，体现了岑桑对真善美的追求已跃上了一个新的高度。

记得打倒"四人帮"不久，面对十年内乱造成的严重书荒，岑桑作为"老出版"更是心急如焚。他和同事们经过紧张的策划和"密谋"（那时候还需要来一点"地下工作者"的策略呢），火速拟订出包括《苦斗》《三家巷》《黄金海岸》和《山乡风云录》等等在内的一大批重版书目，以解广大读者的渴求。对于这样一件大好事，想不到编辑室里也有人坚决反对，并且打小报告告黑状。岑桑对此倒相当冷静，义无反顾，只是悄悄地抓紧审定这批书的再版封面，甚至亲自跑到印刷厂去校阅清样，抢时间，抢速度，使广东文坛上一批受禁已久的鲜花得以及时地重新怒放。大概是两三年后，当那位同志调离出版社时，岑桑才在欢送会上作了一番语重心长的勉言："左"的东西根深蒂固，不仅领导有，我们也有。你反对重版那批书，说真话当时我也心有余悸。这是不足为怪的。关键是，面对新来的日子，我们都要在各自的岗位上坚决执行"双百"方针，敢于顶住"左"或右的干扰，这才是责任编辑的责任所在。应该说，正是由于有一群像岑桑这样富有胆识的编辑的敢闯敢试，才使广东出版界在第一次思想解放运动中赢得了赞誉。人们不会忘记，那时候，广东不仅诞生了大型文学杂志《花城》，而且率先引进港台文学作品如《黑裙》《寒夜的微笑》，以及武侠小说《萍踪侠影》等。引起轰动的长篇小说《人啊人》也是在广东出版的。与此同时，他追随时代前进的步伐，以自己勇敢的实践和丰硕的成果，为新时期文学大厦添砖加瓦，为推动文学新潮而出谋划策，助力促奔，最显著的我认为有两点：一是岑桑对真理的追求锲而不舍。"文化大革命"的磨难，并没有使他有任何的消沉。相反，他以悲愤的泪水擦亮眼睛，以更加犀利的目光透视历史的底层、剖析谬误、认识真理，在思索中苦苦追求，在追求中加深思索。而这种对真理的求索，在他的新作中，又往往是通过形象和情感加以集中而显现的，比如他的《填方格》《躲藏着的春天》《残雪断想》《早春》《太阳的故事》……二是他对创作怀有开放的心态。有些人年纪稍稍一大，心态就变老了；或是光凭老经验，拒绝接受新的事物；或是以资历为本钱，专吃老米了。岑桑的心态却依然青春勃发。他对新时期的生活，对改革开放的变化，更敏感，更关注，更是全身心去投入，去感受。他常常回顺德住上三头两日，接受故乡热风的亲吻。报告文学《三保太监船队的故事》便是他献给父老乡亲的深情恋歌。那首《在风中》得于他的虎门之行。他借"虎门的风"，呼唤历史的前进必须紧紧依靠人民的力量，改革的力量，进步的力量；呼唤在引进外资和技术的同时，对于那些属于全人类所有的精神文明也要积极引进。有关改革开放题材的作品，在岑桑新作中占相当大的分量，这正是他热切拥抱新生活的真挚情感的自然流露。岑桑之所以常写常新，充满青春朝气，我认为还有一个重要的原因是，他从不认为接近和学习青年就会辱没自己；他不以老自居，不因名气而高傲得瞧不起小字辈。相反，在他的书信中，在他的交往中，甚至在他的选稿倾向上，他更多的是关注青年一代，向他们"倾斜"，和他们交心，从当代青年中吸取生命和艺术的活力，与青春结伴前进。从这个意义上说，岑桑还是"年青人"，还是"一朵花"。

　　记得岑桑的客厅里，挂有一副对联。如果说过去是他的自勉，那么如今他是应当自慰的——

    俯仰无愧天地
    褒贬自有春秋

1992 年 5 月 12 日

你真的还是一朵花

——岑桑的笔墨、情怀与思想

25 年前，我将有关岑桑的出版成就、编辑风范以及对我们晚辈言传身教的感人故事，写成 6000 字的纪实散文，发表在黄树森主编的《当代文坛报》，题目是《你还是一朵花》。

今天，参加广东省作家协会召开的岑桑学术研讨会，十分荣幸。我发言的题目，也是我最想对岑桑说的一句话：你真的还是一朵花！

岑桑今年 91 岁。他是职业老出版家，至今仍在主编《岭南文库》。他也是业余老作家，一辈子坚持业余创作，出版文学专著 32 部，总发行量 250 多万册，足足影响了好几代人。读初中时，我曾把岑桑名著《当你还是一朵花》整本抄下来。前些天我还找到，在另一本笔记上，也完整地抄录有他的散文名作《松梅篇》，文末注明："1973 年 6 月 8 日深夜抄。"那是我当兵退伍后在和平县文艺创作组工作期间。岑桑是我敬爱的师长。师，是终身受益的良师；长，是我从事出版编辑工作的第一位直接首长。今天，我特意带这本旧笔记来参加会议，在感恩的同时，也让它来见证岑桑作品的深入人心与影响久远！

岑桑的文学成就与创作经验，是一笔宝贵的文化财富，值得全面总结。下面仅从他的笔墨、情怀及思想这三方面，谈谈我的学习体会。

岑桑过硬的笔墨功夫，常发力于文字、文笔、文采。作为编辑名家，岑桑对文字的调遣与运用，素有职业的敏锐与责任的严谨，就如秦牧在《艺海拾贝》所提倡，每每是"经过心灵的厘等称出来的"，从而，形成了岑桑文字的"三精"风格：精准、精练、精美。岑桑遣词造句，格外重视动词。"松傲雪，梅含春"，这一"傲"一"含"——"境界全靠动词推出"——这是岑桑在《松梅篇》中透露的一句写作秘诀。再者，岑桑拥有多副文笔，几乎"通吃"文学品种，均有精品名作。其中诗歌、小说，尤其散文，是文学界公认的佼佼者。上世纪中叶，他写国际小品，一写就写到《红旗》杂志要调他上北京当编辑；他写儿童文学，一写又写得荣获首届冰心儿童文学奖。在走笔文学家族中，岑桑智慧地把近亲拉得更亲近：在诗歌中融入杂文的思辨；把散文写成不分行的诗歌；写小说洋溢着散文的抒情与意境……这一切，足见岑桑的才情与睿智，也亮现出他的斐然文采：字里行间流淌着诗意与哲理；可吟可诵的中国诗文音律中，糅进了欧风美雨似的西洋句式与韵味；取材生活化，立意形象化，知识蕴含古今中外，趣味浓度老少咸宜……岑桑是位慈祥的哲人智叟，读其作品，常有良朋夜话之感。

岑桑的情怀，我认为最真切的莫过于，他浓缩成常用的"谷夫"和"岑桑"这两个笔名以及那首抒情诗《加州怀祖》。两个笔名，寓意着像农夫般的播种文明并像"蚕桑"一样甘于奉献，而且凝聚着他对故乡父老及稻海桑田的深深眷恋（岑桑是顺德人）。《加州怀祖》的"怀"，是诗人远赴美国加利福尼亚州，寻找当年华工凄惨的"命运印记"而发出的悲怆浩叹；"祖"是祖先的祖，具体指被"卖猪仔"，漂洋过海，在旧金山挖金矿的岑桑的老祖父。由老祖父的飘零写及旧中国的凋零——"记下我们这个古老民族/苦难历程中的一段坎坷"（岑桑诗句）。诗，不足百行；泪，湿透纸背；由此，跃然浮现的是，贯穿岑桑作品的一根感情主线——情系祖国和人民。

岑桑对祖国的热恋，往往直接就点燃成灿亮的题目，如《写在秋海棠叶片上的情诗》《为爱寻根》《沙角怀古》《绝塞怀忠》《黎明再光临》《唱给新来的日子》《风流云逸的年代》《未来在笑着》等等。在山水名胜的众多纪游中，岑桑常常感怀于黄河曲折，泰山巍峨，残雪消融，春潮澎湃……把万千思绪提纯成最真挚、最真切的赤子恋歌：无论放声高唱，还是沉思低吟，岑桑声声诉衷肠，献给祖国总是情！

岑桑的情怀也是平民的情怀。芸芸众生，普罗大众，构成其作品人物的主体群雕，如《哀月兰》《强记补锅》《我家二婶》《黑衣姑娘》《野孩子阿亭》等等，写的多是百姓命运中的喜怒哀乐。甚至，他意犹未尽，状物拟人，倾情地为自然界的花果草木，抒写了一系列散文，如《梦归紫云英》《苔花的风格》《杨桃启示录》《草叶如师》等，从而由衷地礼赞平凡中的高大上，草根里的真善美。《强记补锅》，实际上也为我们的人生补上了重要一课：岑桑在"文革"中被批斗得极度绝望之时，常驻足于强伯补锅的街边档口。看似为生计而偷师，实质是从心灵上拜师。因为强伯给岑桑补上了强有力的生存勇气和人生信念："命运再悲惨些也没有什么大不了。不是说，'一棵小草也有一滴露水养'吗？只要放得下面子，同样可以活得舒舒坦坦，正如强伯那样。"

岑桑的作品，闪烁着强烈的思想光彩。尤其党的十一届三中全会以来，伴随着思想解放和改革开放的社会巨变，岑桑的思路更开阔，思绪更飞扬，思想更成熟老辣。因而，我们更多地读到了岑桑真实的心思、深刻的反思与奇妙的神思。

"真实是思想体系的一种美德。"岑桑的心思见诸文字，真实得坦坦荡荡。例如，他写《这是一支哀兵》，落笔就写道："参加全国第四次文代会归来，有同志问起我对大会有何深刻印象，我说'对于极左路线来说，文艺队伍是一支哀兵！'"因为连大会"服务员们见到这支曾经惨遭摧残的队伍时，也忍不住哭了，说'开了那么多大会，你们文艺界最惨，不像个队伍。我们这里真像个伤员医院……'"然而，正是大会的隆重召开，党和人民的关怀和信赖，"构成了这支队伍的力量的根基"，所以，岑桑坚信"由历史本身总结出来的法则：哀兵必胜！"

写"文革"题材，尤见岑桑严肃警醒的思想锋芒。如《燕子和风》《填方格》《船骸》《太阳的故事》《躲藏着的春天》《好汉不流泪》《如果雨下个不停》等众多篇章，他控诉"高压"的残酷，更铭记百姓的友善；悲叹人性的扭曲，更感奋天道的公正！难能可贵的是，在深刻的反思中，他把自己也摆进去，严于解剖。《午夜焚书》，岑桑之所以焚心灼痛，是因为在点燃线装书页的那一刻，"那深重的犯罪感，叫我双手都发抖了"。尽管焚书是因恐惧"勇士们"再来抄家，但毕竟"我觉得自己亵渎了神圣，忤逆了先人，也辱没了自己"。因而，"我后悔、内疚，责怪自己……"并且"那痛感并不因为业已事隔二十多年而稍稍有所消减"！这种深刻自省，正是从骨子里对"文革"的彻底否定！

岑桑常作奇思妙想，多有神来之笔。对春天的感知，他从蜡梅报春，一花独放不是春，万紫千红总是春的传统诗意中，深思引申：真正的春天，必定是"花将一直开上人们的襟怀/绿将一直漫进人们的心窝"。许多人见过写过雷州石狗，但唯有岑桑以石狗蹲伏百姓家门，看更守夜，憨厚朴实，形神可亲，来比照石狮的趋炎附势、侍奉权贵及兵马俑的奴性僵立、死心陪葬，从而发现石狗的"古朴之美、稚拙之美、沧桑之美"，揭示出石狗文化最深层、最本质的核心价值："勇敢、正直、忠诚、侠义以及对平民百姓的彻底皈依。"船过长江三峡，游人总是虔诚迷信地痴望神女峰。写及此情此景，岑桑神思飞扬，充满哲理的警句是他心灵的呼唤："人们啊，当你们在激流中行进的时候，最实在可靠的，毕竟还是你们根据自己苦苦探索而建立起来的航标，而不是神……"

岑桑也像一座航标。他是我们出版界和文学界的榜样和楷模。他荣获中国韬奋出版奖和广东文艺终身成就奖，都是实至名归。因为他拥有确实令人敬慕的"三高一低"：人生高寿，作品高产，人品作品高品质，而且谦逊低调。他提议或主持召开过许多作者作品研讨会，唯独没有开过自己的。这几年，他一再借用海明威的话来表达心愿："只要有船和风，我还是要出海的。"我还知道，除了"出海"，岑桑还有一个上山的愿望——去上井冈山！那是信念之山……

2017 年 11 月 11 日夜草

墩头有镜照古今

　　曾镜如，清末民国年间广东客籍书画名家，1850 年生于和平县彭寨镇彭镇华表墩头村，卒于 1936 年，享年 86 岁。

　　曾镜如先生毕生从事中国传统书画艺术。自幼得家传严教，随祖父景象老师（曾南仪，字景象，号燕轩）熟读四书五经，精研书帖画谱，少年即考取国庠生；青年升读官办画院数年后，走笔岭南，游艺粤海；中年弃官返乡，更潜心耕艺不辍，至暮年壮心弥坚。那年代，风雨飘摇，兵荒马乱。先生生死坚守故土——生于斯长于斯终于斯，全身心倾情于中国传统文化的守正、创新与传播，与父老乡亲朝夕相处，共克时艰，其悠悠岁月，算起来，足足一轮花甲有余。

　　先生艺作繁多，广为流传，但惜乎时隔久远，狼吞烟熏，风侵雨蚀，散失惨重。

　　所幸，聊慰我们的是，这一册《曾镜如书画宝存》图书，弥足珍贵地收录了先生的书法精品《家梅园师小传》（附有工笔人物画像），及其《孟公谱叙》《高祖腾捷老师小传》《梅园家老师像》等书画诗词作品。先生生平亦有简介。

此外，本书首次整理披露，一批古今达官雅士、专家学者，如清代广州府、惠州府、高州府等政要以及当代中国艺术研究院、中央美术学院、中国美术学院、清华大学美术学院、中央民族大学等教授、美术评论家、古字画修复大师及海外画家等等，对曾镜如先生作品人品的由衷评语。这是古人与今人的共识与礼赞。

镜如真如镜，明亮鉴古今。

捧读此书，读着读着，不由得浮想联翩。对镜照心事，"心事浩渺连广宇"……

便想起墩头村。彭寨也是生我养我的故乡。我家住彭寨街，离墩头两里路。入读的幼儿园，就在华表塔下。因而，墩头于我，再熟悉不过了：山水相守，田园相望，瓦舍交错，曲巷通幽，宗祠、庙堂、亭榭、梅园、古井、荷塘，古韵纷呈，禅境浑然；小河对岸，茂竹婆娑，古榕苍翠，华表塔巍巍然耸入云天……说实话，儿时迷恋的此一派天地人和的怡美景致，至今依旧是我的梦中乡愁。而且，心上总是悬着一道不解之谜——

本是穷乡僻壤，何致如诗如画？

及至读完此书并查阅相关史料，我才恍然惊叹：墩头村的历史与文化积淀，竟是如此深厚源远，远至有新石器晚期遗址。出土文物还表证，墩头建村史已达一千五百年以上。明初扩村建大宅，先贤们把取名"敦厚围"这三个大字，笔墨浑厚地直书于大门额上，以自勉之并教诲子孙：敦仁厚德，乃是客家人安身立命之本。大宅住家60余户，门号匾额，均以"德行"寓意命名，如育德居、怀德居、德馨居、宁俭居、德兴居、安敦居等等，足见客家人崇德尚行的情怀操守。华表塔是彭寨至为高大上的美丽地标。明代由民间捐资建成，故有许多民间传说。信不信由你。我则相信彭寨地形似大船，建塔当桅祈顺风之一说。尽管客观上未必有此作用，但它委实曾经是佛、道、儒三教合一的宗教圣殿，也是满壁诗、书、画集于一身的文化宝塔。只可叹惨遭"大跃进"和"文革"内乱破坏，以致塔顶烧裂，遍体鳞伤。即便如此，我仍坚信，昂首矗立的华表塔，永远是彭寨人的信仰丰碑，也是矢志远航的精神桅杆——长风破浪会有时，直挂云帆济沧海……回望墩头村，还有一座名震东江流域的梅园书屋。五进厅门上，至今悬挂着"第一儒林"的旌匾。史亦有记载，此乃当年广东提督学政万承风奏请清朝廷所赐，彰显着官方对梅园书屋办学宗旨、教学成就及社会影响的最高评价与褒奖。岁月流逝，书屋亦消失了朗朗书声，但那袭人的缕缕书香，至今仍自对对门联飘逸而出——"屏垣不设放入春风扬素志／户牖大开任随化雨洗襟怀""气爽风清快耕读／西山北海乐樵渔""何问士农一寸光阴须惜／不分商贾半毫机巧莫为""论古不求秦以下／游心时在物之初"……

说来也巧，这三处古建筑，追根溯源，与曾镜如均有血缘关系。明初建敦厚围的落基者、梅园书屋的创始人曾孟荣，便是曾镜如的老世祖。梅园书屋的历任主讲者连居老师、腾捷老师、伴禹老师，及其后振兴者曾克常即梅园老师，也都是曾镜如的上祖辈。晚清年间，华表塔数番修缮，塔身绘画、书法、装潢等，均为曾镜如执笔独立完成；1943年再度美容，则由其次子曾玉辉（广东书画家）主笔。史脉见人脉，人脉传文脉。墩头村徐徐舒展的这一幅历史人文长卷，何其延绵，何其奇丽。

奇就奇在，彭寨墩头远非富庶之地，亦非得天独厚，论墩头屋舍比不上林寨四角楼的气宇轩昂，论财源也远不及滚滚洄江通珠江，生意直接"十三行"……惟其如此，四角楼的典丽堂皇，显赫着客家大户的富贵与气派，大家大业，高屋建瓴，中西合璧，却又不失客家的传统恭谦，故名"谦光楼"。而墩头村这一派家园建构与人文营造，则创造出另一番普遍而特殊价值：她呈现普通客家山村崇素尚简、敦勤秀朴的生活方式与家居场景，满满精蕴着客家平民的生存智慧和齐家谋略，真切深刻地揭示出客家人何以世居山区，身处贫寒，却照样晴耕雨读，生生不息的成因真谛。

墩头村的历史基因及美誉要素，是一笔宝贵的社会财富，值得全面探讨总结。本文试作如下三方面的梳理与赏析。

一、"首倡斯文"。这是明朝邑侯吴公赠予墩头的金字题匾，也是历史哲人对九连山下这片文明古村的颔首点赞。敦厚围中厅长联 80 字，镌刻着墩头前人以"素、敦、古"为立村之要义："为父慈为子孝为兄弟友恭为叔姪和气去逆效顺长者教训幼者听从勿败常乱纪便为乡党善士/尔士读尔农耕尔百工手艺尔商贾生理劳心劳力各安本分各勤职业毋作奸犯科自是盛世良民"。族谱记载，墩头历来崇文重教，祖祖辈辈，多以"舌耕为业"。舌耕，即讲学教书授艺，对应现代职业称谓，当泛指文化教育工作者。事实上，得益于墩头舌耕者众，彭寨周边乃至东江流域的受教育者，经年累月，呈几何级增长。仅以梅园老师执教书屋 50 余年为例，入学"列其门墙者前后千余人，获隽者数十"（注：史料说明，此数十人或为"进士及第、举人、拔贡、副榜、岁贡为教谕或分府而理盐务"）。可见当年学风兴盛，人才辈出。曾镜如手书的《梅园家师小传》，不啻是一卷罕见的书法杰作，也是一份珍贵的家风纪实："先代诗书世家，历数百年矣。师性醇敏，目数行下，挥笔如夙构。闻其大父辅公讲业，间视之余，坐床下小儿，竟日敬听，夜分亦如之。辅公爱逾诸孙，代藏奇书，及祖父著作，褒集成部，尚侯剞劂悉付之以绵世守。师事双亲，数十年，依依孺慕；友于兄弟，砚田所登，常推多润寡。为祖父事，每独任之训子弟悉遵。辅公遗训待族党以静镇躁，以德驭才。不用机巧，人以机巧施之亦不知，即知之亦不较。平居手不释卷，凡经史子集，皆评注笺释，教人法严而功专。"由此，我笃信，墩头村千年兴盛的原动力，盖源于人以文之，文以化人，文化才是其最持久的生命力，也是最核心的竞争力。

二、"学术兼经济"。这是 260 多年前，梅园老师从实践中总结的至理名言，也是墩头自治自强的基本"村策"。"仓廪实则知礼节，衣食足则知荣辱。"墩头人深谙此理。惟其穷困山旮旯，思变意识更强烈，更齐心致力于"学术兼经济"的协调发展：一方面，众舌耕者，游艺四方，讲学传道，广播书香，广辟财源。或应邀为达官贵人绘制画像美图，或包揽学宫庙堂装修工程，或承接族谱典籍的编纂、刻写与出版业务（梅园书屋内设"研经堂"，专事图书出版。数年前，仍遗存数百块木雕印版，可见墩头曾是兴旺的出版印刷基地）。这是墩头文人的生财之道，也是乡土文化的滋养之源，当属儒雅高效的致富良策。另一方面，墩头文贤，言传身教，带动普通村民，学技习艺，勠力将文化艺术融入日常的生产生活之中。因而，墩头多有能工巧匠，盛产诸如绣花鞋帽、刺绣服饰、花卉图幅、七色彩带、木刻砖雕、布艺玩具、竹编箩篓、皮草制品及美食糕点等客家特产和手工艺品。其中，最诱人心灵尖叫的，当数声名远播的"墩头蓝"了。这是一匹历史耕织的绵长土布。研发于建村之初，取材于家产棉麻，积数十代人的心血智慧，经纺、耕、织、染、踹等技艺工序，真切地将客家人外柔内刚、俭朴素洁、坚韧低调的性情特质，神奇地织染成挺括柔顺、简约清爽、结实耐磨的"中国传统布艺的代表与典范"（原中央工艺美术学院院长常沙娜的评语）。墩头蓝系列布艺产品，历来畅销县内各乡镇，南走水路销往东江流域，北闯古道销至韶关或远销湘赣闽边区。家家"唧唧复唧唧"，织出殷实扬美名。故墩头村又称"墩头蓝之乡"。就连客家山歌也放声鼓动："嫁郎爱嫁墩头郎，又会织布开染坊。"墩头蓝之蓝，原色取汁于"大蓝"等野生植物，濡染着农耕文明的色泽，却也蕴含着山区客家眺望海洋文明的蔚蓝。如今，墩头蓝上了电视专题热播，更荣登广东省非遗名录。这是新时代的荐举与垂青：墩头蓝不仅仅是客家布衣的本色和标志，更委实是岭南文化乃至中华文化的底色与风韵。

三、"高手在民间"。墩头的历史经验表明，美丽乡村的创建、守护与传承，关键要强壮内生动力与造血功能；众乡亲理应成为主力军；本乡本土的人才是中坚力量，是最宝贵最可靠最经用的第一资源；民间高手则应选为领军人物。因为，毕竟只有他们才有与生俱来的乡恋乡愁。真正的乡恋乡愁，始发于原乡又终萦于故土。这恰恰是墩头高手的最高境界。观其高者，学识高深，才艺高强，德高望重。前述墩头出版之盛，其赖以支撑的顶梁柱多是出自本村的著作者，且多有学术论著。下面随手抄录一串墩头版的古籍书名，足令我们大吓一跳吧：《四书讲意》、《四书笔要》、《列史笔要》、《后场笔要》、《启札合品》、《溪襄杂稿》（四卷）、《课儿便览》（三卷）、《经史诗蠡测》、《东坡寓惠集·注释》、《燕轩札记》、《安敦诗集》……再者，梅园书屋历代名师，注重立德修身，知行合一。每每课余，怡情篱下，养花养心。久而久之，花性入人性，形成墩头"五君子"的独特秉性：腾捷老师品格如梅，伴禹老师亮节如竹，梅园老师德馨如兰，景象老师雅洁如莲，镜如老师气度如菊。而且镜如博学多才，精通书画不消说，还精研佛学、玄学、心学及风水学，尤对装裱、印染的选材与制色深探苦钻：不舍昼夜，紧追时节；踏遍山野，精选草本；巧施技法，细取纤维；调料配方，熬汤制浆……或丰富布艺色彩，以浅蓝、灰蓝、绿蓝、间蓝、点蓝、泛蓝、套蓝等等，素显客家人的纯朴清雅；或独创"置线装裱"，以装裱书画装帧图书，既美观耐看，又防虫防潮，确保书香传世。先生著述甚丰，单为制色装裱技法就著有两本书：其人生色彩凝聚在《制色学考》，其美学情趣隐置于《置线装裱学说》，均令后人受用不尽。拥有如此众多出彩的民间高手，是墩头人文历史的亮点之一，也造就其人才输出的现实优势。墩头村现有 800 多人，多半外出就业，达 400 多人。从业界别囊括文化、艺术、教育、科技、医卫、经济、司法及行政等。以现代舌耕者为众，佼佼者如 2014 年全球客家形象使者大赛总冠军曾桂芬、河源职院副教授曾险峰、县文联原主席曾花君、和平县首席二胡手曾凡漠、和平中学声乐教师曾爱艺和曾党英、舞蹈教师曾春秒、音效编曲师曾远生、摄影设计师曾桂林、笛子新秀曾丽雅……这群文艺才俊，凑起来就是一台戏。因而，自 2000 年至今，每年大年初一，就自编自演一场轰动四乡的"墩头春晚"，成为新世纪墩头村的文化名片。连续 19 年了，留守的村民和归来的游子，年年倾情演绎着对故乡的眷恋、对文化的坚守。

尤为感人的，是本书编者曾春雷。他是曾镜如的玄孙，更是墩头村最自觉坚持的"乡愁发烧友"。儿时的一次偶然捉迷藏，把他迷上阁楼家藏的古书画堆里，从而引发了莫大的好奇心——"好奇心是知识的萌芽"（培根），以致一发不可收，自少年、青年至今年40岁了，他唯一的人生志趣是，立志传承先人艺术，倾情专注墩头文化。他的故事足以写一本书。限于篇幅，本文仅简写其近年经历：

1. 中师毕业闯荡深圳十七年。一为增长才干，二为积聚财力，两者皆为墩头谋。深漂深漂，摆摊、打工、任教、兼职，青春热血搏热风，汗水飞洒化海雨。最艰难时全靠亲友接济，但坚持学艺习画，梳理史料，熬更守夜，致双目"散光"，仍自强不息。

2. 稍有积蓄，便毅然辞职，赴京求学，先后入读中国艺术研究院两年及中央美院一年，专攻中国传统工笔画，师从何家英、陈孟昕、刘新华、苏百钧、李魁正、张伟民、江宏伟、王冠军等众名家，并得到常沙娜、蒋采苹等美术界老前辈的悉心教导。毕竟是自费求学，在京三年，节食俭宿，住地下室，吃流浪饭，饱经北漂的艰辛磨砺，也备尝大师们的温暖关爱。那年寒冬，得知曾春雷交不起房租，苏教授便在工作室里特置一床，以暖其夜求一宿。曾春雷说，这三年，是他人生与艺术最受教益、刻骨铭心的三年。在祖国心脏感奋时代脉动，在美术的最高学府感触艺术的标尺，访故

147

宫宝藏感悟中华文化的博大精深，登万里长城感知每方古砖的非凡作用，而遥望粤北墩头古村更深感任重道远……

3. 北京归来这些年，曾春雷坚持每周六至周一在深圳绘画创作，每周二至周五回墩头做事：深入田野调查、遍访乡贤村叟、整理文史古籍、修裱残存书画、收录民间音乐、笔记传统技艺、拍摄民俗风情、绘制古今村景……事无巨细，躬身亲为。他甚至细心到搬梯丈量每幢老屋，发现屋舍夯土砌砖，刷墙粉壁用料用色的面积比例，均呈黄金切割线之美。他俯身深探村中的每一条下水道，又发现全非图省事建成直道，而是条条弯弯曲曲，力保水不外流，以利生产，方便生活，悄然营造出曲水流韵的文化气场……

4. 事绩盘点：近年来，曾春雷发起召开有关墩头的文化研讨会、文艺惠民及非遗展示活动共百余场，发动、邀请并陪同来墩考察的京沪穗深及港澳台等专家学者达千余人次，撰写墩头文史著述数十万字（其中不乏学术论文），拍摄墩头图片三万余张，录制影像视频十多套，创作墩头题材美术作品及草图百余幅，其中全景式工笔画《墩头蓝之乡》（230cm × 120cm）于 2016 年在央美美术馆展出。其上述图文，成为墩头村申报政府文化项目最翔实、最有力的历史依据和现实诉求。因而，政府一重视，墩头美誉就接踵而至，先后被省颁布为"华表革命老区"、"广东省代表性非物质文化遗产·墩头蓝纺织技艺"、第五批民间文化艺术抢救遗产项目"广东省古村落"、"广东省卫生村"，并被县委宣传部、县旅游局颁布为和平县新八景·彭寨儒林民俗村……墩头村获此众多殊荣，曾春雷功不可没。但他很腼腆低调。他告诉我，墩头有今日，一靠先贤创业开拓，二靠全村父老乡亲的坚守与传承。现存的墩头文物史料，大多是曾凡晴、曾庆营、曾庆华、曾凡染等老前辈，在历次"运动"中冒死保藏下来的。再看看，村里至今没有哪家敢乱搭乱建，恰恰凸现出墩头人对古村的敬畏之心与守护之责。他还举了个事例：2016 年，荣获"广东省古村落"称号的喜讯传来，全村沸腾，梦想成真了！须知那申报材料中的视频制作费 15000 多元，以及选派曾祥建去普宁市参加省第五批古村落牌匾颁领仪式的差旅费 1000 元，也都是村民们自掏腰包捐助的啊。

5. 曾春雷仍在深漂，至今未婚，无房、无车。常年往返于深圳与墩头，坐的是长途班车。他克勤克俭尽绵力，以助墩头早日实现四大愿景：融入现代时尚元素，通过产业化和互联网，把客家墩头蓝打造成中国牛仔布；复兴梅园书屋，为山区培养国画国学现代艺术人才；修缮古村古屋，美化村容村道，办成乡村旅游胜地，让古村焕发生机活起来；编辑出版一套《和平彭寨墩头宝存书系》，使之成为客家乡野文史的百科全书。

的确，墩头的历史很丰满，但现实却很骨感。现存的"古村落"，多半还是"古老""村残""落魄"的缩写版，亟须抢救！为此，和平县人大代表、彭镇村主任曾维乐，日前提交了一份《关于加大对"墩头蓝纺织技艺"非遗的保护与古村修缮的议案》。现原文照抄其中两段要点：

一、墩头蓝非遗的存在问题：

1. 传承后继乏人，织染技艺掌握在村里少数老人的手中，一旦老人去世，面临失传。有些项目，如刺绣则找不到愿意学的生源。

2. 非遗未能取得经济收入。青年一代对非遗项目了解甚少，缺乏兴趣。

3. 生产器具物品残缺不齐，急需活化再造。

二、对墩头蓝非遗及古村保护的建议：

1. 政府及文旅部门要建立经费保障的长效机制，激发当代非遗传承热情。

2. 积极扶持民营企业参与，非遗项目产业化，培养造血功能。

3. 修缮墩头古村，建立非遗展示中心，打造非遗特色街区。

对此，我也作个补充建议：和平县有彭寨、林寨、古寨，若以彭寨为顶角，至林寨和古寨均距10公里，自成等腰三角形。"三寨"现有旅游资源丰富，各具特色，各有亮点，各富魅力，又互为映衬，逻辑连贯，柴近水便，因而，特建议顺势将其打造连结成"和平三寨旅游三角区"。其战略意义和文化价值在于：明清的彭寨墩头村、民国的林寨四角楼、革命的古寨"小延安"，几乎是客家古代史、近代史、现代史的顺衍与浓缩，深刻完整地展现出历史前进的必然趋势与社会发展的客观规律。很期望有关部门充分调动三寨积极性，重视并推动"和平三寨旅游三角区"的科学论证，全面规划，形成合力，精心实施。

客家村居，常有两大特征：一是村呈围龙状，成圆形、半圆形或方形，且多以"围"冠名，单彭寨就有寨下围、永康围、敦厚围、新兴围、军屯围、十聚围、牛角围、马塘围等18个围。围屋围聚着永固的合力，是团结的象征。二是村前总有一口塘，纳春雨秋霜，洗岁月沧桑，兼消暑防灾，莲花飘香，笑声荡漾……

墩头村前，也有一方水塘，却非天然形成，而是人工硬开挖出来的。据老村长告知，敦厚围建成之初，先人们常在村头漫步，发觉美中不足：缺了一方既能映现村景，又能滋润心境的灵光宝鉴。于是，决意挖塘，举村出力，挑土担泥，筑堤引泉，终于盈成泱泱水面，在宁静碧透的意境中，浮出永恒的美丽倒影……

谁家栖居诗意中？你有心镜显倒影么？

啊！墩头有镜，镜如如镜，镜照古今！

啊！祝福和平，祝福彭寨，祝福乡亲！

2018年小雪夜启笔
2019年春分晨脱稿

151

阳明和平

——和平县王阳明图书编辑出版之我见

　　很感谢县委宣传部和王阳明研究会的邀请，回家乡来，跟大家共商王阳明与和平专题图书的编辑思路。编辑出版是我的职业，做书做了40年。但要谈编这本书，就内容而言，我确是外行。王阳明是中国的历史圣贤，尤其对和平，他是开县之祖，凡五百年间，至今福泽九连群山。和平人民历来十分崇敬他。我满怀敬畏，是因为对王阳明的理政功绩、军事谋略、文化成就缺乏全面系统的学习钻研。好在参加过县里几次研讨会，从会议论文及研究会编的史料中，增进了新的认识。比如，阳明心学的核心，主要有"心即理""知行合一""致良知"等精辟论述。更因破除浰头山贼，而感悟提炼出"破山中贼易，破心中贼难"的历史金句。所以，在几次文艺座谈会上我都提出，和平的文化名片，有两张是最金灿灿最响当当的：一是王阳明，没有王阳明就没有和平县，这是历史的定论，阳光的恩赐。二是拥有全国学界公认的"客家宣言"即《丰湖杂记》的作者徐旭曾。客家人遍布全世界，但对"客家人"的界定，却是始于徐旭曾的《丰湖杂记》。客家人因和平徐旭曾而名正言顺、名扬天下。这次县里进一步重视王阳明文化建设，要编辑出版这部专题图书，是非常好的大件事。

如何做好编辑工作，我先谈一些想法，供大家讨论。首先要定个书名，我提议用此书名：《和平建县史鉴》。词鉴、典鉴类书籍，意味着权威性、工具性。当然，鉴，亦含鉴别、鉴赏、借鉴之意。

下面谈谈编辑此书的总体思路及具体操作。

一、编辑指导思想

要体现六个性，即历史性与首创性，学术性与基础性，工具性与可读性。

1. 历史性与首创性。历史性指历史价值，史料的真实丰富，编撰的历史使命。从历史中筛选，又要经得起历史检验。不可杜撰作伪，不可胡编乱造。再说，此书的编辑出版，本身就带有首创性，对和平是零的突破，对全国也是。因为在全国图书目录中至今还是空白。所以，内容形式、装帧印制都要力求有所创新。

2．学术性与基础性。内容的编选、文稿的撰写、史料的搜集，要体现学术精神，严谨、严密、严肃，并非什么内容都收进来。基础性，说实话，此书也是为研究者和后人提供最基本的真实史料和最新鲜的研究成果。我们努力做好基础性的工作，也力求确保此书富有一定的学术价值。

3．工具性与可读性。工具性，相对齐备，可查可核，提供方便，但工具书往往知识有余，趣味不足。因而，此书还需要适当注重可读性。毕竟它不是文件汇编，阅读对象也主要是广大普通读者。要为和平历史、为王阳明研究，提供较全的鲜活史料。文笔活泼，配图精美，印制精良，捧读起来更有趣味。

二、编辑基本原则

面向全国，立足和平；建县为主，重古兼今；守正传承，真全实深；文序体例，科学严谨；图文并茂，史鉴古今。

1．面向全国，立足和平。王阳明荣属中国历史。所以，无论史料的搜集、论文的挑选、作者的构成，以及本书的影响，都要力求面向全国。立足和平，这是本书的重点，也是书名应有之义。和平，是王阳明建功树绩的显赫圣地，也是著书立言的思想源泉，更是阳明关照的岭南热土。要收全写透和平与王阳明的相互关系、相互作用及相互影响。至于王阳明来和平的前后史实，也要适当讲清来龙去脉。无论选稿内容还是作者，都要注重面向全国、立足和平。

2. 建县为主，重古兼今。因为是史鉴，书名决定了建县为主，古时占多，但也不能真是厚古薄今，一点都不写当今，兼顾是必要的。历史正在形成，昨天就是历史，新鲜热辣，需要冷却积淀过程。所以，建县是它的主题、核心内容。如果说此书的竞争力，把和平建县的历史收齐写透，就是它的核心竞争力。以建县历史为主，也要瞻前顾后，建县是源头，源在哪里？流往何处？重古兼今的取向应该是对的。

3. 守正传承，真全实深。守正传统文化，当然包括王阳明文化。要在传承中创新，创新中传承。严格说来，这是审稿的首要标准。守正传承的要义，在本书中体现为四个字：真、全、实、深，即真正、全面、实在，包括"深"，主要强调深入挖掘，深入搜集，深入探讨；能深刻当然更好。

4. 文序体例，科学严谨。包括编排，如，同一辑内容，以写作时间为序，或以该事件的历史进程为序？文章排序，也是编辑学问，类似领导排序，开会排左排右，总有个约定俗成。到底是以建县历史进程为序，以研究成果发表时间为序，或以作者的名气大小为序？我倾向取历史进程为序，不管作者名气大小。

5. 图文并茂，史鉴古今。图文并茂，富有直观的视觉效果，是现代出版物的一大优势。但历史工具书，文中太多图，会令人眼花缭乱。所以，常见的历史类典籍，往往只配非配不可的插图。我倾向全书的正文部分，原则上少配插图；但可单列一辑图片，作为图鉴，尤其对文物遗址、纪念物件等，需要调动视觉效果的，则多用图片展示。图片的文字说明，要精练简洁，不再叙述该事件的经过。史鉴古今，也鉴证作者、编者、出版者、组织领导者对该书的责任、学识与能力。此书应当力求成为集王阳明为和平的平乱之功、建县之绩、教化之能及传承之盛的传世之作。

王阳明研究会的现有书稿，内容丰富，涉及面广，有架构，有基础，有分量，到了"临门一脚"了。编辑们要有信心。相信县委县政府在此关键时刻会更关心支持，悉心指导。编辑出版这部书，是历史性的突破，是首创性的举措。需要花点钱，要花足够的时间与精力，不必为某一时间节点而急于出书。我想，此书出好了，和平百姓喜欢，会当成家传藏书的。教师公务员要读，尤其初来乍到和平的领导同志更要读，不了解和平历史，何以承前启后，继往开来?!

三、几点具体操作

1. 前言后记序文。

前言后记，要不要可以讨论，是用出版前言或用后记，抑或两者都要？我觉得前言要着重讲为什么出版此书，后记侧重讲怎样出成此书。

序，有几种办法，有的大专家很熟识和平与王阳明，请他自己写；有些看完此书稿才写；有些取此书题材他就能写。你们说可请到许嘉璐先生，那真不得了！他是德高望重的国家领导人。记得前些年，为感谢许副委员长对广东出版界的关怀指导，我们去北京拜访他，得到亲切接见。他又是大学者，有大学问，对客家文化和阳明文化深有研究。能请他作序，是和平的荣耀啊。此事最好有专人负责落实。这篇序要回答，为什么要编此本书，将王阳明来到和平后的创建功绩、学术成就、思想成果、社会影响和历史意义等等，作一个系统性的科学总结与评价。至于他来和平前后的，有个概括性表述即可。出版前言或序，对本书不作评价都没有问题，只讲编辑出版的来龙去脉。当然，许嘉璐或谁作序时，对该书作评价就更求之不得了。

2. 六辑内容结构。

关于全书结构，我将你们原书稿的内容及顺序作了较大调整，并改了六辑的每一辑标题，统一用六个字为一句。

第一辑　阳明守巡文选。将原书稿附录部分调上来，放在正文之首，因为这些内容是本书最核心、最主要、最原本的史实。让王阳明自己讲打过什么仗，发过什么命令，写过什么文告，有何请示报告，有何感慨，此是本书的关键内容。将他的原文尽量选出来，包括其他有关和平建县的古文献或古文选。

此内容锁定以和平建县为主，涉及前后相关的，尤其在奏建和平县的同时，有关江西崇义及福建平和两县奏建报告等，也要尽量收录，以全面体现王阳明县治思想的完整性。

还有涉及其数番奔忙赣桂军政要务原作，包括此时期的诗词亦宜选录。诗文本一家。文选收录些诗，说得过去。可附必要的注释。所有的学术研究应从这里开始，跟着王阳明的历史足迹去研究。故将附录放在前面。因为这是和平建县的历史源头。

第二辑　阳明建县史考。此辑围绕"建县"，进行历史考证，学术探讨，分析评价。主选有关和平建县的论文著作，要科学系统客观，注重收入新的学术成果，以拾遗补缺。例如，王阳明思考怎样平池仲容时，先给浰头发《告谕浰头剿贼书》，他写完告谕后即致信弟子，首次提出了"破山中贼易，破心中贼难"，从破山贼而联想到心贼，进而从"易"入手平乱破山贼，从长治久安克"难"破心贼——奏建新县，命名"和平"——寄托着王阳明的远大抱负与伟大愿景，凝聚着人类的共同理想和美好向往！这是和平点燃了王阳明创学立说的灵感火花，王阳明则将和平灵感集束成照亮人心的思想光柱！类似的灿烂亮点，应该有精品力作或一组文章来雄辩宏论。王阳明的这句历史金言，影响深远，至今有强大的生命力和针对性。我们强调信仰、信念、信心，务必攻坚克难"破心中贼"，正心才能不忘初心。此辑的论文，最好能回答王阳明何以呈奏建县，其间他为建县做了什么，怎样做，效果、功绩、影响力如何等等。

第三辑　阳明轶事逸闻。王阳明一生有许多轶事逸闻，本书主要收录流传在和平的民间故事传说，有趣的、生动的、鲜活的，同时也不限于行政、军事、文化层面的，还有日常生活，包括百姓的缅怀敬仰，以及实物实说，如阳明纸、阳明伞、阳明扇等等，以其尊名冠名而托物寄情的来历典故。包括民间神化王阳明的神话传说等都可选录。

第四辑　阳明文化评说。这一辑对阳明文化作出评赞，最好能补充或充实如下的几点。

（1）王阳明思想文化在和平建县的实践成果与传播。

（2）阳明文化与客家文化及和平文化的关系。阳明文化与客家文化及和平文化的相互影响如何？和平因阳明而立而荣，是客观史实；同时王阳明也因和平而更有作为更有建树更有成就，这也是历史真实。英雄不问出处。若一问，皆有出处——"海为龙世界，天是鹤家乡"，这才是唯物辩证的英雄史观。前几年和平出的书或是研讨会的文章，几乎没有提到和平对王阳明的影响，或很少涉及。只讲王阳明的平乱，歌颂他，研究他，这是应该的。但客观上和平与王阳明的关系是相互影响、相互作用、相互深化的。这点要补上相关史料及论文。

第五辑　阳明文遗图览。即文物遗址等，应有一定的实物实景图照，最好是原物、原件、原址、原貌，文创新添的，务求合情合理。例如，那棵王阳明手植大榕树，是我提议要挂上一块说明牌子的。许多人看了就写了许多诗文。缅怀王阳明，总要有一些富有生命力的寄情物吧！文化需要载体，不能空对空，我小时候写毛笔字都是用阳明纸，这是照进我心灵的第一缕透亮阳明。

第六辑　阳明之光永照。本辑主要体现阳明文化的守正与传承。可能会繁杂一点，有关阳明文化的守正、传承、弘扬、传播，包括兴教育、办学堂、举办民间祭祀活动、建设庙堂寺院、开展阳明文旅项目，既是传承的，也有创新的内容，如王阳明研究会的活动纪要年表，不必太具体，点到即止。此书要往后流传的，要经得起时间的检验。所以，应浓缩概括，突出主题，凸显重点，从全县角度，要弘扬光大，让阳明之光永照。

作者标示与封面装帧等。

至于作者身份的标示，我意一律从简，只取一个最重要的职称或职务。封面设计要大气庄重，尤忌花里胡哨。封面如果一定要出现"王阳明"三个字，可在封面、书腰、书脊加以醒目添上。书名用电脑字照排即可。全书装帧设计由出版社请专家负责。另，原书稿有《王阳明年谱》为附录，全书篇幅允许可照办，并在年谱中补充和平建县的相关要事。如篇幅过长，则将年谱改写成《王阳明·和平建县事谱》，前后宜浓缩，还是要重在写建县。

2019 年 6 月 19 日

心中的新华书店

    记忆中，我第一次见到的新华书店，不是一间书店门市，而是摆在街巷口的书摊。摊主是一位来自县新华书店的员工。

    那是深秋的墟日。听说镇上破天荒来了一位卖书郎，我就赶去看热闹。大人们围着书摊议论，从和平县城挑着书担走到彭寨小镇，翻山越岭，披星踏霜，足足要走50华里啊！卖书郎却只顾卖书，不停地吆喝着，热情介绍各种图书的内容及用途，尤其笑眯眯容忍我们这群目不识丁的小屁孩乱翻乱阅。翻阅满地从未见过的连环画，我手痒心更痒，于是，赶紧溜回家向父亲讨来零钱，即又跑回书摊，买了一本连环画《鸡毛信》。这是我人生买的第一本图书。时过晌午，人渐散去。我离开书摊时，卖书郎正要吃午饭。我清楚地记得，他从书担中取出一只竹筒，揭开布盖便埋头吃得津津有味……

那连环画、那竹筒饭、那卖书郎，构筑成我心中的第一间新华书店，奇特而美妙，终生难忘！那年我6岁，新中国也是6岁。

剪除"四人帮"不久，我大学毕业当了编辑。说来蛮有缘分，出版社和省新华书店共处一个大院，上班第三天我还被派去书仓当打包员，一干就是一个月，且是秋季开学前的那个酷暑难顶的八月份。满仓是书，密不透风。没有风扇，没有空调，也没有机械操作，全凭手搬肩扛，书仓员工硬是把全省千百万中小学生的课本、教辅及教师用书等等，按征订数目分不同市县、年级、学科逐一打包发运，以确保"课前到书，人手一册"。那时候，搬书进仓堆成一座座山，从"山"上搬下来打包，再堆成另一座座山运出仓去，书仓员工都成了双料的"愚公移山"。毫不夸张地说，拼命的八月，燃烧的八月，打包打得双手起血泡，肩扛扛得赤膊结盐霜。

一个月下来，我不敢说有多辛苦，因为再辛苦，也只是熬一个月。真正长年辛劳的，是那些手把手教我打包的"老愚公"们。打从新华书店成立以来，他们就天天打，月月打，年年打啊！他们用双手把知识整装打包源源不断地送遍天涯海角，饱蘸着血汗将芬芳的书香浓缩密集地撒向亿万读者的心田。他们是知识的搬运工，是文化的摆渡者。从他们身上，我看到了新华书店的神圣使命与担当。八月的打包，令人刻骨铭心；打包的新华人，教我肃然起敬。广东省新华书店是真正的"南国书香之源"!

因为从事编辑出版及其行政管理工作，我很庆幸，凡三十余年间，一直以书为业，与书为伍，真的是与图书与新华书店结下了不解之缘。每每逛新华书店的喜悦，不特是挑中了心仪的书籍，更令我及时了解到书业的动态、读者的渴求以及市场的走势，往往由此引爆思想火花，萌发策划新书选题的冲动。出版与发行本是一家子，是文化产业的上下游，是知识传播的共同体。所以，出于职业本能与责任，我对新华书店的变化与发展，有着更多的关注与期待。

真实地说，如同全国的改革开放不是一蹴而就，一帆风顺，广东的新华书店在新时期也迎来了风风雨雨。最初的冲击来自图书市场的开放，打破了新华书店的一统天下。对此，一度的不适应令新华书店陷入迷惘与困境。究其原因，既有体制的僵化，机制的死板，也有观念的恋旧，经营的保守。典型的表现是，因国有而傲慢，因傲慢而产生偏见，抱怨民营书业抢了饭碗，看不清图书市场正在发生历史性巨变和机遇……

所幸毕竟地处广东，广东在全国率先改革开放，得风气之先。出版发行本质上同属"上层建筑"，但广东的经济领域正全面推进改革开放，文化领域的改革开放也必定是相伴而行、势在必行的。因此，在省委省政府的领导下，早在上世纪八十年代初和九十年代初，广东新华书店系统就进行了两场改革：先是"三权"下放，即把省店高度集中的人、才、物权下放到市县；二是在全国最早组建省新华发行集团（随后广州、深圳组建集团）。回头来看，这两场改革虽未尽如人意，但改革的指向与力度值得赞许：端掉大锅饭，打破铁饭碗！因而，彷徨徘徊的新华书店出现了生机与活力，开拓进取成为发展的主流。在改革开放的丽日南天下，广州购书中心横空出世，深圳书城拔地而起！迄今为止，在全国同类书城中，广东的这两座最具现代气派、最聚书香人气的新华书店，依然稳冠两个之最：前者最早，后者最高！

在全国文化体制改革的这十余年间，广东新华书店的改革也从"摸着石头过河"而逐步进入"深水区"。目标是务求两个"真"：真正把集团做实做大做强，真正建立现代企业制度和法人治理结构。最初的新华集团"一股独大"，说白了只是省店的"翻版"而已。集团要做实做大做强，就必须与市县书店共组共建共赢。靠行政命令，那是强扭的瓜，不符合市场规律。况且市县新华书店的国有资产由属地管理，凭什么就归你来管?! 类似的问题，既涉及发行体制的顶层设计，也涉及国有资产的科学配置，既关乎文化阵地的布局建设，也关乎书店职工包括离退休人员的切身利益……当年，财政厅领导对我说："这些问题靠你们自身是折腾不了的。"所以，应当承认，前几年我省书店的改革确实滞后了。

转机出现在省委省政府作出建设文化强省的战略决策之时：省新华发行集团被列入深化改革的重点文化企业。与此同时，配强领导班子，划拨发展基金，强化教材及出版物发行责任，承办政府买单的公共文化的传播与普惠……这一系列重大举措，令全省新华人欢欣雀跃、士气骤增、信心百倍。

新一轮的改革任务繁重而具体：在巩固发展广州、深圳集团的同时，重点是推进省新华发行集团真正按照现代企业制度和法人治理结构，实施对全省市县新华书店的整合重组，包括清产核资、明晰产权、确认股份、投资控股、确保国资的保值增值、保障员工切身利益及人员安置……试想想，这项浩大的系统工程，在全省铺开，该是一个多么繁杂纷呈的过程，该有多少曲折跌宕的情节，又该凝聚多少主持者、参与者及支持者的心血与智慧啊！记得去年夏夜，董事长肖开林从梅州打来电话。第二天晚上，我给他电话，他却转到了湛江。我问他忙什么，他答得很急促："改革、重组，天天东奔西忙。"

今年 8 月，省新华发行集团终于实现了对全省 19 个地级市及 90 个市县区新华书店的整合重组，集团的总资产超百亿元，真正成为广东发行业的现代航母。在重组过程中，改革的成果及效益迅速显现。广东大型公共文化盛事——南国书香节，由省新华发行集团承办，具体由蒋鸣涛同志主持。据省社情调查队调查表明，公众对南国书香节的满意度达到93%。日前，我去参观新开张的三水书城。店面堂皇醒目，店堂雅致敞亮，书多人多，一派旺相。最明智的是三水区委区政府，通过盘活公共文化资源，将体育馆的闲置场所，改造为书香弥漫的购书中心。最热心的是三水读者，那天是"秋老虎"发威的时日，举办"读书讲座"的屋子里挤满了凝神谛听的人群。我和读者聊天，一位领着孩子的母亲由衷地说："省店来三水办分店，还办讲座，很方便我们，我们都来帮衬新华书店啦！"

新华书店，诞生在延安清凉山窑洞里，毛主席在延安时期曾两次为"新华书店"亲笔题名。2005 年春，我去西柏坡参观，据讲解员介绍，现今悬亮于神州大地的"新华书店"金字招牌，乃是毛主席临别西柏坡，于"赴京赶考"的前夜所手书。由此足见，熠熠生辉的"新华书店"这四个金字，凝聚着伟人对新中国的文化关怀和政治瞩望！

广东省新华书店于广州解放的第 24 天诞生，即 1949 年 11 月 7 日，今年 65 周岁，真正是解放牌的新中国同龄者。广东新华六十五个春华秋实，是一幅隽永壮美的历史长卷。一代代广东新华人，发行出版物总量多达数百亿册。坚信、坚持、坚守，新华书店始终成为衬亮南粤的文明之窗，辐射书香的文化磁场，呵护心灵的精神家园，成为一代代岭南读书人的集体追忆与向往。

今天，我们面对知识爆炸、网络密布的时代，如何承前启后，继往开来，如何勇迎挑战，砥砺前行，成为"庆祝广东新华书店成立 65 周年"系列活动的核心主题。广东新华人并未沉醉于过去的辉煌与荣耀。肖开林在座谈会上的一段发言，道出了全省新华人的心声：

"面对时代的巨变，市场的万变，我们新华人要与时俱进，善于谋断，要有所变有所不变。要坚决改变的是陈旧的观念，落后的思想，以及不符合文化发展规律和不适应现代市场需求的发行业态和经营作风，坚定理想信念，坚持不变的是为人民服务的根本宗旨。我们新华人要"不忘初心，牢记使命"，认真做好发行工作，继续发扬革命传统，争取更大光荣！

　　"新华书店要始终把广大读者装在心中，读者心中才永远有新华书店。"

2019 年 10 月 8 日

宣纸绵长

——追忆罗宗海局长

8月29日，惊悉罗宗海去世，往事历历在目……

1973年9月初，县文化馆才决定，要为国庆24周年办一个书法展。但馆里一张宣纸都没有，馆长便嘱我来想办法。

当年，只能去广州采购。但专程去买，花销太大。若托人买，也得找内行。

于是，我第一个就想到罗宗海。

那时，老罗在《广东文艺》任美编。而我作为被培养的青年作者，有幸常被借调来改稿或做见习编辑。编辑部多见名家大师，如秦牧、陈残云、肖殷、韦丘等等。他们白天上班都早出晚归。唯有沈仁康、罗宗海，因离家较远，不到周日就住在办公室不回家。我也嫌文艺招待所人多嘈杂，便也搬来办公室住，所以彼此都很熟络。

那些夜晚，常见台灯下，沈仁康伏案看稿改稿；罗宗海忙着画插图描水彩，画着描着，他时常起身离座，把图画按在墙上，远远地瞄了又瞄，还嘱我"大胆提意见"。我学都学不来呢。倒是他和沈仁康，常常对我的习作循循善诱，多有指教。

每每夜深了，我们便出到文德路口宵夜。夏夜一碗绿豆粥，冬夜一碗猪红汤。然后，才冲凉卧倒——那床是两张办公桌接驳而成的。一宿无话。

第二天清晨，早起的老罗，哟哟刷刷地又忙着清扫庭院……

未想到，这些言传身教，竟成了我日后编辑生涯最早的启蒙和最好的示范，由此，令我深深领悟到什么是编辑作风和敬业精神。

认定了罗宗海，我当即就去县邮电局，给他打通长途电话，烦请代购并邮寄三百张宣纸。

老罗在电话里爽快地直说："没问题！只是邮寄太贵了！小陈，不如你跟和平班车的司机先说好，我明一早，就骑单车将宣纸送到长途客运站，托他运回和平去！"

第二天下午五时，当我接到三包捆成一大卷的宣纸，一看那包裹用麻绳扎捆三层牛皮纸，牛皮纸上的收寄地址和姓名落款，正是老罗端庄秀雅的毛笔书法……见字如见人，我差点泪目了！

正是这位老罗，深得广东新闻出版界的老革命、老行尊

169

黄文俞的栽培与提携，成为我们新闻出版局局长，在改革开放的热潮中，一干就是八年整！别的不说，有功劳也有苦劳：一幢巍巍然的出版大楼，就是在他的任上崛起，而成为全国同行业中当年最高最新的出版大厦！

　　不少人亲切地称罗宗海是"公仔佬"。不错，美术是他的科班专业。他画人物，惟妙惟肖；他画风景，多姿多彩；他擅长水彩，但在宣纸上，他一样"挥毫山作骨，泼墨水为魂"。在广东乃至全国出版界，老罗作为有贡献的领军人物，他在人生与事业的叠叠宣纸上，幻化出无数令人赞叹和追忆的美妙图画……

2020 年 8 月 29 日深夜

记忆在延伸

——徐南铁印象

　　顺着书名《延伸的记忆》，本文以《记忆在延伸》为题，聊聊我与本书主编徐南铁的 30 多年交情。

　　用广州俗话来说，我和徐南铁"老友鬼鬼"，真是够铁的"老友记"。

　　听说南铁也多次不无动情地提及："在广州的朋友圈里，陈俊年是我最早认识的朋友之一。"

南下文学素人：从此扎根岭南

　　所谓"最早"，确切地说，是早在 1987 年间。

　　那时，我任花城出版社副总编，遵恩师易征之嘱，兼职《现代人报》副总编的决审工作。拟发稿通常由我审签即可，

171

但手头上这一期却例外。易征要我好好看看待发的报告文学《海南岛：汹涌的人才大潮》。我一看，作者是徐南铁，素不相识，却着实被他的文笔打动了：一万多字的篇幅，全景式地展现海南建省前夕人才蜂拥的澎湃热潮，既热切写及南下青年才俊满怀希冀的闯荡与冒险，也真实地揭示建省筹备工作的忙乱与无序。行文充满青春的躁动，也不乏前瞻性独到的思索。现场感强烈，分寸感适度，读之俨然沐浴着一场热带豪雨，酣畅淋漓。我向易征谈了阅读感，他接过稿子，就埋头看下去。读到精彩处，他放声朗诵起来。未几，他兴奋得像小孩似的，连声直呼："坚嘢！坚嘢！发全版！我来手书标题！"事实上，这篇文章最终占满了两个整版。

之后，我们才"查"作者的身份：徐南铁乃江西某大学的助教也。此稿，是他独闯海南的顺手之作，也是他折回路过广州而顺便投稿的。为此，易征决意请回南铁，并授以本报记者的身份，再度南下，重赴天涯，续写海南的报告文学。这种决断，也是非改革开放年代所未有的。

20天后，南铁果不负重托，写成第二篇《流动的思索》，又是整版隆重刊出。事实上，几乎与海南建省的同时，南铁还写了第三篇大作，抒写勇奔天涯青春潮的《海南岛：赶海人的梦》，不但展示了年轻人的激情和冲动，也写了他们的迷茫和困惑。此文长达三万余字，报纸版面难以刊出，而转由中国作家协会的《中国作家》杂志全文登载。此是后话。

那时正是《现代人报》初创阶段，也恰逢激情燃烧的岁月。南铁常来报社坐嬲（聊，客家话），穿着似不太讲究，却也整洁儒雅，斯斯文文的。我们常聊新闻选题，聊改革开放的新人新事新观念，包括广州街头刚流行的新词汇，如炒更、跳槽、黐线、放电、笋盘、楼花……凡此种种，南铁满心好奇，听得认真，却微笑不语，一副学生哥的神态。及至有一回我们一起到白藤湖组稿采访，傍晚散步，谈及工作，谈及生活，南铁带着无奈的笑说："还在流浪。"这时，我才明白，南铁来穗有一段时间了，却还未找到适合长久落脚的工作岗位。他只是利用没课学期的空当来广州闯荡，长此以往，恐怕难以为继。于是，我动了恻隐之心。几经联系，最终介绍南铁去即将出版的《沿海大文化报》当记者。那是广东省新闻出版局主办的新报纸，扎根想必较为稳妥。南铁去得正当时，有文章在创刊号发表。

不久，南铁又被广州社科院的《开放时代》杂志相中，把家从岭北搬到了岭南，终于在广州扎下根了。由报告文学《海南岛：汹涌的人才大潮》开启的南下行程，短时间就结出了硕果。有人感慨说，徐南铁没有任何社会关系相助，只是凭一篇文章调入广州。这一段佳话，不但说明了南铁是有用之才，用能力证实了自己，却也证明广东这块热土有何等的胸襟，是如何展开双臂，不拘一格吸纳人才。

从小编到总编：非常典型的报告

回忆起来，我和南铁共处一城，都在出版系统，而且有

173

幸同时成为国务院特殊津贴专家，但平时各忙各的，并不常见面。顶多一年到头饮次茶，聚个餐而已。倒是同开一个会，常常紧挨着坐邻座，以便交头接耳开小会。碰上无聊的会议，我们则乘机方便溜出来，放肆地倾谈一番。好在同属文化出版系统，彼此都熟知各自的工作近况。

南铁很勤力，扎下根就一直奋发向蓝天伸展：转调《开放时代》杂志做编辑当主笔不久，便调入省文联，主办《粤海风》杂志，评上编审。继而出任岭南美术出版社社长兼总编，后担任省文联副主席，主管当代文艺研究所。

写作上，南铁勤奋过人，多方出击，主攻散文报告文学及文艺评论，且跨界经济、社会等领域，常有时评或论文发表，综合成果丰硕，被誉为广东文坛上的一匹黑马。但他依旧很低调，即便开会发言，也不抢风头，不高谈阔论，而是简言谦谨，点到即止。

2003年春，广东爆发"非典"，我们出版界迅猛出击，在第一时间火速出版了《非典型肺炎防治指南》及张积慧的《护士长日记》等图书。与此同时，各出版社也在紧急策划、组织编印一批抗"非典"的专题图书。审阅这批选题时，我发觉缺少一本全景式全方位全过程记录广东抗"非典"伟大史实的长篇专著。于是，我当即打电话给广东人民出版社陈海烈社长，嘱他火速增补此一重大选题。海烈立马表示赞成，并同时提出难找作者的问题。这时，我脑海里"跳"出了徐南铁。对！就请他来写！我给海烈陈述了三个理由：

一、南铁当过记者，有采访经验，且思维敏捷，笔头又快，文笔也好。二、近些年，他接连写过两部报告文学，一部写"可怕"的顺德人——《大道苍茫——顺德产权改革解读报告》，另一部则是写百年老店的《广州酒家传奇》；两书的社会反响都很热烈，中央及省市主要媒体均发了报道及书评。三、南铁有情怀，有思想，也肯担当……未等我说完，海烈就爽快表态："陈局长，请你放心！我们马上去请徐南铁，一定要出好此书！"

南铁撰写这部近20万字的史诗性专著，几乎与广东人民抗"非典"的进程是同时同步进行的。

不晓得他冒着生命危险，多少次深入全省各地的抗疫前线，采访了多少医学专家、医护人员及病患和家属，包括医疗单位、物资部门、基层社区；也不知他花了多少心血，熬过多少夜晚，整理采访笔记，查阅文献资料，归纳梳理各行业抗"非典"英雄事迹，思考提炼广东人民抗"非典"的伟大精神，从而，严密构思，严谨运笔，终于在全省决战决胜的日子里，向广东父老乡亲奉献出厚重的心血之作——《"非典"的典型报告》，深受社会广泛赞誉，并荣获2004年广东省"五个一工程"奖。

那一年，南铁有四部作品同时获得这个奖项，除了《"非典"的典型报告》之外，还有电视片《新世纪宣言》《母亲河》以及词作歌曲《不是我不想握着你的手》。其中的词作歌曲歌颂抗"非典"期间白衣天使情怀，还入选当年的

"十大金曲",传唱至今。十几年后的抗新冠期间,又有好几位歌手登台演唱这首歌。

因为抗"非典"成绩突出,南铁还获得广东省的抗"非典"宣传工作的先进奖。

主编《粤海风》18年:海风轻轻叙说

回望南铁的编辑生涯,最为出彩的当数他主编《粤海风》杂志的18年,一共主编了105期。除了编发许多佳作之外,杂志每期均有南铁撰写的"卷首语",加上他的其他序跋共20余万字,已结集为《迎面有声》一书,由武汉大学出版社2014年出版。18年间他审阅的文稿多达上千万字。这些数字分明凝结着南铁付出的心血与智慧。

从1997年接手只发通俗小说而濒临倒闭的《粤海风》,到锐意革新,一改窘态而风生水起,关键在于徐南铁对杂志的重新定位:呈献"文化的现象批评及现象的文化批评"。南铁概括地说:"它的风格——新潮而不晦涩,高雅而不矫情,贴近现实却不媚俗,追求深度终不作茧自缚","倡导海风精神,追求思想深度与阅读快感的结合;属于小众刊物,却有大众理想;拥有精英眼光,兼具草根情怀;尊重知识的价值,尊重知识分子的尊严"。

2017年,南铁主编出版了《粤海风文丛》四册,分别为《观故与观今》《守望与守护》《放眼与放言》《学人与学堂》，这些书名确切地表达了杂志的定位和南铁的文化追求。

事实证明，主编的学养胆识，决定着刊物的风格品位。南铁的主张，改变了《粤海风》的命运而深受学界的赞赏。天津师范大学教授商昌宝的《写在徐南铁告别〈粤海风〉之时》，便用了诗句般的题目以概括南铁的特殊贡献——《一人一刊一时代》！很多人也许不知道，南铁接手《粤海风》时，因为经费和人手奇缺，很长一段时期是他在唱独角戏。

著名学者丁帆、陈家琪、蒋述卓、李新宇等都曾撰文，盛赞《粤海风》的突出成就与徐南铁的主编作用。思想家、大诗人、杂文家邵燕祥在《粤海风》百期文选的序文中由衷写道："正是因此，我格外珍视《粤海风》新编百期所经历的18年，是在特定的语境下跋涉过来的。当代人仍可从这一选集所收的文字中找到一代人思想、智慧、理性的果实，将来的读者或仍可从这些果实中发现凝结着一代人的心血。"

是的，南铁与同事们18年创造、积累的办刊经验，尤为值得总结与借鉴：一、坚持"导向革命"，确保刊物的生命力和影响力，关键是导向的定位与把握，要坚持"警惕右，但主要是防止'左'"。二、坚持"双百"方针。要群言堂，不搞一言堂。文化批评杂志更要提倡言之有理、有物、有据的批评与反批评。三、坚持办刊特色。坚持中国特色社会主义，也要坚持有特色的办刊宗旨与风格。四、坚守与创新并重并举。坚守不保守，创新不创伤。坚守不动摇，创新勇开创。五、杜绝人情稿、关系稿、交易稿。六、精于经营，勤于开源，严于节流。宁可辛苦自己，也要善待作者，便利读者。

18 年当主编，甘苦寸心知。南铁溢于言表地谈及体会："办杂志的最大好处，是结识了一班兴味相投的朋友。当办刊的人遇见不为职称、不在意稿费的作者，当作者遇到眼睛并不只盯着作者身份的杂志，很可能就是知音，甚或成为风云际会。刊物的精神生命有短有长，但与作者的这种心灵交会总会留下明亮的火花。"

信哉斯言。在编者与作者，包括读者之间，最耀眼最开心的，往往是三者互为映衬的心灵火花。

做一件成一件：退休还忙四大件

"莫道桑榆晚，为霞尚满天。"

这些年，南铁退休了，不见他有清闲，反而见他总在操劳四件事。

一是他出任广东文史馆文学院院长，常常带队去各地深入生活，踏青采风。或为当地文化建设，出谋划策，贡献智慧；或策划选题，集体会战，撰文著书。这期间，文学院出版图书 10 种，其中南铁主编的有 2 种。皇皇 80 万字的《改革开放与广东文艺 40 年》便是由他与陈剑晖、郭小东任总主编，出版后新华社、《人民日报》、《光明日报》及省市主流媒体均发表详细报道。在省文史馆和南铁的组织领导下，文学院业已成为富有活力和影响力的文学创作实体，这是有目共睹的崭新变化。

二是潜心创作，笔耕不辍。南铁新近的作品，尤见讲究质量，往往独辟蹊径，多有新意。比如，写父亲节，常见的总是写父亲如何伟大，南铁却以《做父亲太沉重》为题，专写父亲的艰辛与负重，进而叩问苍天：谁来体谅为父者之艰难？谁来为父亲减负减压？读来发人深省，令人震撼！再如，散文《赏梅，在梅花谢了的时候》，正如题目所示，南铁一反司空见惯，不写寒梅怒放的傲骨，而选取独特的时段，以独到的发现、独有的情怀，专写梅花落英的凄美。此文以罕见的意境荣获《人民文学》"观音山杯"全国征文唯一的一等奖，实至名归。选材的精巧，思想的成熟，文笔的老到，标志着南铁的创作跃上了新的高度，可喜可贺。

三是忙碌于主编两个微信公众号：《记忆》及《粤海述评》。2015 年春南铁一退休，就敏捷地杀入新兴的互联网传媒领域，创办了上述两个新媒体，动员并吸引了广大学人参与其事（包括一批原本不懂或不屑于推文写作的资深老学者，也被"裹挟"而入，纷纷学着试着点击敲字，踊跃推文而上），至今每年发原创文章就有 500 篇以上，引起广大读者的热心关注：曾经有过一篇文章推送一周，阅读量就逼近10 万。毫无疑问，这种远远超乎纸质媒介的影响力，同样首先得益于主编的主张、主意及其主导的方向与智趣。南铁创办公众号的成功，还在于他率先敢杀"回马枪"：就在 2015

年创办的当年，他从公众号的原创文章中，认真筛选而分别结集出版了《粤海述评》及《记忆》两种书。这种公众号年度选文的出版，标志着现代媒体与传统媒体的互融互动，这在全国尚属首创。

本书《延伸的记忆》，名副其实是接续《记忆》一书的第二本，所选取的文章继承第一本《记忆》的原创性、思辨性、文学性及非虚构性，它们同是对时代与社会进程的倒叙，无论篇幅长短，都是作者对当代史或大或小碎片化的认知与抒怀。全书基本保留了前一本的分辑结构，在数百篇原创文章中精心挑选，具有较强的可读性与启迪性。

四是忙于书法、摄影和诗与歌词创作。南铁多才多艺，退休后这五六年，除了个人出版或主编了20多种图书之外，他的书法遒劲豪放，古意新律中，挥洒着现代文人的浪漫气韵，在社会上广为流传。他的摄影作品，角度独特，讲究意境诗情，全景式多气派，细微处见真切，而且常常日行抓拍，夜赋诗文，黎明前推上微信，鲜活如旭日临窗，令人惊喜。至于诗及歌词，虽是偶显身手，却是出手不凡，如《新彩云追月》及抗"非典"的那首《不是我不想握着你的手》都是获奖作品。其实，他的二胡也拉得颇有专业水准。那次，我们一同去和平县古村落采风，路过老祠堂，见乡亲们正在演奏民乐，南铁一把接过二胡，就忘情地拉起来。弓法娴熟，指法灵活，节奏精准，直惹得我振奋双臂，也过了把充当指挥的瘾！

从南下文学青年，到扎根花城一路当主编，成为广东一名富有贡献的文化领军人物，实属不易。南铁的成功，除了他个人的天赋、勤奋和专业、敬业外，毫无疑问，关键得益于广东率先改革开放的天时地利，得益于政通人和——他融入了岭南文化，得益于岭南文化的哺育与滋养。南铁长期主编图书报刊，实质他更是积极地主编了自己的人生。淡定包容，务实低调，开放创新，敢为人先，广东人的这种核心精神，在南铁的人生追求中，有着深刻的影响与推进。南铁是跟着广东改革开放而踏浪前行的，以至于他的南铁之名，也名副其实标记着他眷恋岭南而铁了心。

近日南铁赠我一幅诗书墨宝："飘荡南来一叶舟，逢君携手唱潮流。造书万卷悲欢忆，一笑樽前两白头。"感叹岁月，感叹友情，感叹事业，感叹人生。

继续吧，莫太累，老友记！

南风呼唤你！

粤海祝福你！

2020 年 11 月 1 日凌晨

我的文学和出版经历

　　高小莉电话告知：省作协"本着挽救人文资料，挖掘历史记忆，展示名家风采，树立文化品牌的宗旨，探索、开展一系列抢救性、保护性记录广东文学名家音像资料的工作"。并说，我被列为首批采访对象之一。那天，她领着一班同事，扛着"家伙"，登门来访，令人感动。说实话，我对自己的文学写作及文学编辑经历，从未作过系统的梳理总结，所以，受访时，顺从采访提示，边聊边忆，随问随答，未作更多的理性思辨与反省。本文根据受访录音整理而成，不揣谫陋，收入书内，以求教正。

　　我们这代人，是共和国的同龄人，是"解放牌"。祖国成长我成长，包括改革开放这40多年，我们是受益者、参与者、见证者。回顾自己的成长历程，我最感慨的是感恩改革开放。这40多年，也正是我们倾情投入工作的年份。我

1977年大学毕业，分到广东人民出版社文艺室。由此，跟出版和文学结下了不解之缘。谈起写作，非常感谢省作家协会对我的培养。这不是套话，因为1972年秋天，省作协在清远太和洞举办全省工农兵业余创作学习班，我有幸成为这一期的，也是唯一一期的学员。

我也非常感谢广东新闻出版界对我的关爱，我的第一首诗《山村晨曲》，包括散文处女作《开路斧》，都发表在《南方日报》，李孟昱是责编，是我的恩师。凭这两篇习作，不晓得省作协怎么会知道我，让我去参加了清远太和洞为期4个月的学习班。学习结束后，选了10个人留下来，在文德路做见习编辑，在那看稿，老师们手把手地教我们。那时候有秦牧、陈残云、韦丘、黄培亮、沈仁康，搞文艺理论的肖殷、易准、易巩、黄树森，还有后来做了我们局长的罗宗海，他是做美编的。我们经常在文德路晚上加班，忙到半夜，出来喝一碗三分钱的猪红汤，就当宵夜了。那时节，见习见习，看见就学习，令我终身受益。

大学毕业分配来广东人民出版社第二年即1978年，党的十一届三中全会胜利召开。那时候出版社全面复苏了，解放思想成为强大的动力。出版社的编辑也是创作高手，在作家人数当中，除了省作协驻会作家为最多，第二名就是我们广东人民出版社。那个时候激情迸发，经常是许多老编中午觉都不睡，都在写东西，下午上班后第一个钟，几乎各人都朗诵自己的新作。三五天之后，都刊发在广州的媒体上，足见老编的厉害。

我的文学经历，有两段时间是不会写、不敢写的，一段是参加了太和洞创作班之后，我整整有一年不敢写一个字，为什么呢？讲句实话，像我这样初中毕业就参军，再从团到师，后调到湖南省军区文艺宣传队，都是搞创作，写剧本，实际上就是写对口词、三句半、表演唱之类，也写小歌剧、小话剧，但那时候学的东西就是样板戏"三突出"。

那创作班之后，因为听了老作家们讲课，我觉得以前写作有点乱来，随手就写不懂创作规矩，什么立意，怎么构思，脑子里很少有这些概念，真的整整一年都不敢写了。

第二个阶段，是打倒"四人帮"之后。我们前面所学的，很多应该进行深刻反思，是中了毒，喝了狼奶的，一打倒以后，我都没有拐杖了，也不会写了。再加上文艺室老同志的作品，我们根本不敢跟他们比，只有老老实实向老师学习，这一年我也一个字没有写。有时间就静下心来，攻读古今中外的文学名著，包括哲学、历史类等书籍，还有港台的名家名篇。真的是很赶工的"恶补"啊。

后来通过老同志的传帮带，像苏晨、岑桑、易征、李士非，还有罗沙、司马玉裳、林振名，这些老编辑都是我的恩师。看了我的东西，他们会提意见，好的，马上发表；不够好的，说这个你要这样改，对症下药，手把手教的。

记得有一段日子，李士非受审（后平反）"全托"（不能回家），社领导叫我监护"全陪"，同住在办公室。士非虽处逆境，却夜夜埋头看稿。那部长篇小说《历史的回声》，就是他从一大堆自由来稿中发现而出版的。有好些个夜晚，士非跟我谈及读书、编书、著书的心得体会，特别详谈了如何读诗、评诗、写诗，如同上特殊的夜课，令我深受教益。

我把自己的学习感悟跟创作和编务结合起来，也跟我的同辈人说以后不要走老路用老办法写东西，要用新观念跟上新时代，在提高自己的同时，也提高了编辑业务能力，就这样一步步走过来。

之后在出版社编旅游文学杂志，叫《旅伴》，我编了6年。整个广东正经历改革开放风起云涌，每天我们所见所闻，哪怕上下班路过看到的，都无不叫人惊叹振奋！整个社会变得这么迅猛，我就想应该写点东西。我写了一篇，叫《疾飞吧！钢铁的百鸟》，写骑自行车上下班的市民，风雨无阻，不辞艰辛，涌满了大小马路，气势磅礴，真是意气风发。为什么叫百鸟？那时候自行车品牌叫凤凰、飞鸽等等。那篇散文入选了《中国新文艺大系（1976—1982）·散文卷》。

我一直关注改革开放，关注广州，我写了一篇《"太爷鸡"与探索者》的报告文学。这完全是偶然，因为我办《旅伴》，有一个《广州屋檐下》的栏目，写广州风土人情，那一期刚好缺一条，四条缺一条，写什么？我上班路过，经常看到有档口卖太爷鸡，我弄不懂为什么叫太爷鸡，就去采访了一上午，回来的第一句话，就对领导说，我不写鸡了，我

185

写人，人比鸡好。那位个体户，叫高德良，是广州第一批个体户，他很会经营，很有思想。我觉得个体户这条路也是社会主义的光彩事业，所以我就称他们是探索者，是社会主义道路的探索者。那篇文章影响很大，国外有多家著名媒体都去采访高德良。后来经《南方都市报》考证报道，说这是新中国成立以来，第一篇正面歌颂个体户的报告文学，在当代中国文学史上，应该有一席之地。这是我没想到的。

包括我第一次搬家，福利分房，我感触很深。搬家的当夜，我们两口子睡不着，坐在客厅里，这里看看，那里摸摸，压根不敢相信，一个山里娃在广州分了一套房，三房一厅！

这两幢新宿舍建在区庄，也是出版社改革开放的成果。我们办了多种杂志，出了很多畅销书，出版社盈利了就置地建房。有这样一套房子很兴奋，第一次知道自己有家有室了，这个天地要尽量弄好些，就请师傅来做家具，所有家具的图纸是我画出来的。由此，我们编辑室出了全国第一本装修的书——《室内装饰指南》。这个时代真是个乔迁时代，千家万户都有乔迁之喜，老百姓的生活有了质的变化，有自己的空间，家庭的概念被孵化出来了，以前有家也往往没有庭啊。

以往的文学作品，少有"爱"字，少有"家庭"两个字，所以我就以乔迁入伙为题材，写了一组散文，在《羊城晚报》连载。通过我自己搬家，我觉得像广州这样的大城市应该有搬家公司，我呼唤有识之士来办。文章里写得很具体，我估计每天在广州至少有 500 户人在搬家。我自己搬家完全靠同学，折腾了几个星期，买汽水，请他们吃顿饭。然后我还欠了 10 个同学的人情债，他们 10 户要搬家，我都去帮忙，这应该是市场经营的事情呀，我把这个感觉写上去了。后来有两个商人来找我，以为我很懂经营，要一起来办搬家公司，我说，这只是我的想法，要怎么做我不懂，我也没时间。那时候还没有"大众"之类的搬家公司。

另外，我对"家"的思考也比较全面、深入，我觉得家的装饰——窗帘出现了。以前没有窗帘，没有隐私这一说，没有把窗帘作为你的性格爱好、个性追求和一种精神上的寄托悬挂出来，然后既可以装饰，又可以采光，又可以遮光，还保护隐私、私密。对窗帘的认识，由此带出我对家具设计的想法，冷的、硬的、尖的不要来，茶水位置应该在家的中间，哪个距离，它都等距离，最方便，应该不要太显眼，毕竟放茶具的地方很凌乱。

实用、经济、审美，这些意识随着改革开放，我们的素质、生活的品质提升而出现，我们每个人都要有追求有创造，要创造性地过日子，这是改革开放教会我们的人生理念。还有整个国家的新房子，像巨浪一样，比如在广州，排浪式地沿着珠江两岸磅礴铺排开去，形成崭新的历史发展趋势！这个时代的巨变，我把它称为乔迁时代。在题材上还没有人写搬家的，我较早地捕捉到了。

　　深圳、珠海，我们一直很关注，从出版图书来讲，这两个特区的第一本正规书籍就是我们编辑室编的。第一本是刘学强、雨纯写的《深圳飞鸿》，我当责编。那时候，深圳香三年，臭三年，香香臭臭又三年。在深圳非常有争议的时候，我们推出了《深圳飞鸿》。编完此本，就请珠海吴健民书记一起来编《珠海特区巡回》，向珠海特区致敬致礼。这两本书都是改革开放史上两个特区的第一本。

　　我自己也一直在写深圳，写第一次去沙头角，沙头角给了我们冲击，外面的世界很精彩！我们先去看、先去买，然后有触动。我把第一次去沙头角的过程，很真实地写出来。那些人买东西，你不要说他走私，那时候物质匮乏，一个人限买两条裤子，他要买七八条怎么办？套，像裹粽子一样，在厕所里面套在身上。这是历史镜头，中国是这样走过来的。沙头角的这种时代潮流，我们要客观地看待、历史地看待。没有特区就没有沙头角，开放也促进了改革。

　　然后我写了《深圳第一夜》，也就是《初夜》，深圳初夜。我去深圳的第一个晚上住在招待所，二三十个人一个房间，都是来自全国各地支援特区的建设者，很嘈杂，也很特别，很多人在那画图，设计图，摊开床板就在那里绘图。

　　那晚，雨纯他们来看我，本来要聊天，他说不行，要去守夜，接到通知，是夜有几万人要偷渡去香港。我说我也去看看，就跟着他们去了。去到沙湾，深圳东面那个关口，守到半夜都没见偷渡的，倒来了几辆卡车，汕头、河源、梅州的人，从那边过来，举家迁到深圳，这是第一批"开荒牛"，应该是 1979 年初冬。

我很感慨，不是偷渡潮，而是建设潮，建设大军，深圳的今夜从此翻开新的一页，走向新的历史征程！所以这一夜我很难忘。后来庆祝特区建立 10 周年的时候，写给雨纯，发在《深圳特区报》，还得了奖。这篇文章写出了我的感情。珠三角，我也写了。广州 1987 年举行全运会。看完开幕式，觉得满足了，我就趁这个机会出去走一走。我想去广深公路认真采访一下，写一篇大一点的东西。那时候还没有高速，广深公路是公路名，不是广深高速。而且广州至深圳还要过渡口，要一天才能到深圳，后来逐渐变了，有桥了，但还是堵车，堵车最早发生在广深公路上。但这些都是平时的感觉，我跟领导说想趁这个机会，去采写广深公路。那时候出版社很支持编辑写作。我怎么走呢？骑单车，走到哪里，对哪里感兴趣，停下来，然后就在哪里住公社招待所，晚上整理采访笔记。

我去东莞长安镇采访完，晚饭也吃了，要睡觉了。凌晨 1：00，办公室主任敲门，他说陈生，要再看一下记者证，书记说看看那个记者到底在干嘛。因为他们觉得挺可疑，凡是记者来采访，均由市委宣传部面包车送来的，怎么这个记者是自己骑个单车来。我说，一定写一篇《南望长安》，10 天后我们《羊城晚报》见。

这一路我采访了很多路边店，饭店、旅店、水果店，采访了交警，还有走私、反走私、打私办，还有司机、搬运工、搭客仔，工厂的打工妹，我写了一组散文共 10 篇。我后来觉得这条路不寻常，全中国最热闹、最繁忙。从历史纵深的角度，它穿过鸦片战争古战场，太平洋的现代文明风从南海进来，登陆大陆，沿着这条路南风北上。改革开放新风俗，每年以 300 公里的速度向北推进。包括饮早茶、用餐巾纸、吃剩的打包带走……生活风气演进，真的是改革开放推动着整个中国的新变化。我写了许多细节，写了香港来的、内地来的，原偷渡者回乡来办厂的，很感慨地看见长安镇的躁动与生猛。

我一开始不知道有打工妹这个群体，因为吃晚饭的时候，见满街都是女孩子，我还以为办了个女子中学，后来他们说不是的，是打工女，当时叫打工女。她们很艰辛，下了班，都进饭堂打饭。然后提一个小铝锅，搬三个砖头垒在工地旁，自己煲点汤，柴火都没有，烧布碎，老是吹火，满脸灰尘，熏出泪花，她们的乡愁寄托在哪里？傍晚在广深公路上散步，看到来的车，湘、鄂、川，他们就欢呼，一路鼓掌，跟着它们一路追。我觉得这是最真切的乡愁啊！这群人，包括打工妹、打工仔，对广东的贡献功不可没。

2018 年 12 月 18 日，《羊城晚报》刊发改革开放 40 周年的庆祝专版，"编者按"提及："'打工妹'这一职业称谓，最早见诸本报刊发的陈俊年系列散文《广深走笔》，后被社会上逐渐采用推广。"专版还多处引用我散文中有关打工妹的情节描写及细节特写，并指出"由此引发打工题材电视剧的创作热潮"。这也是我未料到的。

说实话，任花城社副总编的时候，我禁用"盲流"这个词。盲啥呀？哪里好、哪里容易找钱，就去哪里打工，盲什么？为了改变自己的命运，离乡背井，找点钱寄回老家去，促进了广东的经济发展，也帮了老家，他们应当受到尊敬和感激！所以，我一写就写了10篇一组的《广深走笔》。

我对广深沿路的变化很有感触，从社会学、语言学角度，专门写了篇《南方的流行语汇》，口头语"黐线"，很幽默，不说你神经病，讲你"黐线"，这是广东人的幽默。南方的流行语汇，实质上反映了改革开放的生动变化，是人们思想观念变化的真实写照。

五星级酒店，实质上是现代文明的传播之地，它给我们提示了，现代生活有一个五星级的标准，应该而且可以这样过日子。不瞒你说，我写东方宾馆的报告文学，让我在那住了一个月，结果编辑同事轮流来洗个热水澡，在那里躺在席梦思上，都不知道有这个玩意儿。我们是这样走过来的。那次，中国诗人代表团来广东，说好明早喝茶，他们个个都用粮票买了半斤饼干先吃下去，上桌才知道喝早茶还有这么多东西吃。

我一直就建议禁用"盲流"，前两年省里开会，我也说慎用"外来工"这个词，我建议用一个词，叫入粤建设者。称"外来工"，还是有排外的弦外之音，如果是入粤建设者，那就不仅仅是打工了，外地人来到广东也是建设者，来了就不是客，都是建设广东的生力军。

1985 年，在东莞厚街，春节前，路过邮局，看到排长龙，寄钱回家，排长长的队伍，我看到都泪目了。后来我写了一首诗，短诗，叫《南风的祝福》：

请不了假
回不了家
打工妹的春节
流失在流水线上

趁午饭后的一刻
去镇上邮局
给母亲寄上 100 元
并附上四句话

1 是一年的思念
0 是汗珠
0 是泪珠
合起来是 100 个祝福

这首诗很多人看了，说过目难忘。

后来易征办《现代人报》，叫我去帮手，现在想起来，应该是新闻改革的最早举措，他力主把很硬的新闻、很硬的社论，用很亲切的文学语言写软一些。易征毕竟是扛大旗的人，他是文学家、出版家，促我们把新观念融进来，办成了一份《现代人报》。没有那么多记者，我们很少做现场报道，多是做新闻过后的诉说、综述、综评。那时候我们一个星期出一期，集中思考前进中的困难，或者困难当中的突破，又或者是前进中发现的新问题。我写过"《羊城晚报》是如何突破170万份的"，这个是题目，这么长的题目，小标题有"和尚也订《羊城晚报》"。《羊城晚报》姓党，姓羊，姓晚，这样概括它比较准确。党是它的政治属性，羊是它的地方属性，晚是它的时间和它的这种文章，是什么人怎么样来看，晚上看，是一种修养，是一种素质的提高，是晚间的精神食粮。那篇文章采访的是微音。我赞誉《羊城晚报》实质像是飘动在广州街头的晚霞。微音非常高兴，他收进了自己的文集作附录。

1990年，我调任省新闻出版局图书处处长，主司图书出版管理。有人说广东是文化沙漠，不怕他说。我早就讲过，沙漠就没有文化？"大漠孤烟直，长河落日圆"，是个什么文化，你还有这个气派吗？而且敢说广东没有文化的人，他有多大的文化？没有文化才敢讲这样的话。一个省都没有文化？扯淡。

1991年春，省委宣传部副部长周圣英兼任我们出版局局长。为落实他作出"重振粤版雄风"的部署，我综合各方意见，提了两个建议：

一、确定广东图书出版的三大主攻重点：1. 深入挖掘、整理、积累岭南文化的历史成果，生动展示广东近现代影响中国历史进程的重要史实；2. 充分发挥、积极用好毗邻港澳、华侨众多的省情优势，扩大开放，引进输出，联动互促；3. 重在热情讴歌、全面彰显改革开放、先行先试的广东经验成就和"新人新事新观念"。周局长很认定这"三大主攻重点"，开会动员还下发文件，得到了全省出版界的积极响应，纷纷推出了一批批好书。

二、创办南国书香节。说实话，创办书香节的灵感，萌生于第一届香港书展。那时我们专程去参展摆书摊。面对火爆的场景，我就想，广东人口比香港多十几倍，读者也多得多，若举全省之力，甚至邀请全国出版界来参与，我们肯定能办一个更大规模、更有声势的书市。为此，我把创办构想作了详尽汇报，周局长当即嘱我写成专题文件呈报省委，强调"要把举办目的意图写到位、写充分"。

我起草并经周局长签发的《关于举办"南国书香节（第一届）"基本构想的报告》［粤新出（1991 年）38 号］，共七页，内文包括举办宗旨、活动项目、组织构架及经费筹措等四部分。有关举办宗旨，原文申述如下：

> 改革开放以来，广东的经济发展全国瞩目，文化领域，特别是高层次的文化建设虽有发展，但仍需加强。

从加速实现四个现代化，建设有中国特色的社会主义宏伟目标出发，大力促进我省出版事业的繁荣和发展，在全社会的范围内掀起广泛、持久的读书热潮，使崇尚知识、尊重知识的观念深入人心，不仅是提高全民思想文化素质，营造文明社会风气的需要，同时也是让知识转化为生产力，实现"科技兴粤"的需要。

基于这种认识，结合我省的实际，特别是我们前不久承办"第四届全国书市"的成功经验表明，组织一项大型的、涵盖面较广的、具有连续性的出版文化活动，对于强化宣传、扩大影响、发挥舆论导向作用，是十分必要的。这一活动的着眼点是：以读者为中心，以好书为导向，以系列文化活动为内容；突破传统书市单纯宣传、销售的习惯做法，综合编、印、发、读、演、唱以及学术研究、文化交流等各项活动，把知识的光芒全方位辐射到社会生活的方方面面，以形成一个"写好书、出好书、读好书"的社会性的高层次的社会主义精神文明活动。

万事起头难。实际筹办过程中，租用展场难，动员参展难，最难是经费无着落。为此，我们大胆地打破书市不做商业广告的传统惯例，积极争取商业广告赞助，把宣传企业品牌与书香节主题结合起来，如"佛宝向广大读者致意！""万宝向全国出版界学习致意！""健力宝祝南国书香节圆满成功!"首届书香节海报由杨小彦设计。主打广告词"东西南北中，南国书香浓"，是针对"东西南北中，发财到广东"而言的。广东出版实业公司员工，在曾昭仁总经理带领下，全面负责书香节的实操实办，包括制作大型广告，不像现在电脑喷图，而是全靠手工，用针线把白布大字缝在长幅红布上，那动人的场景俨如江姐绣红旗似的。

为期八天的首届南国书香节，于1993年12月19日上午在广交会流花馆隆重开幕。人山人海，真的把大门挤塌了。（有关盛况，请阅本书《改革开放：粤港出版合作的若干回忆》一文。）

2003年，我主持局党组会议，决定在天河体育中心续办书香节。后因"非典"疫情影响，推迟至2005年成功复办。2008年起，正式由省委宣传部主办。得益于省财政支持，举办地点固定在琶洲展馆。在省出版集团领导下，省新华发行集团一直负责实操实办，近些年由蒋鸣涛具体组织指挥，不断创新内容形式，书香越来越浓，已成为香誉全国的广东文化重要品牌。

下面谈谈深入生活的感受。一个作家的成长，得益于社会生活的养育，尤其与个人的阅历、体验、感悟大有关系，然后才能把真情实感融入作品中。

总体而言，我的习作是非虚构性的，我不太会写小说，要完全去编，当然完全编也有他的生活源泉的。但我比较笨，不太擅长虚构，所以我的作品可界定为地域性的写作。

这个地域性，主要是广东这片热土，改革开放是时代背景，也是我的作品主题，更是我情感的主诉对象。

我的经历还算丰富，做过工农兵。我的处女诗作《山村晨曲》，是我野营路上的日记，算是军旅生活的记录吧。

1996 年春，我去清远挂任市委常委两年，我很乐意，离广州又近。而且也不嫌那地方穷，可让我更真切地看清山坳上的中国到底是什么样子的中国，对国情、民情会有更真切的了解。当然自己也是穷出身，从山旮旯出来这么多年，类似的地方现在会是什么样子的，这是我最想了解的。

我去清远挂职两年，写得不多。但是我写那篇报告文学《仰望阳山》，倒是很认真地采访，写成 8000 字，我采访都花了近一个月，把每个镇都跑遍了，接触了很多人。我认真思考扶贫这件事，现在许多写扶贫都是讲怎么扶，如果不把贫琢磨透，我觉得那个扶贫也扶不实，到底中国的贫、穷在哪里，是什么原因？不是现在才扶贫啊。为什么总是扶贫还是穷？当然，贫富是客观存在，只是贫和富的标准不一样而已。因而，扶贫也是长期的，但不应该是一种恩赐，不是施舍。我们共产党的宗旨就是：解放天下劳苦大众，为人民服务，为人民谋幸福。因为扶贫，我们要感恩的是，在贫困的地方还坚持生活、生产、发展，这些父老乡亲，就是巍峨的群山，我们应该有仰望之情。就叫《仰望阳山》。

那里有个东山乡，常年苦旱，旱到什么程度？鸭子是旱鸭子。严重缺水，洗完澡的水还要洗手、浇菜，听说有一回，老爷爷洗澡弄出水声，旱鸭子闻声就冲过来，伸出长长的鸭嘴，一下子叼住他的命根子。我写了这个真实的故事。再说阳山的秤架山，人称"广东第一峰"。那天我们爬上山顶一望，天低云近，群山静寂，四野苍凉，真是"不敢高声语，恐惊天上人"。下山时，我们热议如何保护开发这片资源，力主建成原生态旅游景区。我把这二十几天采访的所见所思，写成报告文学《仰望阳山》，刊于《南方日报》，反响蛮大。

我写散文都是很具象的。酝酿《南边的岸》，我就老在想，自己应该有所突破，能不能更宏观地来写广东，能不能更大气一点，从现实和历史的角度，更纵深一点来思考，能不能更空灵又亲切，既有感触又可联想。于是，我想把自己多年来的一些零碎感悟、思索，用个东西串起来，凝结起来，我真的想了很久，找什么来作为它的载体？就是它的形象和内涵。嗯，后来"岸"就出来了。

首先，我想到广东的海岸、江岸、河岸、湖岸，它在全国的位置怎么样？海岸线最长，江河湖泊也多。然后是珠江水系，怎么看它？珠江水系自然形成，和我们的性格上、秉性上有什么关联，跟改革开放又是什么关系？水岸发生的历史故事，跟我们现代化进程有什么关联？这样一联想就风起云涌了，怎么把它浓缩，找到它的魂，而且角度要新颖出彩，有所超越。

我写的第一句，"广东，风生水起"，从地图上看，就读得出它的潋滟与浩瀚。很湿润，气候也很滋润，满是亚热带的热情与缠绵。21个地级以上市在水一方，带水成名的，一共10个，3个是一点都没有水的，广州、梅州、惠州，恰恰是三江穿城而过，成了"州"字中间的川。虽然还有不带水的，却每个城市都傍水而生，因水而荣，东莞有小运河，茂名有小东江……这一路数过去，深圳，客家话是"水深的小河"，南海连着太平洋，太平洋踮脚的浪花向她簇拥而至，很真实，也浪漫。这种夹叙夹议真的是源自生活感悟，满有思想感情的。

思想穿越历史，溯源而上就会写到历史人物、历史事件，赵佗建佗城为都，韩江因韩愈姓韩，包宰相端州倡廉，苏东坡从惠州流放天涯，文天祥伶仃绝叹，朱德与三河坝，毛泽东在农讲所的雄文开篇，周恩来乃至蒋介石，黄埔军校与中山舰事件……有水就有岸，有岸就有史，这句话出来了。史海钩沉，激荡着弥漫南天的荣辱悲欢！

我们这代人对岸的认识，岸对我们的启蒙，太僵固，太单一。电影《岸边激浪》、话剧《南海长城》，讲的全是阶级斗争，充满火药味，我们这代人对岸是这样认识的。但改革开放，春风得意，春潮激荡，南边的岸变成了崭新的诗行，写满岭海之间，那真是伟大的诗篇。

粤北、粤东、珠三角、粤西，我全都写及，包括清远，没写别的，只写北江两岸，原来抗洪筑堤挑灯夜战，如今江岸歌舞夜夜升平。包括梅州、河源的河岸，变成健身绿道和歌舞场地。

然后再集中笔墨写广州珠江两岸。

广州的岸就是中国近代史乃至现代史的缩影，从沙面六二三路到省港大罢工指挥部，到鲁迅的白云楼，一直写到邓小平南行，画了一个圈和写了新诗篇，都与珠江两岸有关。江泽民"三个代表"重要思想的完整表述，就在珠岛宾馆会议室提出。后来胡锦涛也在广东全面阐述科学发展观。岭南春早。近代以来，得益于先进的科学理论指引，广东一直勇开风气之先。然后我就写水，写一方水土养一方人。天空给人以哲学的联想，其实，水滋养了我们的情怀。

珠江，它有两个很大的特点，水清近人，不是深不可测，跟广东人一样，可亲近、很包容，从不抛浪头，也不是波涛汹涌。它每天都吐故纳新，因为潮汐的作用，它不会是死水一潭，而是水深无痕。珠江的另一个特点，没有统一的发源地，来者都是主人，它源自好多个省份；它也没有统一的出海口，8个出海口都让江水自由奔流，目标总是向着大海，它不讲究名分，一路都不叫珠江，到了广州河段它才形成珍珠镶嵌的美名，真是珍珠滚动的大江。

这一切，跟广东人的秉性，跟我们的性格，跟文化涵养，全部有干系。我写写改改，弄了20个晚上，却不知道如何结尾，只好停了几天。有一天晚上，我路过二沙岛，看见音乐厅前面的冼星海塑像，大雨滂沱，恍见他在那里指挥"珠江大合唱"！我就把这个偶遇与奇想，写成散文的结尾。

作为一个写作者，刚才讲要得益于文化知识的熏陶和积累，同时要常作思辨和探索，先要有这份感情。至于"功夫在诗外"，我注重于知识的积累和实践的磨炼。知不足而坚持学习，缺经验而不断摸索。持之以恒，才可能创作创新。肚子里没有料，你连自己都难超越，何谈攀登高峰。

2012年秋，我随省政协考察团去了黑龙江漠河。我发现漠河还是从前的漠河，却因命名为"中国北极村"而名声大振，极大地激发了游人的"国土意识"，纷纷排长队在"中国最北的邮局"抢寄明信片，甚至争着在"中国最北的厕所"方便一下……由此，我就想，"中国大陆南极村"，必定在广东，要想办法，如果找到她，就与"中国北极村"结成旅游姐妹花，南北相望，幅员辽阔，跨度壮观，极易唤醒国人的国土意识包括海权意识，可成为爱国主义教育的基地。

于是，我从地理位置及相关史籍去寻找。果然，经湛江徐闻角尾的经纬度标定，她就是中国大陆最南端的顶点！而且，古书里早就称她为"极南"！至于能否成为理想的旅游景区，倒要到实地去，作一番深入考察。

我独自专程去待了两天整。走遍角尾全乡的每一个角落，召开村民座谈会，在渔民家吃饭，特地拜访当年护送解放军渡海去解放海南的老船工，并执意在村里住上一宿，在倾听徐徐可闻的涛声的同时，以便黎明时分去观赏"赶海"的生动场景。考察的收获令我大喜过望！这里不仅是现成的名副其实的"中国大陆南极村"，而且自然、历史、人文资源极其丰富，五彩缤纷：古香古色是指自宋代以来包括鸦片战争期间建成的古灯塔及古建筑群；蓝色是指南海与北部湾的交汇交融；绿色是指热带植被的原生状态；银色是指广东现存唯一的海盐生产基地，海浪背景中堆起白皑皑的座座盐山，被称为"南海雪原"；红色是指她拥有全国临岸面积最大、品种最多的红色珊瑚礁群，更指她是南下大军解放海南岛的渡海登琼的始发港，当年的渡海战役指挥部大楼至今高矗在海岸椰林中……从旅游学、社会学、经济学、养生学的未来发展来考量，角尾一带极有可能会变成全国南来避寒的"候鸟"们首选的过冬热土、温暖之乡！由此，我先写成参事建议，送省政府、湛江市及徐闻县，得到了各级领导的重视与批示，然后再改写成报告文学《徐闻角尾：大陆之角，神州之尾——中国大陆南极村考察报告》，刊于《羊城晚报》，引发了投资热潮和旅游热潮。更没想到吴南生老领导欣然命笔，为"中国大陆南极村"题写了苍劲醒目的赫赫村名，镌刻在一方巨石上，成为永恒的壮美景点！这是我退休前写的最后一篇报告文学，得益于党政重视、村民参与及社会热捧，其影响和效益超出我的预期。

退下来以后，轻松很多，我不因为是作家，退下来写不出来还要硬写。还是淡泊为好。

都说我长"福相"，有"福缘"。回顾半世纪的文学创作和出版经历，躬盛改革开放好时代，真的是一路多得贵人相助。就像我患眼疾，每每走夜路，总有人携手搀扶。书中录有许多前辈和同事的芳名，那是我永恒记忆的浓缩。书末附上一组点评，更是师长老友对我的悉心指教和鼓励。还想起当年部队文艺宣传队邬邦生队长、大学期间给我们授课的饶芃子教授、原清远市委骆雁秋书记……知恩知足，藉此一并感激致谢！

2020 年 12 月 18 日

注：访谈时间 2020 年 8 月 4 日上午。感谢高小莉根据录音整理撰写《他激活了"南国书香"》，此文收入《风起岭南——广东著名作家访谈笔记》（2022 年 9 月花城出版社出版）。

南天可鉴

大热天，陈锡忠打领带着正装，在酒家门口迎候我们。待人齐坐定，他举杯致辞：今天是我八十岁生日，感谢大驾光临。满座都是有吨位的高朋老友，所以，微信发上的邀请嘉宾名单，我严格按姓氏笔画排序。今天我特意着正装，也并非摆款，而是聊表对诸君的敬重。话毕，掌声和笑声爆响。

我和锡忠，在花城出版社共事多年。他为人真诚，做事认真，从副社长退休后，仍笔耕不辍，新近出版散文集《春心语思》，多篇写及花城的人和事，读来倍感亲切。

一日，锡忠发来微信：读了《随笔》今年第二期，金炳亮写的《"讲真话，做实事"——黄文俞领导出版片段》后，觉得有些例子与事实不符。比如花城社创办的《旅游》《译海》等，有什么理由算在广东人民出版社创办的"13 种刊物内"呢？我参与编辑的《影视世界》更是花城社的，何来属

204

人民社呢？该文也提到陈俊年和苏晨老师当年的一些事。

当夜，我转给金炳亮。

炳亮原任广东省出版集团副总经理。凭藉历史专业功底和多年编辑经验，他业余研究出版史，接连在《中山大学学报》《中国编辑》《中国出版史研究》等期刊发表三十余篇论文，新著《粤港澳近现代出版史论集》即将由中国书籍出版社出版。

炳亮回复：我是根据版权页或文献记载写的，与当事人的记忆或有误差。似不能由此断定与事实不符。

我复他：对，历史往往有交织。尤其花城社从人民社文艺室分立扩建之初，难免扯不断，理还乱。

我将这两则转给锡忠，他追问：难道《影视世界》的版权页注明"广东人民出版社"？

我又转金，并嘱：可再核实一下。

第二天一早，金复：很感谢陈锡忠先生关注拙文。人民社创办 13 个刊物是上世纪七十年代后期到八十年代中期 10 年左右时间，有的中间停刊了。这个是历史事实，并不需要"什么理由"。《影视世界》在出版局的文件中，写明是划给花城经办。有可能是原属人民社的人已经筹办，但未正式出刊，然后连人带刊一起划归花城。我没有看到这个杂志的创刊号。从出版史研究的角度，创刊号版权页写明是哪个社，就可以确认。其他的说法，不管是出版局的文件，还是当事人的回忆，可作为讨论问题的引证，而不是定论。

205

锡忠收到此则，即发来图文：现将我保存的《影视世界》创刊号版权页拍照发上。清楚写明出版单位是花城出版社。至于《旅伴》，陈局长是当事人，当时不叫《旅游》，比我更清楚。希望金先生文章日后入文集时会注意我的意见，愿闻明教。

我复锡忠：炳亮研究广东出版史，很用心，出成果，难能可贵。史书不易写，著述与事实难免偶有出入，毕竟作者不可能事事都是亲历者。我们都来尽力支持帮助炳亮。

后来，炳亮问我：方便将陈锡忠先生的微信推荐给我吗？我想直接向他表示感谢，并方便今后请教。

于是，我帮他俩接通微信，并给炳亮发上出版旅游书刊的有关史料：

1980 年人民社文艺室创办《旅游》季刊，苏晨决审，李春晓编辑，苏家杰美编，只出了一年四期。1981 年，花城社创办旅游文学双月刊《旅伴》。易征任室主任后任社副总编，我和曾定夷任责编。易征首创"旅游文学"概念。编《旅伴》同时，我们还出版"旅伴丛书"：如《古今楹联拾趣》《客家情歌精选 1900 首》《带你游香港》《广东风物志》《广东特产风味指南》《当代中国游记一百篇》《世界游记精选》《巴黎的一百张脸孔》《当代中国留学生在国外》《笑话连篇》《钓鱼爱好者》，长篇翻译小说《玫瑰旅游团》，短篇小说集《新婚之旅》《江山恋情》以及均为经济特区史上第一本正式图书的《深圳飞鸿》《珠海特区巡回》，并编发五十余种的"旅伴连环画库"。《旅伴》办了六年，总 36 期，1986年底停刊。2002 年，中国铁道出版社创办专供高铁的时尚化商旅人文期刊，刊名亦称《旅伴》。

两天后，我很高兴看到金陈的一段聊天记录：

锡忠先生，我是金炳亮。

炳亮您好。您是出版集团的老领导，请多指教呀！

您是前辈，多谢指教！九十年代读过您写的梁启超传记，近期也关注到您有关早期花城的回忆文章。我会将有关意见收到我的研究当中。

谢谢啊。研究广东出版史是十分有意义的事，而且不少老一辈当事人已去世或八九十岁了。

花城早期历史非常有价值，惜乎没人研究，我只是关注到人民社相关的。我跟花城几任领导都说过，但未引起回应。的确，再不抢救，悔之晚矣！

上述聊天记录，我建议锡忠反馈给社里。他回复：我与花城社现任领导一个也不熟啊。南方传媒集团总编辑肖延兵，兼任花城社长时，在会上赞赏我写的建社文章并分别发表在《花城》《随笔》。

后来，我将金陈聊天记录迳转张懿社长。我相信她会妥处的。果然，她立马回复：此事提议甚好（附图三个拇指跷起）！我们琢磨一下，确实可请诸位前辈留下宝贵史料。

上个月，我为杨牧之先生新著《一位编辑的自述：我的出版之路》（"口述出版史丛书"之一，中国书籍出版社出版）写了篇书评，南方传媒总编室主任秦颖阅后提醒我，某些表述可改用更专业的史学术语，如：有一分史料说一分话；孤证不例；无一字无来历。真感谢他。微信中秦颖还透露：近十年，我的业余状态，可看作在为退休作准备。我很敬重的一位老大姐，五十岁开始做学问写文章，我常把她当榜样。这十年的写作，可看作阶段性的尝试。我把主编《随笔》时，与全国文化界、思想界、艺术界、学术界、科学界众多名家交往，写成四十余篇文字加图的《貌相集》（三联版），现奉上，请教正。希望退休后随性写写，追恋时光，充实生活。

我也时常读到，记述广东当代出版史的，还有苏晨、范汉生、黄树森、卢锡铭、徐南铁、陈海烈、钟洁玲、朱燕玲、周伟励、杨向群等一群离退休的老编新作。

美国出版家舒斯特说过：编辑不仅是一个充实人生的职业，编辑本身也是一种人文教育，你因此有机会和当代最有创造力的一群人认识，结交作家、教育家以及各种各样具有影响力的人物。你等于修一门终身学习课程，不付学费还领薪水，而且在知识和心灵上得到充实和满足。

最喜今生做编辑，而且广东出版界的这群老编，有我的老领导、老同事。他们在位时致力创造历史，离退了潜心书写历史，热诚执著，求真务实，情怀满满，南天可鉴。

无独有偶。叶曙明来聊天，也谈及拟写写自己的编辑经历，写些新闻出版的有关史料。其实，曙明也是史中人。

1980 年底，他从锁厂工人调任花城编辑，跟邝雪林、林振名共同责编郁达夫、沈从文那两套大书。这四十年间，曙明出版了四十种个人专著。尤其近五年，井喷似地接连写出《深圳传》《广州传》《粤海扬帆：东莞追梦全记录》《中山传》《香港传》。交谈中，我们回忆起上世纪八十年代以来，广东新闻出版繁荣发展的许多往事。他提了十几个具体问题，我都尽所见所闻所知作出解答，提供参考。第二天清早，他发来微信问得更仔细：我记得《花城》最初好像不是在天台铁皮屋，而是有个正经办公室的，美编岑毅鸣还在阳台画画。铁皮屋是没阳台的。那《花城》是几时搬上天台的呢？你记得吗？

太记得了！那是广东出版的发祥之地，是我们心心念念"战斗过的地方"。我详复曙明：

广州大沙头四马路 10 号五层楼房，1975 年 5 月建成，先作"毛主席著作出版办公室"，后为省出版局、人民社及省新华书店共用。党的十一届三中全会后，人民社作为母社，先后分立科技社、岭南社、花城社、新世纪社及教育社。科技社和岭南社迁去新基路办公。

分立之初，花城社在原大楼有十一间办公室，即五楼两间：《花城》在楼梯口靠西的第一间有阳台，主任范汉生，副主任钟缨，他俩先后都曾任花城社社长，编辑有陈文彬、林贤治、舒大沅、谢望新、刘剑星、虞苇、詹秀敏（后任社长）、朱燕玲、罗建琳、文能、田瑛等，编务李梦飞（后任工会主席）。隔壁一间先为对外室，林振名（后赴港创办香江出版公司）、王健和我曾在此筹办未成的《乡音》侨刊，大学毕业新来的杨小彦、钟蔚帆在此上班；后为《随笔》室，主任黄伟经，副主任郭丽鸿，编辑谢日新（后任副社长）、麦婵等。四楼有七间：第一间靠东的，诞生了苏晨创办的《随笔》，邝雪林、黎煜明责编；诞生了岑桑创办的《海韵》诗刊，后改为《青年诗坛》，主任罗沙，邝雪林和我责编，后调入鞠英、杨光治（后任副总编）、莫少云、黄蒲生；还诞生了《影视世界》杂志，谭子艺主编，编辑陈锡忠、陈健麟、白可文、李碧华。第二间是文艺室，后为小说室，主任岑桑（后任人民社社长），副主任李士非（后任总编辑），编辑有沙世荣、郑潜云、杜渐坤、李文侣、胡莘华、廖小勉（后任花城副社长、人民社社长、省出版局副局长）、汪潮、谢家因、李汗、廖文、杨亚基、钟洁玲、湛伟恩、刘钦伟等，《花城》诞生不久搬上五楼。第三间总编室，主任徐庆宜，副主任岳佩兰，编务林佐华、易平、龚桂珍。第四间党委人事行政科，罗兰如副社长、何立德、李春英、沈尔廉、吴涛、刘显柏、刘解军等在此办公。第五间校对科，科长钟湛恩，副科长张志东，校对沙小碧、虞向华。第六间在美编室（杨白子、苏家杰、王越等）的隔壁，诞生了《译海》杂志，主任苏炳文，副主任王伟轩，蔡女良后任主任，编辑戴铭苏、林青华、袁安。第七间财务科，科长彭名晖，副科长金威兰，会计梁小西。局机关和局社领导黄文俞、杨奇、黄秋耘、马冰山、林坚文、邓炬云、阎百洪、许实、杨重华、苏晨、王曼等大都在三楼。二楼有两间：花城出版科，科长黄金荣，副科长赵琪、杨世杰；还有摄影室丹青、利智仁，司机班区国榴、张同升、黄国金、朱建新、王忠胜等司机大佬，常载我们去采访组稿，奔忙于南粤大地。一楼是省店书仓。花城社发行科在东山达道路，科长朱讯。1983年春，花城社在楼顶天台搭建简陋的铁皮屋九间，南向计有译文室；《历史文学》室，李士非创办，主任李联海（后任专职党委书记），编辑冯沛祖、黄茂初；《旅伴》室，编辑曾昭仁、江川、田小基，编务刘瑞冰；小说室；文化室，编辑岑之邦等；古典文学室；文艺理论室，主任徐巍，编辑余红梅、温文认、陈定方（后创办学而优书店）；朝北有美编室和新创刊的《浪潮》。

改革开放热潮中，编辑真忙，天台真热，没有空调。现在回想起来，还真是热血沸腾。

2022 年 11 月 30 日
解封之夜草

211

书香

芬芳袭人

小康必须健康

——《健康忠告》的出版缘起及编辑小识

　　今年春节期间，有一位好心作者，给编辑部送来了一份珍贵的贺年厚礼——本书最初的民间文本复印件，题目是《生活方式与健康——洪昭光在中直机关"健康讲座"的演讲稿》。这份堪称"把医学科普做到了极致"的健康箴言，委实让人"一看就懂，一懂就用，一用就灵"，因而，在出版社内广为传阅，争相复印，一时间洛阳纸贵，被纷纷寄给远方的亲朋好友……

　　后来，我们才获悉，这位健康讲授者洪昭光教授，在近七八年间，不断地被邀请到北京中央机关乃至全国众多大中城市，为千千万万听众举办了成百上千场的大型健康知识讲座。其轰动效应令人浩叹：无数深受教益的听课者，纷纷自发地把洪昭光的讲课录音整理成文；据不完全统计，在世纪之交的神州大地上，相同内容的"手抄本"已达 68 种版本之多，而且一传十，十传百，飓风似的迅速而广泛流传，人们莫不以拥有此份健康箴言为最新时尚，先睹为快，先用为幸，崭新而亲切的健康理念被复印、被网送、被传播，成为人们追求健康的精神鼓舞和实践指导。

有感于此，我们当即拍板：一定要把这份有益于大众健康的"地下手抄本"转化为公开出版物。动作要快！做书要精！

春风送暖，赶赴北京

在首都安贞医院，我们终于拜见上洪昭光教授：果真是人如其名，红光满面，睿昭智显，高高的额头紧靠在书柜的精装本和线装书之间，俨然他的头颅也像一部巨著。他好客、健谈、幽默，只可叹电话一个接一个，以致我们的交谈只能收声中断。他一面热切地答着电话，一面用无奈的眼神给我们以歉意。接连数日，日复一日，我们目睹了著名大夫的忙碌惨状，便不忍多作纠缠打扰，加之他亦不愿多谈自己，我们只好从旁打听洪昭光教授的人生经历和医学成就——

鼓浪屿鼓起了他的人生征帆，大上海成就了他的医学大志。他青春得意，曾与华罗庚合作研制成"北京降压 0 号"

及"溃疡合剂"。他中年得福,乘改革开放的春风到大洋彼岸的芝加哥一医学院出任访问学者。上世纪80年代至90年代,他进入了"丰收获奖期":发表学术论文100余篇,科普佳作300多篇,荣获卫生部和北京市的大奖共计10项。迈入21世纪,他荣膺北京市科普先进工作者和卫生部"辉瑞杯"高血压健康教育奖和全国控烟先进个人奖。他的事迹先后入选"英国剑桥国际名人传记中心"和"美国国际名人传记中心"名人录。

谈及影响着千千万万人的"健康讲座"的起因,他轻描淡写,说是"有点像'无心插柳柳成荫'"。他谈及最初发现的两个反差:在当今世界,比如心脑血管发病率,发达国家呈下降趋势,我国却在上升;在卫生资源方面,我国主要用于医疗,尤其重用于事后抢救;而发达国家却是重在健康教育和事前预防。为此,他动了心思动了情,"医学只有结合民众,才能发挥最大作用"。他从此毅然改了专业,走上了心血管流行病防治和医学科普之路。谈及"健康讲座",他坦言起初只是与某一病号在病榻前的单独交谈,谈着谈着,全病室的病友都被吸引而围拢过来了,于是,他就在病房里举办讲座,从这个病房讲到那个病房,再从这个医院应邀讲到那个医院。许多病患者和医务工作者都因听过洪昭光教授的讲座而大受教益,深受启迪,于是,你传我,我传他,整个京城都知道有一位了不得的名医叫洪昭光,洪昭光于是乎被邀请去这个单位讲到那个单位,从这个部委讲到那个部委，从这个城市讲到那个城市，从这个省份讲到那个省份……

就在北京洽谈出版此书期间，我们亲眼看到洪教授赶赴天津上课的匆匆身影；同时，我们也眼福大饱地一睹了洪教授接受中央电视台现场录播"健康讲座"的动人风采。

临别，洪昭光教授送来一叠最新文稿，郑重地对我们说："好吧，既然是为更多的大众普及健康知识而出书，那就签约拜托你们了！"

搭乘南航，心飞南方

我们急切地抢读着洪昭光教授的最新讲稿。窗外，白云涌动；心底，思绪飞扬。先睹为快的冲动和得益，令我们禁不住在机舱上速记了如下的阅稿札记：

与其说，洪昭光教授的健康讲稿，是以其高尚的医德和精湛的医术而为无数患者开列出对症适用的医疗处方和灵丹妙药，毋宁说，他是以渊博的医学知识、丰富的人生经验和洞悉的中国国情而汇合成对科学的生活理念和现代的生活方式的热切呼唤和积极推广！全文充满着理智、睿智和才智，洋溢着激情、诗情和人情味。难能可贵的是，他的医学普及，真正做到了普通人皆能普而及之。举凡深奥的科学理论，复杂的医学知识，乃至医疗的独特处方，到了洪昭光的口里，便溶化成一串串"顺口溜"式的健康口诀（关于口诀的诞生，书中有着动人的记述，请读者详阅），读来琅琅上口，生动幽默，易懂易记，过目难忘！这些看似浅显的健康口诀以及他所提倡的健康理念，是对科普知识的艺术提炼和对现代生活的理性认知，蕴含着作者丰厚的文化功底和人生阅历，凝聚着洪昭光教授的爱国心血和社会良知。它受到全社会的热烈欢迎是理所当然的，它对社会的巨大贡献和积极影响也将继续是不可估量的。

人类进入了 21 世纪。

中国进入了全面建设小康社会。

小康社会，包含着实现物质文明、政治文明和精神文明。这其中也包含着国民的身心健康。按洪昭光教授的观点，人的健康分三个层次：生理、心理和心灵。也就是说健康的最高境界是人的心灵健康。为此，从本书开始，我们将陆续出版一套《健康革命》丛书，旨在探索、总结和传播小康社会崭新的健康理念和文明的生活方式，参与健康革命，保佑健康长寿，让我们站起来、富起来的人民进一步真正强起来！

顺便说明，本书图文并茂，正文采用了较大的字号，以便老少咸宜，怡心悦目，敬请鉴之赏之。

改用"健康忠告"为书名，添加了出版者的一番好心：

忠告小康社会的人们呵——

珍惜健康！

享受健康！

创造健康！

2002 年稻熟时节

依旧真诚寄故土

——《鞠躬桑梓》小序

前些天，河源市政协副主席陈仰望同志来电话，说他正在编书，想把他自己在和平县任县长、县委书记期间发表过的文章及有关记者撰写的访谈录等整理成集，书名拟取《鞠躬桑梓》。我即表恭贺。电话里他笑道：编此书无他求，只是为自己在和平的工作做个小结，也顺便让自家的儿孙辈们看看，你爸、你爷是怎样为人做事的。通话时，我们还谈了些编辑事宜。昨晚，仰望同志来访，带来一大包书稿，再三嘱我为之作序。面对家乡的老领导，唯恐却之不恭，只好应承下来。

细读《鞠躬桑梓》，计有二十余万字。这是仰望同志主政和平的真实记录，也是他实践党的路线方针政策的宝贵心得。从内容上看，大致可分为政务文稿、会议讲话、报刊访谈、为人序跋等篇什，涉及党务、政务、工业、农业、科技、教育、文化、卫生等众多领域。坦率地说，编此类文集，毕竟不是文学作品，最忌的是"官腔"和"套话"。仰望同志是位求真务实者，对官话废话他尽量剔之避之，因而，书中多有独特的思辨和真诚的表白。县长也罢，县委书记也罢，并非高官，但其"位置"却绝对十分重要，毕竟是一县之长，毕竟掌管一方，权力大矣，责任重矣！因而，县长、县委书记的理论素养、政策水平、文化功底及社会阅历、性格志趣等等，足以深深影响其施政谋略及行政效率的。所谓"为官一任，造福一方"，关键要看"为官者"的德行。本书的政务篇什，就不时流露出仰望同志任职和平时，对理想、信念的不懈追求，对责任、使命的勇于承担。字里行间，看得出仰望同志对和平是认穷不服穷，吃苦不怕苦，坚信"精诚所至，金石为开"。所以，他用真诚去面对穷山恶水，出真力去开拓那方冻土，以真心来服务于和平的父老乡亲。书末附录的文章，在一定程度上表达了民意民声，颇有"政声人去后"的况味，值得一读。

和平是我的出生地，也是我成长的摇篮。俗语说"儿不嫌母丑"，我也不嫌和平穷，所以，走出山门许多年，我也惦记着和平的山水草木、人情风物，以"你是九连山，我是久恋山"的诗句来表达我的和平情结。但遗憾的是，我到过广东全省所有的县城，和平县城在以往很长的时间数得上是最落后、最丑陋的之一：狭街小巷，屋矮楼低，几十年蹲缩在东山岭脚下干涸的小河边，一副春风不度、萎靡不振的模样！但记得1997年回家过年，从交叉水进入县城东山路、民主路，我惊喜地发现，弯路变大道，路灯竖两旁，且砌了好看的花坛，长满茂盛的花木。翌日清早逛河滨，也见堤岸修整，路面平坦，和平河春水丰盈成了碧波荡漾的人工湖了。及至2000年，我又回和平，正值新城区大兴土木，处处热火朝天，载重车出出入入，挖掘机深挖穷根，推土机摧枯拉朽，起重机吊起一片希望……那时候，许多乡亲都自信地对我说，和平有奔头了！我也真切地感受到，和平振翅欲飞的势头。记得那年大年初五清早，细雨纷飞，寒气袭人，我在和平迎宾馆门口正好碰上仰望书记，满裤管泥泥水水，满脸冻得红红扑扑，一问才知，他刚从工地检查回来……此刻，拜读书稿，联想偶遇，再品味书名——"鞠躬桑梓"，信哉斯言，更信斯行！

　　仰望同志说，编书是小结，我看也是检视。年过花甲，仍旧是一颗真心，仍旧是一份真诚，小结一段履历，检视一程仕途，掂量一份责任，挂念的还是那片山水，梦萦的还是那方故土……这委实是一种境界，一种情怀，既有对和平的感念，更有对未来的企盼，对后来者也不无启迪。故此书付梓，实为可贺！

2006年平安夜草

把心放在弦上

——《心弦》小序

今年四月，和平县剧团的老团友们，纷纷从各地赶去，欢聚在阳明山城。都是同事多年的老伙计了，一见面又笑又闹，又揽又抱。也都是能歌善舞的老艺人了，是夜一开晚会，就争相上台，尽展风采。真个是老友团聚笑不够，白发童心乐翻天！

晚会上，漠古（曾凡漠）一副青春神采，几番被邀登台演奏。那悠扬的琴声恰似天籁飘逸，时如行云流水，时如鸟鸣空谷，激越处俨然大江潮涌，深沉时宛若夜海生月。他那娴熟的指法拉功，搜弄出来的美妙之音，仿佛不是一串串蹦跳的音符，而是一个个从心灵深处踏歌而来的活泼精灵！他的演奏极富艺术感染力与情感穿透力，从耳膜直震撼你的灵魂，听得你血沸千度，如痴如醉！

那夜，漠古还兴冲冲告诉我，他正在忙乎编一盘个人音乐专辑，并恳切叮嘱我作个序言。

　　心想，却之不恭，但熟人难写。我怕拙笔写漠古写不准写不像。况且我对音乐仅限于喜好，缺乏实践与研究。所以，回穗后，我极力回忆与构思，却又不敢贸然下笔。

　　幸好，前几天漠古寄来一封信。这封信，既是他的生平简历，也是他对音乐的一生感悟。字里行间，倾诉着对人生的认知与眷恋，更道尽对音乐的挚爱与追求。文字朴质流丽，读来真切感人。信不长，兹录如下：

　　"年古（注：敝人的俗名），说实在的，人老了，总是想给后人留点什么。有钱人留的是财富，能写的或许留下许多诗书。我呢？想以音像留给人们一些记忆。

　　"记忆中，上世纪五十年代在彭寨中心小学读书时，我虽比你高两班，你却是成绩最棒的。而我呢？由于偏科，数学极差，与中学无缘，十三虚岁就回乡务农，成为名副其实的'童农'。可见，在文化上，我实属是个'先天不足'之人。但，由于自己的爱好，少年时我就特别喜欢音乐，也未想到，音乐竟与我相伴一生！考进县宣传队我们有幸成为同事。可以说，我是从进入专业的文艺单位而改变了人生的。时至今日，音乐又陪伴我进入了晚年生活，充实了我的每一天。

　　"所以，我萌生了要制作一盘个人专辑的冲动。因为我身边有一大帮音乐发烧友，由于自己搞过专业的缘故，不少民乐爱好者还是很恳切，说是请教，实际上是便于交流吧，

225

于是，我就想通过这盘个人专辑，为繁荣我们县的大众音乐起个互动与推动作用吧！

"想起来，在宣传队那些年，我是尽了刻苦努力的。在民乐、弦乐上我掌握了一些技巧，能演奏二胡、高胡、板胡、汉胡等乐器。长期的训练，使自己的音准、音色及节奏上，有不断的追求，也不断地完善。对许多名曲的主题、内涵、情感，乃至其产生的时代背景、地方特色、艺术风格等等，也较为注重钻研与体味，因此，久而久之，演奏起来较顺心，听起来也较顺耳，受到了一批民乐爱好者和许多听众的喜爱。我转行后，只能从事业余演奏，但也多次参加省、市、县的多项演出活动。所以，与音乐结缘，真的是乐在其中。弦乐是我人生的精神伴侣，除却日常的工作，我始终还是把心放在弦上。

"由于文化水平低，此刻，我难以表达内心的万千感慨。回首过去，我的人生虽是艰辛的、曲折的，却真是快乐的！快乐真的源自音乐……有说不完的话啊，却又不知怎么写。所以，就请你写个开头语好吗？"

抄完这封信，我猛然想起"崔颢题诗在上头"的那句名诗，心想，我若再写"开头语"，也比不上漠古的自述自悟，来得如此的真实、真切与真情。我只能写出如下的感悟、感动与感奋：

其一，爱好是成就人生的诱因，更是事业有成的前提与起点。所谓天赋，很可能往往是通过爱好去施展的。因此，唯有培育爱好，珍视爱好，发展爱好，才能真正地因爱而好，因好而爱，因爱更爱，因好更好。

其二，勤奋是通往成功的唯一可靠路径。正所谓"书山有路勤为径"。勤能补拙，奋以登高。勤为自勉，奋乃自强。勤奋是意志，勤奋是毅力。只有勤奋才能积聚丰富的经验并产生无穷的智慧，"达到光辉的顶点"。

其三，用心做事。人生在世，万事纷呈。择事而为，当然重要。有事业心，尤为可贵。因而，事业当前，应尽心尽力尽情而为之。这就是漠古所说的"把心放在弦上"之真谛！

其四，在当今中国，类似漠古这样的业余艺人，不在少数。他们不是拥有正规衔头的音乐家，也不是身价万金的明星大款，但他们委实是传承中国民族音乐的主人与主力。正是由于他们长期活跃在无数乡村与社区的民众之中，中国才变得更加有声有色！共和国的音乐史与文化史，均应为他们记上浓墨重彩的一笔！

结尾的话，我想把客家人名昵称的习俗告诉读者：即女孩多称为"嫲"，男孩多称为"古"（原意为牯，俗写为"古"）。"嫲"与"牯"，原指家养禽畜之雌雄，连冠于人名之尾，则饱含贱养、好养之祈求。所以，曾凡漠称我为"年古"，我则称他为"漠古"。以"古"相称，不含辛酸，却是十分亲昵。这也是客家人的一曲心弦之音。

2005 年 8 月 16 日

业成大器天正晴

——《期刊之道》小序

　　因与本书作者同姓又近乎同名，故同读大学中文系期间，我与陈湘年常常被人"搞错"，抑或又被误为"同胞兄弟"。倒是那三年，我学写诗，他爱作画，时不时我们俩以"诗配画"的合作而出现在学校的墙报上。友谊与交往便始于此，而密至今。湘年聪颖而勤奋。记得有一个冬夜，在学校操场上同看节目表演，漆黑之中，只见他低头忙着画速写，那是一支他自制的画笔——小手电筒上缚着圆珠笔——那道亮光至今闪烁成我学习的导航灯！走出校门这么多年，我们俩一直是"同一条战壕的战友"。他在杂志社，我在出版社，在编辑业务中，他更是常常帮了我的大忙，比如，画题图尾花，画封面插页，及至整本整本地作连环画，他总是有求必应，倾注心智。对于美术，他的"老底"是业余爱好，可水准却是比科班更科班了。2005 年一次会后的照面，我随意对他说："写本书，露露脸嘛！"他腼腼腆腆笑而不语。没想到事隔一年，前几天，湘年来访，抱来一部厚厚的书稿，那赫然醒目的书名——《期刊之道》，令人怦然心动！这回，他率直地大声说："大佬，你催我写书，我就请你作序，互相难为一下吧！"那当儿，我们俩乐得像亲兄弟。

　　《期刊之道》，"道"之妙哉！"道"也，涵盖必经之道、众理之道、治学之道……我品读书稿，从书中论述期刊的起源与发展、如何创办期刊、如何保健期刊生命以及期刊发行营销与市场广告营销、期刊人力资源管理、社会转型期期刊的改革与发展到教育期刊如何面对"一费制"的挑战……一路读来饶有趣味。掩卷沉思，感慨良多。这是一本很有实践体验，又很有理性光彩的书。给予读者尤其是办刊者的启迪无疑是丰富而深刻的：要投身刊海，当一名优秀编辑，就必须有广博的学识、新锐的思维、严谨的治学之道；要有良好的职业道德和编辑素养，深谙众理之道；要有经历曲折，勇于攀登，实践成功期刊之道，唯其如此，方可指望成为编辑精英，办出品牌期刊。

　　20 世纪 90 年代后期，我国进一步加大改革开放的力度。2001 年 12 月，中国经历了长达 15 年的谈判后，成功地加入世界贸易组织（WTO），使中国在经济全球化进程中迈出了关键性的一步，中国传媒也由此面临一个全新的生存环境。《期刊之道》揭示了我国加入 WTO 以后，期刊进入市场化转型阶段所面临的九大挑战：一是市场的挑战；二是资本的挑战；三是网络信息的挑战；四是期刊定位的挑战；五是期刊质量的挑战；六是办刊理念的挑战；七是期刊人才的挑战；八是民营书业、发行业的挑战；九是管理机制的挑战。

《期刊之道》概括了社会转型期国内期刊竞争日趋激烈，充满机遇和挑战的50多种态势：政府加快新闻出版业管理职能转变；媒介市场重新洗牌；期刊合并竞争；期刊跨媒体联合；媒介扩张、再造、重构游戏规则；区域期刊市场细分；新刊提速，老刊一号多变；期刊市场成为投资热土；文学期刊锐意改革寻出路；期刊趋向高端求精品时尚；期刊"偷梁换柱"，境外注册，境内出版；治理报刊散、乱、滥；期刊与邮局竞争日益加剧；出版社办刊步履维艰；第三代电子杂志掘金传媒；免费杂志挑战收费杂志；"网＋刊"独特经营崭露头角；国外期刊抢滩中国市场，弱势期刊休刊、停刊……面对严酷的挑战和繁纷的期刊态势，《期刊之道》昭示了应对挑战的举措：一是把握机遇，树立知识经济观念、投资管理观念、产业观念、营销观念、法制观念、创新观念、集团化观念、诚实守信观念。强化开放意识、市场意识、竞争意识、品牌意识、国际化意识，实现期刊业的跨越式发展。二是与时俱进，坚持正确导向。要坚持政治家办刊，坚持办刊为人民服务，为社会主义服务，为全党全国工作大局服务。坚持社会效益和经济效益的统一，坚持期刊报道的真实性。三是改革创新，激发期刊发展新活力，要深化改革，必须面对当前期刊业管理体制落后，经营机制不适应市场需求，期刊资源市场分割，期刊品种结构不合理的弊端采取应对措施。建立党委领导、政府管理、行业自律、调控适度、市场主导、导向正确的新型管理体制和经营机制，使期刊业既有产业属性，又有意识形态属性，既是市场主体，又是党的思想宣传阵地。四是借鉴企业成功经营经验，增强期刊经营发展能力。当代期刊要在市场争得份额，必须"火眼金睛"捕抓商机，不能盲目跟风，趋同竞争。要善于独辟蹊径，不断创新，做到"人有我优，人优我特"。要造就一支过硬的队伍，要用求知、务实、拼搏、奉献的企业文化凝聚人才，以人为本管理人才，引入竞争激励机制，改革分配制度，留住人才，充分发挥职员的聪明才智，才能使期刊业壮大发展。由此可见，湘年对期刊研究之广之深之落足功夫。既有纵论全国刊海的宏观视野，也有细谈所在杂志的微观分析，成功的喜悦夹杂着困境的担忧，挑战的压力转化为机遇的把握，举凡期刊的导向、格调、策划、营销、推广乃至人才队伍的培养和使用等，几乎无不涉及。虽然未必字字珠玑、句句精当，但个中细悟其道，多有实践感触，因而引人思索，予人启迪，这是毫无疑问的。

在我国加入 WTO 之后，期刊市场出现"两极分化"的趋势，教育类期刊面临着全国中小学实行"一费制"的挑战，也失去了用行政指令摊派发行教育期刊的"特权"，呈现生存危机：2005 年，教育报（期）刊有 64% 发行量下降，广告数量和广告收入减少；教育报（期）刊社有73%总收入和人均利润下滑；开拓多种经营项目力度不够，有82%的报（期）刊社没有办法开拓新的经营项目，只能抱残守缺；行政后勤、发行人员不断增加，成本投入加大，书款回收困难，烂账呆账增加，期刊利润效益减少，面对教育期刊生存困难的严酷现实，湘年总结了自己从事期刊编辑工作28年、编辑出版《广东教育》《广东第二课堂》《师道》《高中》《高教探索》等杂志的丰富经验，摸索出一套行之有效的应对措施：一是改变内容形式，力求教育期刊思想精深，内容精彩，艺术精湛，制作精美，创名牌，出精品，办一流刊物。二是探索发行新模式，拓宽市场化发展之路。实施发行终端到中小学校，对学生征订附送自愿订阅表，实行自愿订阅；举办夏令营、学科比赛和主题活动等，向师生宣传教育期刊，征订刊物；建立"学生读物"连锁店，把教育期刊的触角延伸到社区；多渠道、多办法提高发行量。三是开展广告营销和多种经营，追求期刊事业的持续发展。四是实施跨省跨区域合作，本着资源互补，项目互动，政策互用，信守合同，利益共享，风险共担，事业促成的合作精神，在教育期刊的发行、广告、出版、活动策划、营销以及资本经营等方面开展广泛的合作。五是实施精细化管理，整合资源，按需设岗，增事少增人，开源节流，面向市场科学发展等措施。

实践证明，这些措施是切实可行的。湘年自1979年到广东教育杂志社工作至今，从历任美术编辑、摄影记者、文字编辑、编辑部主任、副社长一直到担任社长，他步步扎实，以心血浇注期刊，以智慧经营期刊。在广东省教育厅领导的支持和关心下，他和同伴们共同努力，取得了骄人的成就：广东教育杂志社旗下的《广东第二课堂》2003年荣获首届中国少年儿童优秀期刊金奖，最高月发行量达到430多万册，成为广东期刊界响当当的品牌；《广东教育》多次被评为广东省优秀期刊；《高教探索》被评为国家核心期刊、CSSCI来源期刊。尽管目前在期刊的发行经营方面遇到不少困难，但湘年集思广益，惜时尽力，追求卓越，在期刊市场化的大风大浪中，和他的同伴们一起力挽狂澜，正在壮大发展教育期刊。

孔子曰："三十而立，四十不惑，五十而知天命。"湘年已属知天命之时，但可喜可贺的是，业成大器天未晚。我们可以从他那28年践行期刊之道的过程中，从《期刊之道》一书附录的作品中，略窥他勤学苦练、一专多能的成果和足迹：深入学校捕捉校园生活精彩瞬间，拍摄照片、描画速写；组织中小学生到澳大利亚、日本等境外及省外开展第二课堂活动，提高中小学生素质；为期刊撰写消息、评论、小说、歌词，创作连环画、漫画、插图，设计封面，装帧排版……谙练期刊编辑出版的十八般武艺。

面对这份探索者的思辨、实践者的总结、敬业者的经验、老同学的业绩，我对"天道酬勤，业精于勤"更是笃信不疑了。相信湘年一定能和他的同伴们，不断学习，改革创新，拼搏奋进，超越自我，续写《期刊之道》的新篇章。任媒介市场惊涛骇浪多风险，广东教育杂志社定能闲庭信步破难关，为了祖国的后一代，春风化雨，栽种希望。有道是"红心随雨翻作浪，青山着意化为桥"！

湘年，与其说为你作序，毋宁说是向你学习，替你高兴，为你祝福！

2006 年"五一"之夜草

漫说广东版权管理

——《中国当代版权史》小序

前不久，《中国当代版权史》课题组主持人李明山先生寄来书稿并附信约稿，信中写道："《中国当代版权史》是广东省教育厅立项资助的人文社科基金项目，是国家'九五'社科规划项目《中国当代版权史》的成果结集，该书已经完稿并由广东省教育厅顺利通过结项，全书43万字，交由北京中国知识产权出版社，于2006年下半年出版。国家版权局原局长宋木文先生已欣然应邀写下了有关当代中国版权制度建设历程的珍贵序言。考虑到此书的立项和完稿都在广东，书中的内容也涉及广东政府的作为与成绩，倘若广东的版权局领导出来讲几句话，即请为此书写个序，也许对此书扩大社会影响很有裨益；况且，广东正在建设文化大省，有关版权的宣传和保护工作也是文化大省建设的重要内容。因此，冒昧致函打扰，请求抽空撰写序文。我设想，可否围绕类似的话题——'新时期广东版权的行政管理'——而写开去，字数不限，敬请支持！"

说实在，我与李明山先生素未谋面，但细读《中国当代版权史》，却深为李先生及其同事的研究成果而振奋而敬佩。这部书稿，如书名所示，是当代中国版权事业的历史综述与分析，惟其首创、开拓，无疑包含更多的艰难，而艰难就在于如何真实理性地总结分析这一曲折的历史进程，个中大量的客观论据的归纳梳理，更需要理论探索的勇气与坚毅。这一切，李明山和他的同事们以锲而不舍、求真务实的精神，深深折射在全书的字里行间。这不仅是一部填补历史空间的开山之作，也是对我国版权工作很有指导借鉴意义的现实读本。无怪乎我们的老领导国家版权局原局长宋木文先生在序文中予以充分肯定；而在一叠专家鉴定意见表上，沈仁干、郑成思、周林、杨宜默等著名专家都一一作出高度评价。我虽为版权政务人员，但远非版权专家学者。之所以写出如下文字，既出于"恭敬不如从命"，也藉此与我的同事们梳理一下广东版权行政管理的历史与现状，算是"三句不离本行"的使然吧。

在广东，政府运用行政力量管理版权事务的历史，至少可以追溯到新中国成立初期。1949 年 10 月中华人民共和国刚刚成立，广东省就成立了广州市文教接管委员会，在政务院出版总署等政府职能部门的领导下，其内设的新闻出版处具体承担着我省版权事务的行政管理工作。从那时起直到1987年，尽管对版权的行政管理明显受当时各种政治运动的左右，管理的对象主要限制在图书、报刊出版等狭窄、特定的行业范围，管理的方式始终充满着浓郁的计划经济色彩，管理的内容也以规范稿酬的支付等问题为主。毫无疑问，若以现在的评价标准来衡量，那一时期的版权行政管理还十分稚嫩，很不规范，远没有建立比较完善健全的版权行政管理体系，但行政力量对版权事务的影响是存在的，除了"文革"，基本没有中断。

1987年在我省当代的版权行政管理史中，是特别值得纪念的一年。是年3月，省政府批准设立广东省新闻出版局，正式赋予该局"加强版权管理，监督和实施国家有关版权的法律、法令、法规，处理有关版权事宜，提供版权咨询"的行政管理职能；同年6月，省编制委员会又批复同意省新闻出版局内设版权处。这是新中国成立以来我省负责版权事务的行政管理部门，第一次由政府明确授予了版权的行政管理职责；同时也是该部门内第一次真正拥有了专职的、负责处理全省版权事务的内设机构。随着专职管理机构的诞生，版权行政管理的内容，也从早期的以规范稿酬为主，开始向关注作者的创作热情、版权的对外交流、调解出版活动中的版权纠纷和提供版权基础知识服务等方面延伸。

我省的版权行政管理工作，与我省的国民经济和社会发展一样，在近20年里不断得到发展和增强。随着我省经济建设突飞猛进，改革开放不断深入，人民群众在物质文化生活方面的需求持续增长，版权保护对促进我省文化和科学事业发展与繁荣的重要性日益凸显，越来越受到省委、省政府的高度重视。1990年4月，省编制委员会正式批复，省新闻出版局加挂省版权局的牌子。至此，省版权局作为省政府的专职机构，开始独立以自己的名义承担起全省版权行政管理的组织领导工作。

1991年6月1日，新中国第一部《著作权法》正式施行。《著作权法》将作者对自己的作品享有人身权和财产权，国家保护作品创作者的著作权，国家鼓励作品的创作和传播等等内容以法律的形式固定下来。《著作权法》的颁布实施，对我省版权行政管理部门的权力来源和行政工作的管理依据、管理内容、管理对象、管理范围、管理方式等，作出了一系列规范，产生了广泛而深远的影响。

随着法治建设的不断推进，依法行政的理念不断得到强化，并逐步渗透、落实到政府行政管理部门的具体管理工作中。省版权局在广东省内行使版权行政管理职权的主体地位，也再次由省政府明文确认，赋予了法律的依据。在1995年和2000年省政府先后下发的"三定方案"中，分别明确省版权局是省政府主管著作权管理的职能机构，在著作权管理上，以省版权局的名义对内对外单独行使职权。同时明确省版权局的主要职责是贯彻执行国家有关版权的方针政策，负责著作权管理工作，处理涉外著作权关系，进行版权行政执法，依法查处侵犯著作权行为等。

在省级版权行政管理部门的机构设置和管理职能解决的同时，我省地级以上市的版权行政管理机构也在不断地健全。从上世纪 80 年代末开始，我省广州、深圳、珠海、汕头、东莞等市先后设立了版权局，有些市的版权局还由本级政府授予了管理的行政职能。近年我省全面推进文化体制改革，在文化、广电、新闻出版"三局合一"的过程中，全省版权行政管理机构和队伍明显得到加强，到 2005 年底，我省 21 个地级以上市全部设立了版权局，并由政府赋予了行政管理职能，配备了管理人员。到今年下半年，我省县（区）级政府全部设置版权行政管理机构后，我省版权行政管理部门将从根本上告别机构不健全、"高位截瘫"、自身管理主体地位不明确、行政管理工作无法可依的历史，版权的行政管理工作由此将真正沿着依法行政的轨道，阔步向前发展。

进入二十一世纪，在省委、省政府的关心支持和正确领导下，我省的版权行政管理工作发生了深刻的变化。为切实履行"经济调节、市场监管、社会管理、公共服务"的行政管理职责，我局将全省版权行政管理工作的中心和我省的中心工作紧密联系在一起，以促进发展为第一要务，全力服务我省经济强省、文化大省、法治社会、和谐广东的建设大局和实现富裕安康的奋斗目标，行政管理的水平和实效、行政行为的规范和管理空间的拓展等与过去相比，整体上有了新的飞跃。秉承"以著作权人及其权益保护为本"的立法宗旨，按照省委、省政府关于提高自主创新能力、建设创新型广东、增强广东国际竞争力的战略部署，我局将全省版权行政管理工作的核心定位在服务和发展版权产业上。为实现这一目标，我局采取了以下措施：一是做好宣传，转变观念。重在提高党政领导干部对切实加强我省知识产权制度建设、为建设创新型服务提供有力支持的紧迫感和自觉性。二是组织全省各级版权行政管理部门，于"十一五"期间在全省版权产业界全面推进"版权兴业"工程。该工程将通过实施政府扶持作品的产业化开发和经营、培育、"版权兴业"示范基地、认定"版权兴业"重点企业和建成版权产业集群区域等具体项目，强化版权行政管理部门服务版权产业界的功能，使我省核心版权产业和部分版权产业创作、经营、管理和保护享有版权作品的意识、水平和能力不断提高；企业自主创新能力不断增强，市场竞争力明显提高，形成一批新型的知名版权产品、知名企业；核心版权产业和部分版权产业的实力不断壮大，在国民经济中所占比重不断增加；版权的社会服务和中介机构基本健全，智力成果创作与传播使用的运行机制基本建立；在不断加强司法和行政对版权的保护的同时，再构筑一道以企业自我维权为主体的防护墙，形成政府监管、企业自律、舆论监督、群众参与的多层次、多方位的版权保护体系，使企业合法权益得到有效维护，作品的创作和传播互促互进，智力创造与经济文化协调发展，形成良性循环，促使版权产业持续发展壮大，以实际行为支持我省的建设和发展。三是坚持打击与教育相结合，为"版权兴业"工程的顺利推进创造良好条件。作品创作能否获得应有的回报，"版权兴业"工程能否顺利推进，在很大程度上取决于版权产品的市场环境和社会公众的版权意识。为此，我局要求全省各级版权行政管理部门，首先要在建设统一、开放、竞争、有序的版权产品市场上下功夫，依法履行市场的监管职能，加强版权行政执法，严厉打击侵犯著作权的行为，保证版权产品市场的公正性，提高正版产品的市场占有率，增强了版权产业界守法经营的信心和决心。多年来，我省各级版权行政管理部门采取日常监管、个案查处、专项打击等手段对付侵犯著作权的不法行为，使侵权盗版在哪里出现，我们就在哪里重拳打击，取得的监管效果是十分明显的。仅在 2005 年，我省各级版权行政管理部门会同有关行政管理机关，在全省范围内接连开展了打击盗版教材教辅、音像制品、电子出版物和计算机软件的专项治理行动，进行了印刷复制业、互联网侵权盗版的专项打击。据不完全统计，全省版权等相关执法人员共检查文化经营场所 12.8 万家（次），收缴侵权盗版音像制品 6004.5 万张（盒），盗版书报刊 402.9 万册（张），盗版电子出版物 163.9 万张，查缴地下光盘生产线 17 条。其中，广州市版权行政管理部门在 2005 年先后查获盗版音像制品地下仓储窝点 67 个、音像批发窝点 8 个、货运站点 29 个、音像包装厂 90 家（次），办理 20 万张以上盗版音像制品的案件 11 起，涉嫌犯罪被移交公安部门审理的案件9起。广州、深圳、中山、云浮、佛山等市连续破获多宗大案要案，有力地打击了版权产品市场的违法经营行为。其次是加强版权法律知识的宣传教育工作，在全社会形成尊重劳动、尊重知识、尊重人才、尊重创造、尊重版权、保护版权的良好氛围。长期以来，我省各级版权行政管理部门结合实际，因地制宜，点面结合，采取多种形式，借助多种手段，多渠道、全方位地宣传普及著作权法律知识。为提高法律宣传的效果，版权行政管理部门不断在宣传手法上做文章。例如划分宣传群体，按对象、行业等的不同分别实施普法教育等。2005年"4·26保护著作权宣传周"期间，省版权局组织向饶平县党政机关赠送近500万元的金山正版软件；举行我省首个省级"版权兴业示范基地"授牌仪式；召开"广东省网络游戏、动漫产业版权保护座谈会"；在我局公共网上设置《版权保护在广东》专题报道栏目；在广州市内公交车上投放《著作权法》宣传公益广告；启动"广东省中学生版权保护主题教育活动"；强化深圳文博会、南国书香节等展会的版权保护等，这一系列多姿多彩的宣传活动，极大地丰富了社会公众的版权知识，提高了普通社会群体的版权保护意识。各市版权行政部门也在"保护著作权宣传周"期间采取各种方式开展相关活动，如深圳市版权局举办网络游戏与动漫产业版权保护演讲会；云浮市版权局利用广播、电视、报纸、文化站大力宣传《著作权法》以及有关版权、知识产权方面的法律法规和政策；珠海市版权局策划举办了"珠海市正版制品销售示范店",举行大中小学生"正版伴我行"系列活动；佛山市通过《佛山日报》《珠江时报》《珠江商报》，从不同角度宣传本市版权保护的成果、介绍著作权典型案例及版权保护常识；中山市版权局与本市音像制品分销业协会合作，举行了"魅力正版，文明中山"大型正版音像展销会等，宣传形式丰富多样、直观生动、观点表述深入浅出，取得了良好的宣传效果。

回顾我省版权行政管理的历史特别是近 20 年走过的历程，我们深切体会到要抓好版权行政管理，首先离不开各级党委和政府对版权行政管理工作的高度重视和大力支持。国家版权局对广东厚爱有加，历任领导多次来粤视察、检查并予以指导。在目前设置行政机构、增加人员编制十分困难的情况下，省委、省政府千方百计为开展版权行政管理工作创造条件，统一解决了我省市、县两级版权行政管理机构的"三定"问题。省领导还非常关心我省的版权保护工作，多位省领导连年亲临我局视察，检查我们的工作，听取我们的汇报，对我省的版权行政管理工作进行具体的指导，提出具体的要求，不断给予我们鼓励与鞭策。最近，省编制委员会正式发文同意我局增设一位省版权局专职副局长的职数，又一次体现了省委、省政府对版权工作的高度重视和支持。要以促进发展为第一要务。版权行政管理工作要紧扣时代发展的脉搏，自觉融入全省的建设大潮，紧紧围绕"发展"做文章，以体现、推动和保障"发展"作为一切版权行政管理的出发点。一方面，要认真贯彻落实我省各项重大发展目标；另一方面，要深入开展调查研究，充分了解和掌握版权产业发展的特性，主动顺应产业发展的需求，使依法管理成为产业持续发展的强劲动力。第三，要以服务作为版权行政管理的基本手段，为版权产业的持续、快速发展提供必要的保障。版权行政管理部门要借助自己拥有版权行政管理资源的优势，制定服务版权产业的具体内容和任务，强化服务产业的职能和意识，整合版权行业协会、相关中介组织和其他的社会力量，打造统一、公开、公平、公正的现代版权服务体制，共同为版权产业提供优质服务。第四，要在版权产业界推进版权战略。"版权"不仅是个法律概念，更是一个经济概念、文化概念，也常常被用作国际政治斗争的工具。广东是版权大省，版权产业涉及的领域众多，企业实力比较雄厚，必须从战略的高度对版权产业的进一步发展进行规划和部署，确定本地区版权产业发展的方向，制定拟实现的目标，加大政府对版权产业发展的扶持力度，建立良性的版权保护机制，激发版权产业界的自主创新能力，在激烈的国际竞争中争取主动。最后，要加强多方合作。开展版权行政管理工作会涉及多级版权行政管理部门，离不开公检法等相关行政管理机关、社会团体等的支持和配合。因此，版权行政管理部门必须以求真务实的精神，主动寻求、争取与各方合作，积极协调、整合各方行政管理和社会服务资源，协同作战，共同开创版权保护的新局面。

新时期广东版权行政管理的演进历程，不仅生动折射出我国版权事业的发展现状，也构成了中国当代版权史不可或缺的重要篇章。因此，写下上述文字，既作修史的补充，也权当对李明山先生的支持。

是为序。

2006 年 5 月 27 日

写于北京求是大院

小品大意境

——《心血来潮》品读手记

一

约好登门拜访，刘济荣先生却出来美术学院大门口迎候，见面就连连说："好久不见，好久不见！"他说话中气足且频率快，走路就像赶脚似的急急生风，腰板硬朗，目光炯炯，全无年过古稀的痕迹。反倒气度更"艺化"了，不变的是艺术家的那颗童心。望着他乐颠颠领路在前，心想：这是个极易"聊发少年狂"的长者，也是质朴而本色的智者。

果然，甫坐客厅，茶过三巡，济荣先生便谈兴大发，论及当下画坛、画事、画风，他直言躬逢盛世，又感叹浮风炽躁；他痛斥出名靠炒作，又深谙靓汤需火候。他说，都市场化了，尤须苦追艺术化。不管东西南北风，我自默默牛耕

246

耘。说着，他转身抱来一大摞画册，不无自豪地说："这是'牧牛人'近年干的牛活！"

这批精美的画册，有港版也有内地版，包括《牛气冲天》《刘济荣人物画》《人物画谱》《牦牛画法》《那年代——刘济荣速写生活》《刘济荣客家风情画》以及长卷《草原牧歌》等等，开本各异，林林总总，高足盈尺。

济荣先生笑眯眯地对我说："我还有一个小秘密。青藏铁路竣工通车的那些天，搅得我兴奋莫名，忍不住接连泼彩挥毫，一口气画了百来幅即兴小品，正准备结集出版。你猜猜，这画集叫什么名字？就叫《心血来潮》！"

"为什么？"

"你感兴趣的话，那我就请你来写篇序吧！"言毕，他将一捆小品原作交我手上，推也推不掉。

二

《心血来潮》收入 108 幅画作，都是一尺端方的小小中国画。题材上除少数属南方客家风情外，大都是壮美而神奇的青藏雪域景致：远天、雪山、高路、苍鹰、牦牛、牧犬，藏汉剽悍，藏女柔美，在那辽远的蓝天映衬下，无边的草原绿涛涌动，这时，骑牦牛的少女吹响悠扬的牧笛，足令凛冽的高原风也融汇成无远弗届、摄人心魂的天籁！先生的小品常蕴藏大意境，也隐示着真功夫。读来令人神往，又令人惊诧，看来名曰"心血来潮"，绝非空穴来风，也非一日之功。

济荣先生在《后记》中如此道白："在集结整理出版《那年代——刘济荣速写生活》一书时，发现许多几十年前的速写，有着浓厚的风情与相当的艺术价值，正值此时世界屋脊青藏铁路完成开通，喜讯传来，我灵机一动，何不把那些仍有可取的速写整理成国画小品，以寄托深情并作艺术之探索?!"

要更真切地理解这番心血来潮的缘由，当然不可不提及先生三进藏区的经历：

早在上世纪60年代中期，文化部在全国画家中严格遴选，挑中了4位优秀的青年画家，其中就包括刘济荣，他们受命专程赴藏，深入藏区体验生活，为人民大会堂西藏厅创作巨幅画卷积累素材，前后历时8个月。对此，2006年3月，黄华华省长写下赞语："在我认识的文艺家中，刘济荣教授可说是西部开发的先行者了。"改革开放初期，济荣先生又专程到四川阿坝藏区写生。及至近期，先生旅游九寨黄龙，也一路画了许多速写，对此，先生动情地写道："每当翻阅这些素材时，当年的情景就历历在目，创作欲望就油然而生，呼之欲出，并且不可控制自己握笔的手。"

对于西藏这个世界屋脊，济荣先生历来珍视为艺术创作的一个制高点。在那万仞雪峰之上，俯瞰可望世界，仰首可问苍天。天地间蕴藏着崇尚"天人合一"的中国画创作的最自然而又最高远的意境，这片自然空气最圣洁而生存条件最恶劣的地方最能彰显人的生命力与创造力。因而，先生义无反顾，一次次走向高原，走进雪山，过草原，越冰川，与死神擦身而过，与阳光握手热拥，用生命去感受西藏的星辰日月，用心灵去嗅闻草原的格桑花香……

拜阅济荣先生的西藏画作，令人总觉得很天堂，很神秘，很圣洁，富有宗教的色彩，又凸显生命的张力。无怪乎，他被誉为中国最早用国画的艺术语言成功地表现西藏的出色画家。

三

集子虽是小品，尺幅间却磅礴雄浑，仿佛溢满精、气、神。

最令人击节的精品，我意仍当属描绘藏族风情之作。济荣先生刻划高原藏民独有的气质，其笔墨担当得起"传神"二字。你瞧，先生笔下的藏族姑娘，面容润泽而纯洁，目光虔诚而深邃，表情朴实而自信，嘴角绽露一丝淡定的微笑，使人深感其内在美的力量，一如庄严静穆的雪山高原蕴藏着蓬勃的生命。他塑造的藏女形象多有圣女般神秘高洁的宗教感。这种极符合藏民以对自然造化顶礼膜拜的宗教信仰为精神意志的气质，极富艺术穿透力。

中国画之所以传神，除却注重对人物面部的刻划外，还往往把人物性格的展示，寓于环境、氛围、身段和动态的渲染中。济荣先生精于此道。你看如下的场景他画得多么丰富生动：在蓝天白云下，在巍巍雪山边，在辽阔草原上，在潺潺清溪旁，牧牛藏女或给牛挤奶，或赶牛吃草，或牵牛嬉水，或骑牛遛步，或伏牛狂奔。画面上原生态配壮牦牛，动感、野性，一望无际的生机蓬勃，在这种场景和气氛的烘托下，藏族姑娘的鲜明个性，在画中就极为鲜活迷人了。

清代画家恽南田称"有笔有墨谓之画"，即中国画是以笔墨造型。郑板桥说得更绝对，"意在笔先定则也"，即中国画的笔墨不仅仅重在造型，更必须传情达意。济荣先生画牦牛，以抑扬顿挫、粗犷有力的线条勾画牦牛的动作，又以浓郁酣畅、错落有致的泼墨染出牦牛的壮硕，牦牛的剽悍和野性跃然纸上；而画牧女，则线条圆润挺秀细密精致，并施以淡墨浅彩，牧女的灵秀与飘逸款款而至。如此一浓一淡、一重一轻、一厚一薄、一粗一细、一繁一简、一动一静，对立统一，互为呼应，节奏起伏，韵律跌宕，于是，牦牛和牧女作为高原生命的典型代表，在画家笔下都活得神采飞扬！

济荣先生的小品有大境，亦赖于他对留白的苦心经营。意随心生，则情以景迁。先生在小品中以不同形式的留白，为表达主题造就了不同的境界：画面一大半的上方留白，点缀几只小鸟，那是广阔天空；或抹上两笔淡绿，又成了无边草原；画面的下方留白，添几道波纹，河水便变得源远流长了；人物活动在构图中间，四面皆空，又成了漫无疆界的长天接大地……你的想象，尽可以在方寸尺幅中纵横驰骋。这画册也一如既往，体现了济荣先生对画牛的一往情深。先生生于南方客家山区，又三进藏区，他将故乡的水牛和高原的牦牛——牵进自己的创作天地里，单在这本小集子里，"牛"们就耕耘了一大半的篇幅。济荣先生画牛造诣很深，故中国画坛上有"北牛李可染，南牛刘济荣"之说。他画的牛，很有性格。他在一幅专门为牛造像的小品上题跋："人牛相重，情深意笃。牛之品格，憨厚宽容，任劳任怨，蔑名轻名，奉献不止。"他依借刚劲的用笔与沉实的落墨，将一腔情怀，化作牛的生命。他直言："牛的性格也是我的性格，我喜欢默默无闻地创作，不事张扬。"他曾在自画像上作过一首广受称道的"牛诗"："出自牛村认牛命，只识画牛不吹牛，雨雪风霜不知苦，芳草夕阳度春秋。"细看济荣先生画的牛，分明也显现出他的几分"牛劲"呢。此之谓画品即人品，品画亦品人。

笔墨当随时代。青藏铁路通车，也接通了济荣先生的创作灵感。这是偶然中的必然。先生的作品，线多灵动，墨韵飞扬，环境生机盎然，人物意志风发，个中闪烁着的开拓进取、默默奉献的光彩，不正是时代精神的写照么?! 小品不小。小品耐品。

是不为序，仅当一介外行之品读手记，聊供参考。尤望济荣先生指正海涵。

2006 年 12 月 18 日

251

梅花香自苦寒来

——《柳暗花明》小序

说实话，我跟黄莹并不熟。但她送来《柳暗花明》这部自传体书稿，所写的成长环境，即九连山的那片山水，恰恰也是我的生长摇篮。而且书稿中首先"登场"的父亲，也正是我读初中时所敬重的教导主任。更未料到的是，书末提及婚恋过程，最终成为她的丈夫的，竟是当年与我一同从山里搭乘长途汽车去省城读大学的学友。真是无巧不成书。

我想，或许这些缘分，也是黄莹送来书稿，嘱我写序的缘由吧。

书稿不算长，十万字左右，但我却读了整整大半个月。读得慢，不全是因患眼疾，读着读着就眼涩，就泪目，更多的是为书中的故事所震撼，读着读着就心痛，就气促，以致不得不掩卷长叹……

《柳暗花明》叙述的是女主人公轻仪，从1955年出生到1978年结婚前后的成长历程。童年不知愁滋味，花季却遭风雪劫。如果说，"捡鸡蛋""拾麦穗""荡秋千"等等一连串的情节，生动记录着天真女娃的快乐童年，那么，"祖母的离别""'文革'的停课""大字报的引爆"这一桩桩突发事件，则宣示了少女全家的厄运降临：临产的母亲被"专政"、体弱的父亲遭酷刑；苦难的孩子早当家，十二三岁的轻仪，带着四个弟妹，挑水、砍柴、种菜、煮饭，日复日，月复月，操持着繁重的家务，长达近两年之久……这一切，只因为父母是教师，都是"臭老九"，更因为他们的家庭出身是地主。

　　"事非经过不知难"。现今的孩子，很难想象，在那个阶级斗争年代，伴随着轻仪的成长竟有如此众多的祸不单行：既有物质的匮乏（"自从母亲被'专政'后，我们就没吃过肉，连猪肉是什么味都不记得了。"），更有精神的饥渴（"唯一的期盼就是读书，可我今天连小学都未读完就失学了！"）。因为出身不好，连去卖柴都无人敢买，本可去参加体育比赛却被取消了参赛资格……遭人白眼，受人歧视，蒙受污辱，几乎是随时随地猛射连发的簇簇毒箭，把如花的少女摧残得遍体鳞伤，欲哭无泪。书中寥寥几笔提及"照镜""照相"的辛酸细节，读来令人唏嘘。少女不知自己靓，只缘无镜照花容。因而，"无助""无奈""无望"就成了书中最常见的字眼。而作者一再仰天长啸的，正是面对"歧视"而呐喊的愤然控诉与抗争！

如果仅限于对同质的苦难，一味地抒写与罗列，虽可唤起同情与怜悯，但缺乏思想的剖析与批判，就难以凸现其警醒社会、启迪人生的宝贵价值。况且读多了也会"味如嚼蜡"。或许，黄莹明白此理，她写苦难，写艰辛，写历练，写跋涉，写出了机智，写出了善良，写出了倔强，更写出了自尊。因而，书中的少女形象，稚嫩而早熟，负重而担当，忧郁而凄美。

在逆境中奋行的感人情节与细节，全书不胜枚举。比如，那段"美丽的谎言"，那番自述家史的难堪，那为母亲送衣送菜的两个过程，那次去探望关押中的父亲，以及学棋艺，学烹调，学裁缝，学歌舞，学球技，乃至选工立业，择夫成家……凡此种种，无不用心用情用智而为之，处处呈现出向真向善向美的人生追求，以"柳暗"中的磨砺去迎接"花明"时的幸福。黄莹的经历，再次印证了"苦难是人生的财富"所蕴含的深刻哲理，这正是书稿所体现的社会价值所在。

同时，我还认为，以下的两个小情节，也很可圈可点。

一是书中坦诚地写及当年追求当红卫兵的狂热劲，真实地记录了那夜参与"抄家"的全过程，并难能可贵地作出理性的反思与自省。人们常常把"文革"的爆发与灾难，归结为"毛泽东同志晚年犯了错误"。所以，虽事隔近半个世纪了，决策之错仍须深刻记取，而参与之错也当自觉反省。唯有如此，历史的悲剧才不会重演，为政者与老百姓才会以史为鉴，倍惜今天，共创未来。

二是书末写到回老家探亲，看到堂哥堂姐都长得格外俊秀，且是"男大当婚女大当嫁"的青春妙龄，却因出身不好，而硬是娶不来嫁不出！"这时，堂姐深深地哀叹一声：哥哥娶不到老婆，连我们都得不到幸福。父母已决定，用嫁女儿来换娶嫂嫂。"这个细节，催人泪下，发人深省。从全书的结构来看，它是一种深化主题的深层次的延伸：从小小县城引向广袤农村，从一个人一个家的磨难引出更多人更多家庭的苦困；从而足见，所谓的"阶级斗争为纲"，是那样的不切实际、不近人性、不得人心。社会的文明进步是必然的。"柳暗花明"是一条历史规律！

"盛世修史，太平纂志。"这既是中华民族的优良传统，也隐含着修史纂志的两个先决条件：既要有盛世的财力作保障，也要有太平的心境为前提。本书所记述的历史阶段，恰恰是我国从农业合作化直至进入全面改革开放的伟大社会转型期。在当今中国，这两个条件不特为国家所具备，且也为普罗大众所拥有。自传体《柳暗花明》的面世就是一个结实的明证！尽管它的文笔尚嫩，谋篇布局也欠火候，但我仍然很乐意地写下这篇读后感。历史是人民创造的，当由人民来书写历史。在中华民族的浩浩史籍中，不仅需要官方出版的正史公志，也需要草根平民的野史自传。今天，黄莹献上了这份自家的写真，也捧出了一颗晶莹的心，故而，尤为可珍可贵、可喜可贺！

2011 年五一节

255

真情真知表真爱

卖肉的怕吃肉，做书的怕看书。我患的是后一种职业病。说实话，做了三十几年出版工作，成天编书审书，未免有点烦腻，工余除却读些必读抑或真正"靠谱"的书籍，大多也只止于翻阅浏览而已。

近读洛人的《说爱》一书却是例外。

起因是答应写篇品赏文字，我当然就得通读下去。读着读着，被动变主动，陌生变亲近，大有相见恨晚之感。《说爱》中那些极富生活气息和满是人生体验的文字，仿佛是一位人生向导，一路谈笑风生，以其丰富的阅历和真切的感悟，引你一步一景，领你登高揽胜，待读罢全书，你会不禁击节：《说爱》说出真情真知，令人入脑入心。

《说爱》全书四辑，内含四说，即"说爱"，写的是对父母妻儿之爱，作者自家的融融亲情，亦庄亦重亦谐亦趣，父母之恩重比泰山，夫妻之爱深似南海，爱子之情炽如烈焰，字里行间浸润着脉脉血缘，令你读出泪水读出笑声；"说事"，杂陈人生之旅的观感体验，或对人物，或对景致，或对风情的眷恋追忆，每每心灵的震颤被放飞成一种精神的境界；"说人"中的人，多是些文艺界的名家腕儿，洛人写些趣闻逸事，重在对艺术家个性的揭示及品格的彰显，文中的名家并非一夜成名，多是风雨兼程，很有"宝剑锋从磨砺出，梅花香自苦寒来"的况味；"说情"则是专为《家庭》杂志写下的一捆编者札记，虽带有公务应景而作的痕迹（这是很可理解，期期都要写，即便神仙肚里的"猛料"也会被掏空的），但对现实生活中的情感热浪和时尚潮流，个中也不乏针砭时弊的理性思考和劝世警语。

比较上述四说，如若挑选，我最喜欢"说爱"与"说人"这两辑。对于文字上的说爱，我认为至少有三难，即：说爱容易说真爱难，说真爱容易说出爱的真谛更难，说出爱的真谛且又说得很艺术、很哲理则是难上难！然而，读罢这册《说爱》，我觉得恰恰对于这三难，洛人的笔墨均有所涉猎，有所突破，有所点化。

且听洛人是怎样倾述他对家人的至爱之情：

他写父亲，"脊直骨清"。六十七年的革命生涯，"转战南北，身经百战，出生入死"的戎马岁月，按说足以写一部关于父亲的人生传奇，但洛人只写下这篇不足两千字的悼文——《父亲的样子》，况且也不见他对父亲样子的外貌刻画，但其父的人生追求，诸如淡泊名利、善待乡亲、送电回乡、馈赠大衣等细节却是催人泪下。尤其洛人一再提及父亲临终前交代的那句唯一的遗嘱——"好好上班去！"更是令人振聋发聩，刻骨铭心。"好好上班去！"这一朴实无华的凡人凡语，正是"父亲平凡一生的真实写照"，也是子继父志的铮铮誓言。这句话，使我想起一位哲人的名言："工作着，总是美丽的。"掩卷静思，总觉得"好好上班去！"也像我们常听到的父辈叮咛，热耳热心，萦绕不息。

他写母爱，写成一首"无语的歌"。对于自己的母亲，洛人的这篇短文，同样是没有具体的描写，但他的怀念之情却是怅然腾升于"山河失色，草木同悲"的特定的历史性时刻：四川汶川大地震！"母爱的力量在那一刻创造了无数的生命奇迹！"这时，洛人不禁联想而缓缓地叙说："我的母亲，一位解放前就参加革命的老共产党员，上世纪50年代曾当过县妇联主任、省级劳模，但当我的妹妹患了不治之症时，母亲却改行学医，以她的执着遍访全国各地名医，以她潜心研读来的医术为妹妹进行了数百种方案的治疗。虽然，最终未能出现奇迹，但母亲以悉心的呵护和备至的关怀，使妹妹的生命整整延长了20年。"满怀对母爱的无尽感激，联想汶川大地震天崩地裂，母爱的力量却是顶天立地，洛人止不住如诉如泣，如歌如吟，打心底唱出一声声深情的礼赞：

"世上有许多爱，唯有母爱最伟大，唯有母爱的力量最神奇。"

"人间有许多情，唯有母爱的情最深沉，唯有母爱的情最博大。"

拥有如此慈爱的父母，洛人流露出的家庭幸福感，在《轻柔的初恋》中幻化成一支动人的小夜曲：

"窗外透进溶溶的月光，我伏在写字台上编着永远编不完的故事。妻靠在床头织着毛衣，她把对我的爱一针针织进那结满深情的'网'里。儿子甜甜地睡着，小屋里荡漾着温馨的气息……"

月夜。小屋。佳人。这一刻，洛人想起初恋，他用浓墨重彩为我们描绘他的初恋情人——一位穿军装的"傻姑娘"。

从初恋到热恋，到出差途中，"最后拟定了一份电报，一下火车就发给了她。电文只有七个字：'回家我们就结婚。'"小说似的真实情节引人入胜，而且尤为值得称道的是，通篇紧扣一个"傻"字，画龙点睛，把恋爱相识相知的审美过程，变成了对恋人心灵的本质之美的发现与钦羡、互补与融会的精神升华。洛人之于"傻"，情有独钟，绝非偶然。他对"傻"的热恋与追忆，倾注了对爱妻的认知与感激，同时也不难读出，这也是对一种时代精神的怀念与呼唤，并饱含着对当下精神浮华的某种世风的忧患与批判。"傻"，即本分、善良、务实、温顺，不争较而甘吃亏，与当下的时尚比，或许已过时，成"老土"，但，"傻"，却是一个时代烙在我们这些同代人心上的精神印记。"傻"与"俊"，字形相似，傻得可爱乃为俊。何况"傻有傻福"。不信，你看看洛人的幸福与自豪，你听听他的溢于言表："妻子还是那么年轻，那么漂亮，那么温顺，那么'傻'……"

紧接下来，洛人大笔淋漓写儿子，五篇妙文，洋洋万言，可谓写透了父子之间的亲密血缘与幽默趣事。从写"儿子是第 300 天后小嘴开始发挥吃奶以外的功能"，写到"当儿子问我十八岁的生日准备送什么礼物时"，洛人由衷欣喜地感叹"多年的父子成兄弟"，甚至直呼："儿子是我爸!"

这个被洛人尊称为"我爸"的儿子，其实是一位极度调皮捣蛋的小精灵。他异常的好奇好动好思好问，每每折腾出一串串的趣事，令人忍俊不禁！例如：洛人说他儿子"是位爱枪狂"，"甚至晚上睡觉时枕头边也必须有一支手枪执勤，并且警惕性还蛮高，一有动静醒来第一句话肯定是'拿枪来'。一日家里来了几位公安局的朋友，当我正忙着给客人递烟倒茶时，儿子全副武装地出现在客人面前，两手各提一把'左轮手枪'，背上是他自称'飞毛腿'的火箭发射枪。让人哭笑不得的是，他腰上没有系武装带（大概没有找见），竟不知从什么地方翻出妻子的胸罩系于腰际，而且上面还赫然插了两把'盒子枪'!"

对于成长中的孩子，该如何认识，如何善待，如何引导？说实话，我们多有爱子之心，却少有教子良策。洛人写儿子，实际上透露着一系列家庭伦理的新观念和育儿教子的新方法，并且旷日持久，伴随孩子的成长，不断探索、实践、创新。因而，他的为父之爱，不仅饱含优秀的中华民族的传统伦理，更富有鲜活的改革开放的时代精神。

洛人一说起儿子的事，表面上骂骂咧咧，动声动气，言语粗俗，内心却是喜不自禁，激赏有加，希冀满怀。因而，他悉心呵护着孩子的童心、天真与好奇，尊重并激赏新一代个性的张扬、志趣的发展与人格的完美。在与儿子平等的朋友式的朝夕相伴之中，把诸如民主、自由、善良、包容及进取等等有益于人生与社会的现代意识，付诸日常生活的言传身教。

春风化雨必助长成巨大惊喜："一次偶然上网，竟发现儿子在一年内连续两次获广州市数学化学竞赛一等奖！"书中记录着洛人对孩子教育的许多感叹与思辨，引人共鸣，发人深省："我常常看着熟睡的儿子作细细的端详。这就是我生命的延续吗？这就是我的未来吗？至少我明白一点，世界上没有父亲能代替儿子的，父亲也永远不可能管住儿子。因为世界最终将是儿子的。有时候我从心里真心羡慕儿子无忧无虑的生活，不用考虑柴米油盐，不怕说话得罪哪位领导，更不需要看着别人的眉高眼低来生活。"在另一段，他还写道："其实我们很多的担心可能都是多余的。孩子们自有他们自己的路。我们谁也不能代替他们走，默默的关爱像潺潺溪流，适时的引导像和风细雨，这一切便足矣……父子本来就应该是平等的，不能因为他是自己的儿子，就强求他做自己不愿意的事情。他们成人了就应该有属于自己的一片天空。爱，在许多时候就是给他们一个自由的世界。"

这个世界，除了亲情，还有友情。我惊讶的是，在本书"说事""说人""说情"的另三说中，洛人抒写的各色人物多达数十位，而且明星名家、三教九流，都是他的至爱老友。这说明洛人生活中的人缘网络四通八达，他的另一个情谊世界更是广阔辽远，缤彩纷呈。尤其"说人"中写的十几位艺术家，光是名字就像星耀河汉：苏越、安雯、冯俐、曹振慨、葛优、李保田、那英、段岫、陈佩斯、郁钧剑、许戈辉、王朔、路遥、贾平凹……客观地说，名家难写，就在于名家多人写，写出新意难；名家既成名，若真揭短就更难；名家是座山，欲登山顶我为峰又是难上难了！可喜的是，这三难也被洛人攻破了。

"说人"这组文章，可圈可点，个中不乏史料价值（如写路遥）。若加细析，攻克这三难，洛人使用的是他自有的三件"秘密武器"：一是以心交友，以善待人；二是以真功夫写人；三是以真知灼见分析人。故此，洛人之于艺人，艺人之于洛人，往往是相互因慕名而识，并因共同的艺术探求而结为肝胆相照的诤友。艺术家们每每向洛人忆及成长的历程，敞开心扉，坦露灵魂，主动抖短亮丑，一任洛人如实地写，好坏都写——这一切的前提，无疑是洛人的为人为文，赢得了信赖与敬重。

纵观全书，很显然，洛人擅长写人记事，尤其细节的描述，绘声绘色，入木传神，但若细析其评论说理的文字，却尚有些苍白枯燥之嫌。洛人的笔墨酣畅生动，还带有些幽默,不乏诗意的涌动,但意境的营造过程却时有被拖沓的字句冲淡了的遗憾。写散文当然有别于作诗作词,但散文中也有诗眼,要格外惜墨如金,称准毫厘,十分考究造词遣句的精当与凝练。洛人的文学功力,还体现在部分散文佳作的构思独到,匠心独运。但某些篇什却过于拉杂,过于随意。其实,散文不是零散之文,随笔亦非随意下笔。短小文章,贵在精致,更要注重构思奇妙,更要讲究谋篇布局。这段文字,既是品读《说爱》的又一番心得,也是我在散文写作时常常碰到的苦恼。不揣提出,权当议题,但求与洛人共同切磋探讨。

能写出这部《说爱》,洛人当然是爱的创造者,也是爱的享受者,更是爱的播种者。何况洛人勤奋过人,在繁忙的编务之余,他坚持笔耕不辍,追求不息。古语云:天道酬勤。得道多助。我坚信并祝福,洛人在"人生的下半场",必定赢得更大的爱的金牌,收获更多的爱的硕果!

2008 年 12 月 18 日

从大山里走来的希望

——《和平文艺》复刊缘起

今年春节刚过，"和平文艺座谈会"在和平县城隆重举行。

所谓"隆重"，一是规格高。会议以和平县委、县政府名义召开，由和平县县长何伟光主持，蓝岸作主题讲话，县四套班子主要领导都到会。二是主题好。蓝岸的讲话开宗明义，情真意切，既畅谈和平经济社会的发展态势，也直言和平文化发展的滞后与不足；既谈贯彻省委建设文化强省的部署，更希望与会者畅所欲言，出谋献策，共商和平文化的发展大计。蓝岸的讲话很具思想性、针对性及亲切感，富有感召力，令会场不时爆出笑声，响起掌声，气氛热烈。三是与会者众，有从广州、深圳、河源应邀赶来的专家名师，如画家骆文冠、作家陈振昌等等；也有和平县文艺界的老领导、老艺人，如梁耀发、何奕时等等；更多的是来自本县各行各业的文艺骨干。

发言"抢哓"抢得火爆。大家盛赞龙年伊始就召开这样的会议，恰似九连新春第一枝，是发展和平文化的壮举与盛事，体现了县委、县政府的责任担当与文化自觉。归来者直抒满是回家的幸福感，坚守者纷纷表达做好文化工作的决心与信心。都说文化是根是源是动力，和平素有崇文喜艺的社会传统及群众基础，躬逢盛世齐出力，发展文化正其时！

此时此景，令我感触良多，思绪万千。和平，虽是穷山区，却有着深厚的历史文化底蕴。从王阳明奏建和平县至今，凡五百年间，一代代耕山播春的客家民众，血染山青，汗溶水碧，在贫壤瘠土上，创造出物质与文化的辉煌，生生不息地养育恩泽着子子孙孙。我亦生于斯长于斯。和平是我的生命产床，更是我的文学摇篮。难忘40年前，我先是《和平文艺》的读者，后来是作者，并成为它的编者之一。幸运的是，1972年间，我的诗歌处女作《山村晨曲》及散文处女作《开路斧》，在《和平文艺》发表之后，竟然先后都被《南方日报》全文转载。这种莫大的惊喜与激励，极大地增强了我的写作信心，坚定了我的文学志向，也从此改变了我的命运：从少不更事，到年过花甲，我一直坚持业余创作，一直从事编辑出版，并成为作家，评上编审，还荣幸地"享受国务院特殊贡献专家津贴"。回顾人生，是《和平文艺》给我以最早的文学滋养和悉心栽培。没有《和平文艺》，就没有我的文学起步。我从山里来，深知大山恩！

发言中，我饱含热泪，感恩和平给我的教养，感激和平文化部门的领导、师长及同事，如魏玉寿、朱孟富、梁耀发、陈青、曾庆瑞、朱锦、王崇勋以及文艺宣传队那群才艺出众的兄弟姐妹……当年，和平文艺事业的凝聚力、影响力及其示范性，一靠文艺宣传队，上山下乡，长年演出；二靠《和平文艺》，培养作者，刊载作品。如今，剧团还在，可惜《和平文艺》已停刊多年。于是，我很恳切地提出建议：可否考虑让《和平文艺》复刊。毕竟和平有 50 多万人口，无论从文化建设，还是从人才培养着想，办份文艺内刊当是十分必要的。我担心缺的是办刊经费。

"再穷也不差这点钱！"没想到蓝岸当即脱口表态，"这建议很好，我们今年就让《和平文艺》复办起来！"随即他郑重布置：认真归纳梳理座谈会的意见建议，积极转化为相关措施，制定工作目标与时限安排，由宣传、文化、教育等部门分工合作落实。

今年 6 月间，我突然接到县教育局的电话，告知《和平校园文学》创刊号已寄出。两天后，收到此刊，我漏夜通读：封面雅致，内容丰富，既有县城中学生的小说散文，也有山村小学生的诗歌短章，洋洋十万字，稚嫩尤可爱。创刊号序言谈及：校园，也应是文学的苗圃。创办《和平校园文学》，动力就是县委、县政府召开的"和平文艺座谈会"，是教育界参与和平文化建设的实际行动，也是旨在把山里的中小学生培养成文化生力军的重要途径。由此，我欣慰地看到希望——正从山里走来……

接踵而至的是，"惠风和城"在阳明镇闪亮挂牌。这个文化投资项目，是骆文冠等老友倾有限的积蓄，表无限的感恩而特意在家乡兴办的集创作、展览、培训、交流等功能的群众文化活动的场所。那天，恰逢我率省政协第一视察团，上午赴连平，下午抵和平，蓝岸引领我们深入乡村，对"农村环境保护和饮水安全"作专题调研。晚上，蓝岸和黄刚毅（县委宣传部部长）还特地领我去参观"惠风和城"。

"惠风和城"坐落在东郊新区。夜色中，整幢大楼灯火明亮，恍如夜航中的艺术之舰。从大堂，到一楼、二楼、三楼，满壁书画（多是文冠的心血力作，奕时的书法遒劲生猛），满室墨香。展示大厅，铜雕木雕根雕，琳琅满目。蓝岸称赞这里是和平最新的艺术殿堂。我楼上楼下，看了又看，心想：与其说是文冠、耀发、奕时诸友合股投资，毋宁说是共作贡献，回报家乡，他们奉献的是游子的赤诚、艺术的热忱！

热茶香醇，谈兴正浓。蓝岸和刚毅，郑重其事地跟我们详谈《和平文艺》的复刊进展。

原来，几经斟酌，几番筹备，《和平文艺》的复刊事宜，得到了河源市委宣传部及《河源日报》的高度重视与大力支持。为更广泛更有效更及时地培养人才，激励作者，扩大影响，现已商定，由和平县与河源日报社合作编辑，并每月在

《河源日报》上出版一期《和平文艺》专刊；与此同时，新辟网站，利用现代数字出版载体，在网上开办《和平文艺》；复刊号定于今年国庆期间面世。

这是从大山里走来的希望！

这是和平文艺史上的跨越！

有希望，就有奔头。有跨越，就有发展。和平，我因您而振奋，为您而祝福！

2012 年 8 月 29 日

梅花风骨入诗香

——读黄焕新《我的梅州》

1

焕新是我的老诗友。记得 1972 年秋，我们有幸参加在清远太和洞举办的省业余创作班，同在诗歌组学习，朝夕相处三个多月。四十年了，焕新不仅坚持写诗，出了三本诗集，还在梅州创办"射门诗社"，培养了一批诗歌新秀。近日，他来电话说，新写了一本诗集，历时两年多，写得慢，心血都泡在那里。并说清样已寄出，嘱我得闲翻翻，提提意见。

对于焕新的新著，我充满期待。

2

果然，拜读《我的梅州》，读得我心灵震撼！

99 首，近 3000 行诗，"此刻，他已／走出我的抒情／小憩在这／200 多页的／书稿上"——这是一册特为梅州吟唱的专题诗集。举凡客家梅州的风物、景物、人物、事物，大至历史沿革、文化源流、社会变迁、城乡现状，细至梅州的梅、灵光的光、围龙屋、生死树……林林总总，无不入诗。因而，《我的梅州》堪称一部诗歌体的梅州百科全书。

客观地说，为一个地区写一首诗或一组诗，很常见。要写成一部诗集，实属难得。个中之难，恐怕难在同写一个地方，题材的区域性容易造成选材的局限性，情感的专注也或许会导致意境的雷同。焕新知难而进，机警地跨越陷阱。他以诗人特有的笔触，在"人人眼中有"的熟悉景物中，写出"个个笔下无"的诗情画意。整本诗集，我认为，焕新最讲究的是，题材的严格取舍和意境的精心营造。可以说，诗集中的许多美意佳境，都是焕新独到的发现与创造。他奉献给读者的梅州，不仅仅是全方位、多角度的梅州，更是一个诗化了的梅州。诗集融入了焕新对梅州数十年的观察、体验、认知与思考，洋溢着深深的眷恋与感恩之情。因而，他的自豪之情溢于言表：梅州，是"我的梅州"。

焕新原在梅州市群众艺术馆工作，是土生土长的文化传播者。我想，正是得益于长期的文化修养，深入的生活体验，细致的观察思辨，持久的情感发酵，才有可能为同一个区域写出如此不一样的精彩诗作。焕新虽年过古稀，本当颐养天年，但他在"后记"中真诚表白："《我的梅州》创作，让我对家乡多了一次较为全面的文学角度的深入，其收获，不仅在于90多首诗的诞生，还在于我与家乡父老乡亲、山川生灵有了更多的血肉相连、气息相通。"这种感悟，这种自觉，在当下尤为难能可贵。

3

若要概言之，我认为，构成《我的梅州》的精彩诗韵，主要是"三风"激荡，即：风物、风情、风骨。

风物，无疑是指梅州的风光景物。但要入诗，就不可简单地临摹状写，而要精挑细选，关键是要把那些最具地方特色、富有人文内涵的物华天宝挖掘出来。焕新深谙此道。他关注的，既有家乡的山路、小桥、古塔，又有城市的街道、公园、机场，既有梅州金柚子，又有兴宁单丛茶，既有平远五指石，又有东兴开发区……"风物长宜放眼量"。焕新以历史观照、人文关怀，在写景状物中，真切地写出了客家地区的变迁与发展，写出了客家人改造自然、改变命运的勤劳坚韧、自强不息，一如他写梅江桥："一头朝北/一头朝南/那是我们的祖先/跨黄河/过长江，奔赴梅州的方向"，一如他写梅江河："跌跌宕宕／曲曲弯弯／一路走／一路喊"。

风情，梅州的风土人情，是客家民俗的典型代表。焕新写节庆风俗，写山歌戏曲，写足球之乡，不是泛泛地写热闹的场景、纷繁的表象，而是着墨于活跃其间的各色人物，把客家民众的悲欢、甘苦与追求揭示出来。所以，焕新笔下的客家风情鲜活纯朴，充满动感，充满美感。比如，他写《客家农妇》："给你白天／就是太阳／给你夜晚／便是月亮／走上灶台／日子变得香甜／走进耕耘／田野长满希望。"他写"硬打硬"的五华打石工也写绝了："其实，你一生／只做着两件事／把粗糙的生活打靓／把客家人的智慧／刻进'非遗'！"

更可圈可点的是，诗集中有一辑《父老乡亲》，细写了众多的客家名人及平民百姓，包括叶剑英元帅、老红军李坚真大姐、罗屏汉烈士、球王李惠堂，以及黄遵宪、丘逢甲、田家炳、曾宪梓、野曼、程贤章、罗映球……说实话，名家难写，众多的名家更难写，难就难在名家太有名气，写不像写不准写不新，就很难成诗！焕新有焕新的写法，他满怀敬意，用点睛之笔，在凝练的短诗句里，或作传神的刻画，或作真诚的礼赞，或作深沉的叩问。刻画中有鲜活的细节，礼赞中有独到的景仰，叩问中有深刻的探究。读这辑小诗，读得出焕新赤诚的情怀，更读出焕新深沉的思想和坚定的信念，读出他的人生观和价值观。对前人的评价也意味着对自己的是非观的检验。因而，这辑小诗，更多的是，在写人时凸现风采，在风采中尤见风骨，一如他写梅州的梅："轻易不开/只在这片瘠土/只于寒冬腊月/高出枝头/笑傲霜雪。"

焕新为叶帅献上的七首诗，也都是小诗，却是全书中情最深、意最浓的代表作。他写叶剑英纪念馆："三层、四个展厅/装满我们的/无限敬意"，"一路看下来/我记住了八个字/——百战不殆/百姓亲人"。他写叶帅故居："那天，我去时/门口的荷塘/开着很多莲花/后来，那些莲花/开到我的脑海里/不仅夏天，也在/春天、秋天、冬天。"

最令人振奋的，是《中国的剑》！"百年前的/黑夜，一亮/亮成一把剑/——中国的剑"，一落笔，便把叶帅的铮铮风骨亮了出来。八节的短诗，浓缩了叶帅的戎马生涯、历史丰功，精当、精辟！剑胆诗心，充满所向披靡的力量与气势，读来令人荡气回肠。叶剑英，剑中英杰。以剑喻人，形神精准。诗中亮剑，风骨铮铮。此诗无论是思想性、艺术性，还是对叶帅的崇敬，都达到了至臻至美的境界，堪称全书的诗魂。

4

行文至此，还有两点需要提及。

一是焕新的诗，很讲究文字的洗练与意境的审美。特点包括：写景状物，要精准，就要力求找准特质，点睛传神，惜墨如金；平中见奇，奇而不兀，静中有动，动而不躁，用辩证法激活文字，营造意境；尽量少用带"的、得、地"的

273

形容词（或定语、状语），用好准确的、活泼的、传神的动词（或口语、俗语）。字或词的动感、分量与内涵，力求用心之厘等称出来。诗成在于对生活的感悟，感悟源自学识的修养。路遥知马力，日久见诗心。我钦佩焕新的悟性，更敬慕他那颗不老的诗心！

二是收录了《矿难或悲愤》一诗，所以我认为，这是诗集中不可遗缺的又一亮点。尽管写的是矿难，却带着悲愤。

这首诗在矿难当年，写得非常及时，足见诗人强烈的社会责任与良知。而且焕新并非就事论事，而是从社会、民众的底层，上至体制、法制的层面，既给弱势群体予以深切的抚慰与关怀，也对社会的缺失作出严肃的拷问与鞭挞。此类诗焕新以往很少写，而且这首诗是他诗作中最长的一首。真的应验了："愤怒出诗人。"对于家乡，我也很赞成"谁不说俺家乡好"。但我想，焕新写这首诗，也不完全出于悲愤，而是出于对家乡爱之深切的另一种表达。所幸我们的家乡早已远离了矿难。不幸的是神州矿难还时有发生。因此，这首诗至今仍有振聋发聩的警示价值。

叶帅一生眷恋故乡，以名句盛赞"梅花端的种梅州"。焕新生于斯长于斯，因而，他写的梅州，可以说是，尽得梅花缀诗行，可喜可贺，可诵可赏。

2012 年秋

可堪收藏的笑泪

——《难忘的岁月》小序

寄来书稿，又打电话，苏瑞年嘱我为其作品集《难忘的岁月》写篇序言，我推辞不了，只好试试。

年过古稀，瑞年出书，确实是大件事，大好事，可喜可贺。

我与瑞年，因文学缘分，结识于40多年前。那时，我刚退伍待业在家，应邀去林寨街，参加和平县文化馆举办的文艺创作学习班。朱锦老师在开班时逐一介绍学员，称苏瑞年是"和平县的故事大王"。一周的相处，我发觉苏瑞年果真率直风趣，快言快语，三句两句，就带出一个乡村故事来，土得掉渣，却令人笑出眼泪。事实上，在文化匮乏的特殊岁月，瑞年创作的故事、相声之类，常在农村街镇巡演，赢得百姓的笑声和掌声而腾升于浰江的夜空……

可惜，这些作品都随时光而流失了。

这本《难忘的岁月》中的绝大部分作品，则是苏瑞年写于改革开放之后的小说、散文、故事等，共计41篇，约十四万字。瑞年经年累月，笔耕不辍。自1958年他读高二，在《羊城晚报》发表短篇小说《儿童电影队》至今，长达57个年头了，如此漫长的时间跨度，足见瑞年在文学道路上的坚韧跋涉与执着追求。何况其作品虽短小如青草，却一路葱茏，绿漫山坳，直涌进县市省的文学殿堂……这也印证了"功夫不负有心人"，天道酬勤更酬诚。

坦率地说，读完此书，我才知道瑞年的经历，竟是如此曲折，如此多难，尤其人生的上半场，可谓饱受磨砺，屡屡失分。但骨子里却见"笑傲江湖"。尤见退休后，愈老愈写，壮心不已。所以我特中意他近些年的作品，如《高考落榜逃逸记》《远方的呼唤》《纤夫的泪》《牛棚"趣"事》《秘方的失传》《母爱的接力》等等，这些心血之作，多有可圈可点之处。

一是"真"。事真情真，人物就活灵活现，情节就过目难忘。这批作品，虽然形式上是小说或散文，但细心读来，你会发现，其内容与本质，却是真真实实的草根自传：高考落榜而逃逸云南，边陲务工却被清退回家，写个歌颂体的相声竟被关进牛棚，当上民办教师考了全县第一也迟迟不能转正……这一切，是什么在处处作祟？为什么长期成为"我"的厄运的"紧箍咒"？原因无他，仅仅是因为"我父亲当过教会牧师和医生"。这是发生在荒唐岁月的荒唐故事。"事非经过不知难"。瑞年的小说故事，尤其典型的人物、情节和细节，多是那个岁月的生活实录或亲历写照。那些泪珠是那段历史的结晶体，虚构是虚构不出的。真实永远是文学的核心力量。唯其如此，作者匠心独运，以逝去的阴影反衬今时的阳光，以"我"的忍辱负重，从一个侧面真切地折射出"阶级斗争为纲"年代的家国艰辛，读来催人泪下，发人深省。

二是"善"。俗话说，患难见真情。这个"真情"，我想，应该包括在逆境中，始终怀抱着对生活的挚爱与乐观，也包括人生取向的上善若水和处世心态的与人为善。否则，你很难踏平坎坷，更难笑傲江湖。苏瑞年深明此理，因而，他的作品，即便在悲凉的基调中，仍然烘托出向善向上的暖色，呈现出乐而观之、幽而默之的会心笑意。比如，牛棚送饭，既送出了辛酸泪，也递送上甜蜜笑。又比如，那份秘方的最初传授，说到底是善良之使然，而后来秘方的失传，则分明是丑陋导致的恶果。《母爱的接力》，其实有多半写及父爱的坚韧与慈祥，可惜题目未能点及。在《远方的呼唤》中，云南妹与小广东的恋情，之所以缠绵近半个世纪，其最动人之处，也正是作品生动描述的人性之善与爱情之美。

唯真唯善，方显其美。有笑有泪，结集成册，可堪收藏矣。

瑞年的作品特色，还在于故事性强，时代色彩浓，文笔畅快，语言平实。悲喜相加的艺术手法，则是他得心应手的常规武器。

然而，瑞年在信中坦承："我虽然搞文学创作近六十载，阅历也算丰富，但写的作品多见'热闹''有趣'，缺少理性的升华。这可能跟我长期爱讲'故事'有关。"瑞年的这番悟道，对我很有启迪。确实，文学创作是一门复杂的大学问。比方，选材与立意，叙事与抒情，情节与细节，直白与含蓄，感性与理性，情景与意境……凡此种种，如何把握掌控，如何谋篇布局，如何协调统一，如何从爱好到坚持到熟能生巧到炉火纯青、游刃有余，无疑是仁者见仁，智者见智。但有一条公认的规律：只有不断实践与求索，才能从必然王国到达自由王国。我和瑞年都是老家伙了。活到老，学到老。有关文学创作的理论与实践问题，该是我们常学常新的共同课题吧。

所以，很想约个时间，和瑞年兄坐下来，泡壶山茶，叙旧话新，聊聊文学，说说人生，没准又是笑出眼泪……

2015 年酷暑之夜

278

《东海嫁》何以"隆重出嫁"

2015 年 7 月，《东海嫁》一书正式出版发行，这意味着文化盛装的"东海嫁"终于"隆重出嫁"了！

说其隆重，首先是书的内容厚重，储量丰富，装帧精美大气。全书 349 页，共收古今"东海嫁"类的民歌 2500 多首，是史上第一部集东海岛民歌大成的巨著。这一出版壮举，填补了雷州文化史、岭南文化史乃至中国民歌史的空白。因而，得到媒体的广泛宣传，专家学者们也纷纷给予积极评价。在湛江经济技术开发区召开的"《东海嫁》研讨座谈会"上，专家们从《东海嫁》的出版价值、内容、形式与史学、民俗学、海洋文化、艺术特色及民间文化的保护、传承、发展等诸方面，深入研讨，多有激赏。弹丸海岛孕育出史诗般的厚重大书，且甫一出版，就引起社会的热烈关注与追捧，实属鲜见。我想，此番鲜见的文化现象，也恰恰是催生这本《众说〈东海嫁〉》得以接踵出版的根本动力吧。当地文友还告知,海岛民众对《东海嫁》更是争相购阅,爱不释手,甚至将其与族谱家史并列于厅堂案台中央,供奉为传世的家藏宝典。这是对《东海嫁》的又一隆重礼仪,也是对采编出版者的最高奖赏了。

《东海嫁》的社会价值,专家们已作出系列评论。本文拟对其"隆重出嫁"的若干成因、经验及启示,作些分析、梳理,并由此试图探讨民间传统文化生存发展的一些关键要素和实操意见,以资参考。

显而易见,《东海嫁》的影响力,首先得益于内容品质的穿透力。全书不仅内容结实丰盛,而且整体质量上乘。其收录的民歌,选自民间广泛采集的上万件原创作品,时间跨度长达千百年,光题材分类就达十四种。从历史典故、爱情故事、劝世警言、渔农苦乐、古今杏坛、平生自述等等到红色海岛、改革开放,直至当下最新鲜滚烫热辣的反腐肃贪……几乎无所不"哭",无所不歌,包罗万象。这部精心筛选的古今民歌,行行歌词排排浪,密集奔涌,颇有气势地将其"古、土、美、新"的艺术特色与内容魅力,展现得淋漓尽致,以致《东海嫁》宛如美丽新娘,楚楚动人:既有历史洗礼的古典美,又有土生土长的自然美,更具时代风采的现实美!"剧本剧本,一剧之本",强调的是内容为本。内容,是文化的核心竞争力。内容不精彩,谁也不理睬。试看某些传统文化,之所以没落消亡,当然不排除有的是因遭外力强暴摧残所致，但也有的是因自身内容的丑陋陈腐、落后过时，被历史淘汰出局。可见，成也萧何，败也萧何，内容质量，是一切物质、精神产品的生命线。《东海嫁》一书的采编出版者，深谙此理，在成书过程中，始终恪守"内容为王""质量第一"的原则，严格把握质量，着力夯实内容，这是该书最宝贵的经验，也是对传统文化如何拯救激活、创新发展的现实启示。

依我之见，"东海嫁"流传古今，终成大书，还得益其"生"得生机蓬勃，"活"得鲜活滋润。直至今时今日，它仍然是当地百姓喜闻乐见的抒情载体，融为生产生活的组成部分，成为人们自觉参与、蔚成风气的习俗仪式。不信，你翻开书卷：出海打鱼、巡田护秧、晨牧踏露、夜网捞月……海岛的生产场景幻化迭出；而年节庆典、婚恋嫁娶、求学考读、生老病死……字里行间交响着人生百态的喜怒哀乐。为生产而抒怀、为生活而感叹的情感宣泄与精神寄托，是需要相应的方式或渠道的。倘若春节没有大红对联的喜色，清明没有泪雨纷纷的哀思，端午没有赛龙夺锦的追索，中秋没有饼月共圆的祈望……这中国人的年节怎过，情何以堪，心还可安放么?！东海岛偏安一隅，相对清静，缺乏内地文化眷顾滋养的同时，也少了些历史风尘的冲击污染，因而，像当地的游神、傩舞、人龙舞……民间文化活动，依然是万人空巷齐参与，原汁原味原生态，生动壮观地显示出雷州文化风格的"热带性、海洋性、多元性、原生性、刚烈性、平民

281

性、务实性"（见司徒尚纪著《雷州文化概论》）。尤其"东海嫁"无需舞台，无需道具，歌从心生，随口而出，顺风传扬，生生不息。民间文化，"民"字当头，人民群众才是她的主人翁，是文化的创造者、主力军，也应当是文化的获得者、受益者。《东海嫁》的采编出版者基于对"文化主体"的深刻认识，既生动展示出"东海嫁"因民而旺的蓬勃生态，也全面结集当地民众积极参与文化建设的历史成果（书中所收民歌均出自历代和当今民众之口）。这种采编出版"仰仗民众"的价值取向，也很有现实指导意义。取"活着"的，取"优秀"的，关键是取人民群众喜欢的，这理应成为传承发展民间文化的根本取向与方法吧。

"东海嫁"多是蔓生遍长于海角原野，口口相传于不同年代，珍藏于黎民百姓的心灵深处。要广泛搜集，精选成书，编者的责任、担当及能力就显得至关重要了。通读全书，我们可以看到《东海嫁》的采编出版，历经了多么漫长的曲折过程，碰到多么繁纷困扰的难题！明智的是，在精选民歌之前，他们首先重在挑选主编——恳请王福先生出任，并成立"筹备核心组"，制定高标准又可行的"古、土、美、新"的编辑原则。由此，王福与余王才、苏德扬、李坤等核心骨干，齐心合力，不辞辛劳、不计报酬地展开了旷日持久的田野采集与调查。他们或顶着热带骄阳，或冒着台风暴雨，深入海岛，遍访草根，以虔诚敬畏的心灵，为散落千年的"东海嫁"录音录像，将局限一隅的生僻的方言民歌，妙释成天下可传的规范的文字音符……一册《东海嫁》，经过他们的精心营造，俨然是一座美丽家园，"东海嫁"民歌因此得以永久安居与繁衍！王福、余王才、苏德扬、李坤等人，在整个编选过程中，体现出深沉的乡土情怀、过硬的文化功力与无私的奉献精神，也正是民间传统文化守护者、促进者，尤其类似主编、主持、主导者所必备的三大要素，缺一不可。没有心动就没有行动；光有行动，没有能力不行；虽有能力，却不甘奉献更不行。最怕是无知又无畏，有权又有钱，指望他们去保护、发展文化，往往是开发就开杀，创新就创伤，建设就拆毁，成事不足败事有余！所以，选准民间文化的传承人、引领者与组织者至关重要。这是《东海嫁》的第三条成功经验和有益启示。

无论何种文化，如果要生成、存活、保护，乃至繁荣发展，都需要物质基础，需要财力支撑。《东海嫁》筹备之初，就是因为困窘得连打字的费用都支付不出，险些胎死腹中。可见，文化需要滋养需要保障，"没有钱是万万不能的"。可喜的是，近些年，强调公共文化建设与服务，强调保护好、实现好、发展好人民群众的基本文化权益，强调把文化建设经费纳入财政预算与支出等等，已成为治国理政新理念新思想新战略的重要举措，推动着文化事业和文化产业的大繁荣大发展。当然，对文化的投入，不能光靠政府，还要想方设法，广辟财源，多方筹措。这也是《东海嫁》的实践经验。严格说来，《东海嫁》纯属"自费出版"，未见政府"买单"。所有费用均源自百姓的鼎力支持,来自群众的自愿捐献。书末余王才撰写了编后记,如实刻录着所有捐资者的尊姓芳名,密密麻麻,一行紧接一行,细数下来,竟有 250 位之多(还有 4 个村名)。他们中既有公职干部,也有民营老板,更多的是岛上的平民百姓。长者献出养老金,少年捐出压岁钱。这好比乡亲给力办嫁妆,《东海嫁》因此"嫁"得隆重体面。"众人拾柴火焰高",这种做法和效果,值得肯定,也值得普遍借鉴。

除了本土出钱,还有岛外出力的,是真正关顾、常常过问《东海嫁》的受聘顾问:广东出版界老行尊岑桑,中山大学张荣芳、司徒尚纪以及吴茂信、陈海烈、徐英等专家学者,他们不顾年事已高,扑下身段,精心指导。在编选成书过程中,专家们以丰富的知识经验,提出了一系列可操作的意见建议,从而确保了《东海嫁》出版质量的整体提升。在民间文化建设中,说"本地姜不辣",是一种偏见;但本地姜未必够辣,也往往是客观存在。因此,若要真辣最辣,在充分培育、发挥本土文化内生力的同时,还应积极引进、借助外力的作用。《东海嫁》聘请真才实学又热心的专家学者当顾问,是个好办法。这也好比请来专业的高级美容师,为新娘作一番精心打扮,其容貌气质真的会变得更标致出彩!

行文至此,我想提及陈海烈和王秀梅伉俪。据我接触观察,他老两口是《东海嫁》成书出版却隐名幕后的关键主将,是实际的组织者、操办者。海烈是老出版、老社长、老编审，他对《东海嫁》全书一审再审，直至三审时，还常常为全书的布局、文字的修饰，乃至注释的标示而夜不能寐；协调沟通穗湛两地顾问和编者，打上无数电话，筹划出版事宜尽心尽力。秀梅则是省高院的老法官，退而不休，一头扎进《东海嫁》的编务琐事中，事无巨细，亲力亲为，传收文稿，记录会况，录音摄影（书上所刊的部分照片、研讨座谈会的照片，均为王秀梅所摄）。几回回登门征询专家意见，几回回上岛共商出版事宜……海烈和秀梅，对雷州文化建设，为海岛群众出力，如此热心，如此倾情，令人钦敬！

今年初，中共中央办公厅、国务院办公厅正式公布《关于实施中华优秀传统文化传承发展工程的意见》，昭示着中华文化又一个崭新春天的来临，振奋人心！与此同时，东海岛也展开了一幅壮丽的新春画卷：现代化的大型钢铁城和炼化城矗立在南海之滨。我们坚信，随着中国特色两个文明建设的春潮叠涌，东海岛一定会变得大美磅礴，气势如虹；东海岛民歌也一定如浪潮澎湃，声威久远……

2015 年 7 月 20 日

陈文常青

——《陈青戏曲作品集》小序

陈青，广东当代戏剧作家，今年八十三岁。离休前他长期在家乡工作，是和平县公认的文艺老行尊。人们敬称他"陈青老师"。

上世纪五十年代至九十年代，凡四十年间，陈青创作了上百个戏曲节目，经年累月在九连山区、东江两岸乃至粤北城乡接连上演，深受大众喜欢，赢得社会赞誉。恍如寒夜星辰，旱天雨滴，在那个物质匮乏、文化奇缺的特殊岁月，陈青作品予人以愉悦与抚慰，尤为弥足可珍。往事并非如烟。时至今日，我熟悉的许多和平老乡，每每忆及陈青的戏曲故事，依旧津津乐道。

然而，陈青光荣而坎坷的人生经历，却鲜为人知。

其实，陈青是一位老革命。1949 年 9 月，他参加中国人民解放军，是新中国成立前夕"岭南公学"的革命学员。在解放军大熔炉里，不到一年他加入了共青团，随后成长为排级文化教员，并被选调去攻读无线电专业，成为新中国成立后我国军事院校的第一批学员。毕业后，驻守祖国南大门……

可惜，好景不长。1953年和平县土改，陈家由富农"提拔"为开明地主。即便开明，但划定地主，陈青便遭遇厄运：被迫脱下军装，复员回乡。

实际上，陈青也是一位最美的乡村教师。1955年由县民政局安排，复员军人陈青去林寨中心小学任教。学校地处孤兀僻静的古文寨。寨上古塔破落，山下洣水不驯。陈青触景生情，失落伤感与青春气盛常常杂陈于心。一心执教之余，亦不甘闷于寥寂，便斗胆领头组织师生演演唱唱，自编自导。崭露的才华为众喝彩。由此注定，陈青与文艺结下不解之缘了。

1958—1988年，陈青的文艺创作，由探索实践期而逐渐步入成熟丰产期。整整三十年的有关经历与成果，手头上有一份陈青撰写的《业务自传》，现原文敬录如下——

我自1958年参加省在汕头举办的艺术学校师训班学习结业后，先后在公社文工团、县文艺宣传队、县文化馆任编导和编辑出版工作。弄墨半辈子，笔耕三十年，风云虽多变，坚信党领导。在任职期内，共写出大小剧本十三部，曲艺演唱数十个。其中在省以上报刊发表的作品有《看妈妈》（《南方日报》1973年1月7日载）；小戏《女儿上大学》1974年被省评为优秀剧本，1975年晋京参加全国调演，同年入选省编的《小戏选》；说唱《一支人参》入选1976年省编的《广东演唱》。我创作的曲艺节目《银针飞舞》《女理发员》《看妈妈》和大戏《云山魔影》先后参加省文艺调演。其中有两个节目评为省优秀节目。1986年创作的小戏《三成哥中奖》被惠阳地区评为一等奖，被省评为二等奖。1981年1月我被中国戏剧家协会广东分会吸收为会员，并被选为地区分联理事。

在任职期间，除完成创作任务外，我还积极组织开展群众业余创作活动，举办多期创作学习班，亲自讲授创作课，培养了一批业余文艺创作骨干，辅导他们写出了一批质量较好的作品，为繁荣和平县文艺创作献出了自己的心血。

由此可见，陈青的人生，委实是戏曲人生。其戏，绝非逢场作戏的戏；其曲，却是曲曲折折的曲。然而，在自传中，他只字不提当过兵、扛过枪的革命资历；也绝不提及他那饱受磨难的心灵伤痛，有的是数十年一以贯之的坚信、坚韧、坚守，读来令人感慨，肃然起敬。

说实话，陈青是我从艺的师长，也是我少年的启蒙。

1958 年"公社化"，陈青就在涮江公社文工团当编导。那时候，我刚上小学，常在镇上贪看他们练功、排戏、演出。那一戏一曲、一唱一念、一招一式，与其说在幼小的心灵里，引起莫大的好奇，毋宁说那是迷人的艺术启蒙与文化播种！所以，用"网语"来说，我早就是陈青的"粉丝"了。及至1971 年，我当兵退伍回和平，幸运地被安排在陈青领导下的创作组工作三年。我从不敢说与他共事三年，而是从内心敬重他，那是拜师三年啊！

和平县城是山城。山城里也有文化馆。简陋的文化馆本就清静，但走过木板楼巷会吱吱作响。二楼巷尾是陈青的住房，也是他作品的产房。小房里有两件过目难忘的用品，足以见证陈青创作的勤奋与艰辛：一盏自制的木头台灯，一尊生锈的火水炉。台灯下他熬夜写作，写什么？写演唱，作大戏，书风云；火水炉用以煮宵夜，煮什么？煮粥粉，煲薯汤，熬清苦……

纵观陈青的作品，虽然多为短小，内涵却以一当十。而构思奇妙，情节跌宕，人物灵显，语言风趣，则是其鲜明的艺术特征。陈青的创作成果及经验，值得系统梳理总结。下面仅采撷其中两个亮点，细作赏析。

一是陈青的草根情怀。单从题目看，如《公社新一代》《公孙锻钢钎》《看妈妈》《女理发员》《女儿上大学》《山村跃进歌》《争地皮》等等，我们就可以明显看出，陈青的戏曲创作，真的是"为人民服务"的。写山区，唱山民，山里的故事人物永远是陈青作品的主题主角。陈青笔下的场景风物，叙事抒情，往往呈现出青山绿水，弥漫着泥土气息和山野芬芳。时见风霜雨雪，时见松柏梅竹。戏曲中可敬可爱的人物，亦并非那年头清一色的"高大全"，而是芸芸众生，勤劳、淳朴、善良……数十年坚持这种难能可贵的创作取向，不仅仅源自作者身处基层、熟悉民情的地利优势，更是凸显陈青与山区群众同呼吸、共命运的草根情怀的自觉使命。取向决定宗旨。坚持宗旨，服务民众，这是陈青最可贵的创作实践和经验，也是山里人喜欢陈青作品的根本因由。故此，可以说，陈青因扎根青山而青，更因服务青山而青胜于蓝。

二是陈青的艺术功力。大凡艺术家，总有独特超常的艺术本领。作为戏剧家的陈青，其艺术底蕴无疑是发端于长期的生活积累和艺术修养：对采茶戏的潜心钻研，对客家山歌的情有独钟，对文学经典的苦心攻读等等。日积月累，博采众长，一旦厚积薄发，陈青的"发功"往往敏锐、犀利、精准，其技巧与功力不是单一、粗糙、生硬，而是全面、细腻、娴熟。比如，他讲究主题的向阳向善，选材的以小见大，构思的新颖巧妙，唱词的通俗流畅，对白的性格情趣……另者，陈青戏曲，多有道具。如《公孙锻钢钎》的钢钎，《女儿上大学》的锄头，一支人参、一把米等等。莫小看这些日常物品，其实，那是陈青从生活中提炼出来的文化符号，是作者思想与艺术的合成武器。选准道具，不仅有助于演员的舞台表演生动发挥，更重要的是，戏曲主题有了形象的承载与寓意。道具道具，道是文以载道的道，具是化抽象为具象的具。陈青深谙此道，设定道具颇见匠心。限于能力和篇幅，拙文未能对陈青作品逐一推介。但有两个节目，我忍不住再作点赞。试看《争地皮》，虽是小戏，却"争"出大气：既"争"出了改革开放的新气象，又"争"出了贫困山村的苦难史；既"争"出了剧中的人物性格，又"争"出了事件的社会意义。这种"争"，说到底，是凭藉作者的艺术功力，以敏感和巧思去一争高低的。无怪乎，在省里评奖陈青争得了荣誉。"文革"期间，陈青写的表演唱《银针飞舞》，说的是解放军为聋哑患者针灸治疗的故事，其剧场效果格外"爆棚"。究其原因，关键的艺术感染力则分明是，发轫于扎针时真切生动的三问三答、三唱三叹：

军人：（唱）一针扎下去——

　　　　（白）大娘，怎么样？

大娘：（接唱）不痛也不痒。

军人：（唱）两针扎下去——

　　　　（白）大娘，怎么样？

大娘：（接唱）还是一个样。

军人：（唱）三针扎下去——

大娘：（慢慢地，感觉着，唱）

浑身麻又胀！

这是四十多年前的历史回音……

遗憾的是，随着岁月的流逝，陈青作品原件已多有散失，致使今天编书也难以集齐了。对于现存部分，有人好心提议，要抹去特殊年代的历史伤痕，"要改一改"。心想：能改吗？怎么改？前人生活在历史的时空，其作品总会或多或少或深或浅地烙上历史的印记。历史不能虚无，也不可改写。唯有尊重，不可苛求。无论前人的经验抑或教训，都可供后人借鉴。这才是历史唯物主义。何况陈青在那个荒唐的高压岁月，即便难以抗拒"阶级斗争"的死任务，却也竭力以顽强的艺术个性去讴歌时代共性与大山主人。回望那段历史，陈青无疑是和平县的顶级"县宝"，他以智慧和心血为和平县当代文艺史写下了宝贵而奇特的篇章。

本书的出版得益于和平县文联的牵头组织。具体编务由梁耀发、骆文冠、何奕时、陈乐演、黄才新等负责操办。他们当年都是陈青的文艺弟子，今天以共同的花甲热心，表达我们对陈青老师的致敬与祝福！

莫道戏作人生，但见陈文常青。

是为序。

2014 年 12 月 20 日深夜

芬芳的乡愁

——《樟溪老墟》小序

十年前，去饶平多次，都是直奔凤凰山下的扶贫点，其他乡镇只是路过而已。所以，近读李宏文学友送来的《樟溪老墟》书稿，读得上心，也颇觉新鲜。

如书名所示，此书写的是饶平县樟溪镇老墟，四百年间的"樟溢清韵，溪泛静岚"。约十万字篇幅，图文并茂。从历史沿革到地名钩沉，从市井百态到商情千种，从田园风物到人文遗址，乃至乡规习俗，特产美食……几乎包罗万有，林林总总，称得上是一部樟溪老墟的小百科全书。

全书可圈可点之处，我觉得有如下四方面：

一、史料翔实。有关老墟的历史变迁，举凡重大事件与重要人物，书中都有较详细的记述，且史笔严谨，追根溯源，引经据典，多有史书为证，或实物考证，绝无编造杜撰。

二、老墟不虚。浓墨重彩主写老墟的形成、发展乃至衰弱，是此书的重点所在。因而，难能可贵的是，单单老墟的商铺字号，编写者特意列表呈现，鼎鼎有名的就足有四十家之多。透过这张表格，令人仿佛遥见明清时期，樟溪河岸的另一幅《清明上河图》。

三、草根众生相。墟镇是起源于物质交换而形成的市场，更是草根谋生落脚而创建的家园。一部老墟发展史，更是移民创业史，也是草根生态史。因此，读《盐市》，你会品味到汗泪之咸；读《糖寮》，你会读得出煎熬之苦；读《柴场·火炭场》《油车》《剃头铺》《裁缝铺》《排布寮·染布铺》……读得你五味杂陈，感慨万千：原来，那年代的草根先辈，是那样苦难，又是那样坚韧；是那样辛勤，又是那样智慧；是那样发展生产，又是那样创新生活！

四、人文底蕴深厚。墟镇是农村政治、经济中心，也是文化聚积与传播要地。此书写及老墟的人事风物，字里行间透出鲜明的潮汕文化客家文化特色与底蕴。比如：写围龙屋和镬耳房，揭示出建筑力学与美学的构造内涵；写竹编、"薪"火及众多美食的制作，写出了民间工艺人的绝活、睿智与匠心；写老墟民众的生产生活，着重歌颂客家人与潮汕人包容共济的和善情怀；写庙宇教堂，描述中西文化共处相安的源远流长；写博士赶墟，倾诉着闻名于世的张竞生老教授，在"文革"期间落难回乡的苦恋之情；写丧俗、婚俗、"出花园"……则分别饱含着对自然的敬畏、对嫁娶的祝福及对成人的礼赞！

饱经如此丰富多彩的潮汕乡土文化熏陶，无怪乎李宏文学友在《编后记》中，止不住"冲动"，溢于言表地写道——

"这一年多，随着调查和编写工作的逐步推进，一些即将被遗忘的历史人文事迹渐渐被挖掘、整理出来，许许多多旧址遗址显露出所蕴含的意义，使我们对家乡百年之前的墟场盛况有了新的了解和认识。我们为家乡深厚的文化积淀、独有的潮汕农村墟场特色、淳朴敦厚的风土人情所感动，我们更加热爱自己的家乡，热爱这片美丽的故土！"

"我们很幸运，能在这个时候为家乡做这件事，假如再迟20年，一切可能都被历史的尘沙淹没，那将是多么大的损失！"

由此可知，担忧损失的是乡愁，促成此书的更是乡愁。乡愁是感念，乡愁是牵挂。而唯有行动才是最深切最有效的乡愁！樟溪因樟香飘逸、溪流致远而得名。《樟溪老墟》的出版面世，则无疑得益于本书的提议者佘克事先生与主笔李宏文及其他同事对潮汕文化充满自信的自觉行动。一册图文见精神，满纸乡愁溢芬芳！

乡愁无处不在。写及老墟遗址的现状，书中反复出现的字眼是：断壁残垣！至于何因何故，可惜未作深究细剖，往往一笔带过。这或许正是乡愁的难言之隐，权当"男儿有泪不轻弹"吧。读着这些文字，每每勾起我的乡愁。我也成长于墟镇。那是个粤北客家老墟，原本足可与湘西凤凰城媲美：小木桥、麻石街、吊脚楼；四野葱茏，河水弯弯，"风吹稻花香两岸"，"听惯了艄公的号子，看惯了船上的白帆"……可这一切，如今竟成了历史传说，说给子孙听，都质疑我在吹牛！

我想，全中国的墟镇，当有七八万吧。那是亿万民众安放乡愁的精神家园啊！在现代化、城镇化的进程中，想要复原老墟那份美丽与风情，恐怕近乎奢望了。我们这代人，力所能及的是，赶紧行动起来：向本书编者学习，情系故土，书写故乡，为老墟著书立传，用余热烘暖乡愁……可喜的是，建设美丽乡村的集结号，正在响彻神州大地。恰逢此时，《樟溪老墟》的付梓出版，为我们守望故乡提供了一份可贵的借鉴和启示。

2017 年 7 月 15 日深夜

敢遣春温上笔端

——《春潮初涌》小序

维生退休了，人闲心不闲。惦着三四十年前发表过的那批作品，便翻箱倒柜找出来，筛选整理共45篇，结集成这部书稿。

我也得闲了，接到书稿，逐篇细读下来，颇有感触。遂约他来商定了这个书名：《春潮初涌》。

意犹未尽，便写成如下文字。

全书三辑的《春潮初涌》，涌现的真是"春天的故事"，而且还都是初春的故事。

如中国革命的历史走势，改革开放的潮头，也是潮起乡野，也是"农村包围城市"。本书第一辑《春绿南粤》，便是如实记录了改革开放的前沿地区——尤其广东农村的最早觉醒，农业的最先嫩绿，以及最关键的是，农民最初的"敢为天下先"。从大包干到小农场，从科学种养到现代经营，从深山垦荒到洗脚上田，从盘活土地到激活资本……岭南春早，早在春光最先光照南天，早在南粤得风气之先。这组文章，散发着亚热带的热土气息，弥漫着岭南花果的特有芬芳；既是广东农民勤劳致富、敢闯敢试的真实写照，也是广东农业万物葱茏、希望拔节的现场实录，更是广东农村初呈改革气象、开放格局的时代剪影。南粤最早春意浓，最浓尤见绿"三农"！

第二辑《春满珠江》，则是主写珠江三角洲的乡镇企业崛起与沿江城市群的现代化起步。如今，家用电器已进入智能化时代，交通出行也因海陆空立体化而高速便捷了，举世瞩目的粤港澳大湾区更是呼之欲出。然而，这一切的巨变，对于广东而言，启始何时？风起何处？本书虽未提供全面的答案，却是真实地揭秘了众多的历史细节：诸如，第一家吊扇大企业的浮沉，第一台消毒碗柜的诞生，第一帘卷闸门的创制，第一家个体户的开张，第一支"神奇药笔"的传奇，第一艘在广州珠江水面飞翔的水翼船，第一条用现代科学技术贯通的大瑶山隧道，第一批广州的士的运营，以及改革开放之初，广东城乡环境保护意识的觉醒与行动……这些貌似平常的小故事，委实丰富了广东改革开放史的现场感，生动鲜活地印证着改革开放绝非一蹴而就，而是历尽艰难曲折，饱经惊涛骇浪。在这段历史进程中，广东人民的坚定信念与创新勇气，尤为可歌可泣！

第三辑《春暖岭海》，一个"暖"字用得真体贴传神。因为，这组文章写的是粤北穷乡僻壤的扶贫脱贫，以及海南建省前的鹿回头期望。中国实现现代化的"三步走"，第一步的目标是解决温饱问题。所以，改革开放之初的扶贫脱贫，亦只能更"初级阶段"了。我曾在清远挂职两年，也深为阳山的贫困而震撼。那里有广东最高的山，逶迤连绵的喀斯特地貌，把地下水都漏光了。经年苦旱以致历代贫困，韩愈当年就感叹，"阳山，天下之穷处也"，故有广东"寒极"之称，渴望阳光满山应是"阳山"的本意。作者身为扶贫工作队队员，真实记叙阳山当年的贫困状况及扶贫举措，力虽绵薄，用的却是真心真情，文字就有了温度。有关海南篇章，写及天涯的燕窝、海角的胶林、南滨的油棕、兴隆的咖啡……动情处交融海南与广东的血缘亲情，抒发着归国华侨及农垦知青的热血情怀，一如徐徐海风，掠过字里行间，暖着读者的心。

此书的可圈可点，还在于作者很讲究选材与立意。

选材上，全书涉及面广，书写人众。

毫不夸张地说，本书的每一篇作品都涉及广东真实的某一处地方，因而全书连接起来，足以拼构成广东全境图：从珠三角到粤东西北，从近海岛屿到天涯海角……"一花独放不是春，万紫千红春满园。"正是这种全景式、全方位的描写，才全面展现出广东改革开放的波澜壮阔。令人从大视野中，看到了春潮初涌的磅礴气势！何况，每一篇都带出一位或几位新人物：新时代的工人、农民、个体户、打工者、工程师、作家、新闻工作者及社区管理人员……作者叙述着众多小人物的小故事，委实生动深刻地印证着改革开放的深入人心。他们是改革开放的衷心拥护者、勇敢实践者和切身受益者。改革开放的伟大进程，正是靠亿万小人物同心合力推动的。读过此书，我们更确信这句真理："人民，只有人民，才是推动世界历史发展的真正动力。"改革开放的伟大成就，又一次证明："得人心者得天下"！再说，人在选材，材也选人。奔波于那么多小地方，采访了那么多小人物，端出如此丰富真实的故事情节，也足见作者的艰苦深入与倾心倾情。小文章可窥大胸怀啊。

立意上，作者着墨强调两个方面：解放思想的首要性与科技革命的紧迫性。

改革开放首先必须解放思想。这是前提，更是动力。因而，那场席卷全国的真理标准大讨论，势如暴风骤雨，至今影响深远。改革开放涉及政治、经济、文化等诸多领域，涉及社会生产生活的方方面面。四十年的实践证明：要从以阶级斗争为纲转到以经济建设为中心，从计划经济迈向市场经济，只有"冲破思想牢笼"，破除思想禁锢与僵化，改变传统的思维方式，才能解放生产力，激发和释放亿万人民的伟大创造力。本书不是理论的雄辩，而是社会实践的记录，记录着改革开放之初，解放思想的艰难曲折，尤见敢闯敢试的勇气难能可贵；几乎每一篇都是人们解放思想、观念更新的实录，比如：能不能承包？敢不敢致富？可不可围垦？穿不穿西装？……这些严肃的提问，早已付"沧海一声笑"了！但在当年就能捕捉这些题材，并写成广东百姓解放思想的真实故事，是需要勇气和胆识的。维生还真的是敢担当，"敢遣春温上笔端"。在中国的改革开放过程中，也恰逢世界"第三次浪潮"的冲击。可喜的是，本书许多篇章都及时反映这方面的内容，而且很微观，很细腻，虽然不见"高精尖"，不见"核"，不见"芯"，却是最基础、最普及、最起步性的"技术革命"，如：立体的种植、蚯蚓的引进、对虾的增氧、卷闸的新风、石头的开花、"妃子笑"的甜笑以及村妇的运筹学……娓娓道来。维生的这批作品，在文学的笔调中，时常捎带着许多有趣的科普知识，予人启迪与怡情，既别开生面，也见其功力。

维生的人生，弥漫书香的芬芳，呈现"教、科、文"的亮色，真是勤奋有为的"书写人生"：中学任教师八年，去当记者、编辑，后评聘为编审。长期从事新闻出版工作，并长期坚持业余文学创作。从1980年成为省作协会员至今，算起来也真是老作家了。维生的作品，以散文见长，短小精悍；关注时代，关注草根；倾情务实，刻苦用功；文笔清朗，深耕不辍。

维生为人低调厚道，我们相熟相知四十余年，老来更成为真正的"老友记"了！《春潮初涌》一书的付梓出版，既是维生老有所为的新成果，也是老有所乐的新寄托。可喜可贺！祝福维生更开心啊！

2019 年 7 月

微评《青花瓷斗公》

　　读完陈振昌的小小说《青花瓷斗公》，我打开手机，随即给他发上这则短短的微评：

　　《青花瓷斗公》的核心素材，是我闲聊时提及的。振昌兄由此妙思成文，情景交融，文字精致，纯情朴质中又有情窦初开的热切、羞涩与机灵，包括对两只碗（尤其青花瓷大海碗）以及结尾"网上拍卖"的设计、寓意、细节与描述……这都标志着作者对思想艺术的追求与造诣，已跃上了新的高度，成熟，老到，从驾轻就熟进而长袖善舞。真是可喜可贺！往事和经历是创作的源泉，但也不能总是顺着老渠道，把它引入同一池塘里，以致取材同质化，令读者又吃旧饭，作者就难于突破难于飞跃了。这里关键是，作家的思想不能板结僵化，不能死守于原有的生活积累，而要以勇于创新的奋搏姿态，精于超越，精选生活，精攻构思，精立境界，精谋情节，精雕文字，妙笔生花，以质取胜！这一点，振昌兄的经验可资借鉴。

2019 年 6 月 16 日

芦苇荡漾诗意

——《栖居的芦苇》小序

1

接通微信，常常第一时间，就收到黄治中新写的诗作，滚烫炽热，读来好不惊喜。

读多了，便催他结集出版，并主动申请为之写序。

治中复我：不急，再写再说。

再写，正如治中所言，"耳顺至古稀的分行书写"，十年间竟写成600题。

精选180题，终成这一册《栖居的芦苇》。

细读了三遍。

诗人心境之悠远，书写题材之纷繁，睿智哲思之奇特，及其才情井喷、意象密集、诗眼灵动、道法娴熟……真叫人欣喜钦佩。

栖居的芦苇！活生生是不老的青春，不羁的灵魂，不停息的思想。

这是一株老芦苇，孤独而不甘。而今，万般思绪集结成诗的方阵，摇曳如一望无际的芦苇荡，撼动茫茫秋野，荡漾漫天诗意。

面对思想着的芦苇荡，还想说什么呢？

2

书中有一则治中自创的诗体简历。

概言之，治中离乡从学从教从文数十载，但他骨子里还是一根地道的土芦苇。

上有老父亲，下有儿孙辈。治中退休后，从一线移居二线，只为有了孙子做"孙子"，当了公公成"公仆"，扑下身段，甘愿被孙子当马骑。

这还不算。治中将百岁老父亲接来城里，几年后因腿脚不灵，老人老想回老家，耄耋更有老乡愁。治中只好让老父亲如愿回乡下，自己长年奔忙于城乡两头家，成了幼儿园兼敬老院的"两院院士"，为祖孙轮值呵护。

很难想象，个中的烦难忙累与甜酸苦辣，却居然成了治中感念生命、体味人生的崭新生活，成为构思新作、沉静为诗的独特磁场。你看——

女儿推动童车
车上坐着她一岁半的宝贝
我推动老轮椅
轮椅里坐着过百岁的父亲
四代同行于春日绿道
眼前却闪过百年风雨

一老一少的体重
与各自年龄相近
推动起来并不吃力
却也有一份沉重感
女儿推动着旭日
我推动的是夕阳

直道与弯道
上坡与下坡
平地与坎坷
推动只为前进
我推动着历史
女儿推向未来
……

这首题为《推动》的小诗，应是治中退休生活的真实缩影，更是诗人心境的真切写照。

看得出，治中达观，幽思，酷爱生活，尤其乐善于细微之处，寻思人生的诗情画意，在人生之旅推进之中，化心境为诗境。

此情此景，多见于文本，诗人所见所闻所思的真切、独到与精彩，常常读得你应接不暇。

退休十年，玩诗十年，玩的并非常见的那种"老干体"，而是匠心独运的"老想体"。

诗由心生。

心境决定诗境。

3

但凡诗文佳作，都讲究取材、立意及技法。恰恰是这三道硬功夫，治中有其过人之处。

这批诗作的取材，严格说来，难于精确分类，其属性也非通常说的"主旋律"，而是写"活着的细节"：枕头、牙齿、染发、失眠……写"眷念感念心语"：父亲的左脚拇指、母亲与荔枝、致我生命中有缘人 W、Y、L、P、H、D……写心境位置中的城与乡：山泉、江河、外逃的鱼及城门、塔吊、两种蛙声、天台农庄……还写遇见的昨天与今日：活检病了的地球、山村的伤口、远古的乡愁及蟾蜍与蚊子、禾花雀的信念……最后一组"因诗而诗"，写及作者与古今诗人

的奇缘与神交，倾诉着对中国诗学的迷恋与忧患。甚至还写
《马桶上的隐私》《戒烟》《狐尾椰树》《蜗牛与蚂蚁》《大自
然的喷嚏与呼噜》《有一头猪》……这些取材，貌似漫不经
心，信手拈来，实则是"有预谋，有策划，有胆识"的单刀
奇袭。

取材，源自生活，关乎眼力、视野，实质上取决于悟性
与心态。正所谓"情人眼里出西施"。治中这批诗作的取材，
之所以杂而有味，以小见大，平中见奇，关键是他始终怀抱
着一颗诗心，加上退休后得闲静观静悟，更有追忆与品味，
老芦苇萌生出新诗意。

立意是诗的灵魂。治中营造的诗意，或鲜活灵动，或沉
思遐想，或幽默风趣。叩问人生仰天长叹，追溯历史穷作探
究。琐碎的记事藏着思想的珍珠，平实的叙述闪动晶亮的诗
眼。理性地把控激情，提升意境又预留空间，引你深思，逗
你想象，让读者天马行空，一任诗意纵深驰骋向辽远……

试举三首小诗为例：

丢三落四

1 2 5 6 7

两岁半的外孙女
指着花朵
数，或唱

3　4去哪了

捉迷藏去了

找出来呀

她俩，丢三落四的

都掉裤子了

哪敢出来

修剪

栽种数年的非洲茉莉

环绕着老家门前的路

长得很粗野

弟弟说，修剪一下

让它成为齐整的绿墙

给山村添点城市元素

看着生锈的大剪

我想到了制度和规则

想到了那剪辑的岁月

比如我的教学与编辑生涯

最终阻止了

这次生命整容

诗恋

年少时，烟花三月

扬州，让我深深暗恋

此刻，碧空霜月

我摇动孤帆，载着扬州

在天际漂游

最终发现

苦恋了半辈子的她

只是李白的遗产

难于亲吻的远影

上述的取材、立意，无疑是关键的为诗之道。除此，还看得出，治中很在乎的作诗技法是，苦心于诗句的锤炼，匠心于字眼的精准。平常心，口语化，不炫耀，夹叙夹议，有情有趣，激活动词，节制形容词，以比兴、联想、暗喻等手法，或提纯，或浓缩，或泛动，将诗意自自然然浸润在字里行间，一如满江潋滟，深水无痕。

技法铸造风格。

治中的诗风，别具一格。

行文至此，忽然醒悟，书末有治中自撰的《跋：耳顺至古稀的分行书写》。文中真实简明地记录着这十年间，治中玩诗的缘由甘苦，经验得失，及其对中国诗学和当今诗坛的认知与感叹。这是一篇古稀玩诗者玩出来的真知灼见，也堪称是中国当代诗学的一篇富有个性的学术性表达。

为此，温馨提示读者，读此诗集，还是请先读治中的跋为妙。拙序仅作补充吧。

2019 年 8 月 22 日

"高山九连展"前言

高山者，文冠为峰；九连者，此乃指其九位弟子。师徒十人，精选三十幅书画力作，呈为九连山添彩壮色，更向和平乡亲深切感恩。此展可赏，此情可赞。高山九连展，名副其实，寓意深远矣。

文冠兄艺作繁多，最出名的两件代表作均为当代中国美术史的亮点：新中国第一张股票及百米长卷《东江百里图》。及至连任三届深圳美协主席，成为著名的艺术大师，乃实至名归。然，白发不忘初心，名归归隐家山，古稀更倾心血：创办东江画境，培养农民画家，培训乡村教师，以美育扶贫扶智，力推山区艺术发展！参展的九位弟子，便是众多深受教益的佼佼者。他们是：何水泉、陈峻峰、马少亮、谢廷丰、周利杰、涂永君、骆伟裕、宋昌锐、陈素姿（女）。八男一女，或为爷为父为娘，或从艺从教从商。阅历不同，技艺参差，他们却共同拜定文冠兄为师。学做人，习书画，五年如一日。教者热心，学者勤奋。画山水道法自然，描人物重神于形，研书法化古为今。教学互长，抱团取暖。是故，参展的作品，皆有暖心的温度。

那年月，却是山高不胜寒。我和文冠同读初中三年，因缺美术老师，美术课被撤换成劳动课，竟不知宣纸为何物。后来，文冠有幸成为和平史上第一位美院大学生，发愤攻艺，成为著名画家，成为"榜样的力量"！欣喜的是，新世纪新变化，连乡镇幼儿园也办画展了。每年都有数十位山娃子考上全国各类艺术院校，涌现出黄格锋、曾春雷、叶春海等一批美术才俊。对美的追求、普及与提高，是人们向往美好生活，提升生活质量的重要标志啊。

九连山本是大自然巨幅山水美景。假以时日，得益于文冠兄等艺术名家的言传身教，九连展将连接更多的新人新秀，展现更美的九连山人文画卷。"挥毫山作骨，泼墨水为魂。"阳明和平，必定成为文化大县、美术强县。

对此，我真的想得美，心里美滋滋的。

2020 年 3 月

远方因你而亲近

——《〈行色·远方〉黄蒲生摄影集》小序

1

我和蒲生是同辈人。

同属"解放牌"的经历，还居然有这么凑巧的"三同"：

同是退役军人。服役期间，也同是电影《芳华》年代的文艺兵。不过，我在省军区宣传队，蒲生则在大军区歌舞团。

同为花城编辑。我俩因诗相识，初为编者与作者的关系。蒲生军转调来花城社诗歌编辑室，我们成了同事。后来我被调了工种，蒲生却从小编一直做成老编。

老来同病相怜。都患眼疾，连零件毛病都一样，视网膜出了大问题，严重得都常常视而不见。

好在太熟悉了。即便蒲生走再远，他的英俊，他的笑

315

容，他的才情，他的行色……在我心底，也很清晰、亲近。

蒲生好学勤力，称得上是"无文凭有水平"的奋飞者。试想想，从14岁刚上初二就参军，一直到后来凭真才实学评上编审，个中的自强不息与克勤坚韧，又岂止"江湖夜雨十年灯"！

蒲生精诚敬业。记得那年，他责编《健康忠告》一书，三次赴京抢书稿签合同，回来又因我再三修改编辑方案，他二话没说，只埋头苦干，精益求精。结果，这本不足五万字的小书，甫一发行，就达百万册，荣获中宣部"五个一工程"奖。近年还接连再版重印。

蒲生多才多艺。诗歌、歌词是他的写作强项，策划大型文化活动也屡有建树：从我们出版集团的系列文艺活动到人民大会堂的盛大晚会，从多哈亚运会广州接旗十分钟精彩表演的创作，到广州地区连年众多大型演艺的策划，他常常出任粤版"老谋子"的角色，总能折腾得有声有色，皆大欢喜。

蒲生做事雷厉风行，认真执着，保持军人作风。而为人低调，谦谨厚道，不喜张扬，连衣着也朴朴实实，全无那种"艺术家派头"。故此，他人缘好，运程好，一路走来，军艺二十多年，编辑二十多年，顺顺当当，履历简洁而儒雅，诗写人生多情趣。

一转眼，我们都退休好些年了。虽偶有见面，但总不像同一幢楼上班那样方便。心里也念想：他也赋闲在家吗？

2

去探望，亦去探究，我在电话里答应蒲生：一定去参加他的影展开幕式！

开幕时间是上午10时正。不料，那天大雨倾盆，从早下个不停，出不了门，未去成。

心有愧意，也有好奇：似乎从未听说蒲生喜欢拨弄相机，怎么倏然间就爆出个影展来？

第三天，我和老伴直奔省老干活动中心，去看蒲生的《行色·远方》。

真是"不看不知道，一看吓一跳"！

偌大的展厅，挂满蒲生的作品，满堂生辉。彩色处，光影斑斓；黑白里，万物显现。广角是宏观、大局、全景，气势磅礴，气象万千。特写是微观、局部、细节，精致细腻，丝丝入扣。哲思在他审美的俯仰间，在他选择抓拍的构图、角度、光速之中；艺术则融化成他的光影、意境、命题，乃至留白或无题。蒲生把摄影爱好变成退休后的快乐追求，背起相机，按动快门，有老伴相伴，模糊的视力换上敏锐的镜头，兴自心深处，走向大自然——

那远接苍穹的青藏雪峰，是你飞涌天边的圣洁诗魂吗？

那激情奔泻的九寨瀑声，是你压抑已久的心灵放歌吗？

那蜿蜒流淌的草原小河，象征谁在深深探究的思路呢？

317

那层层叠叠的哈尼梯田，铺满千年风雨和永恒日月啊……

还有南极的冷艳，赤道的酷热，黑妹的眼神，绅士的风度……满世界的风景、风物、风俗，在他的镜头里，风情万种，尽显奇美，各领风骚！

很想听听蒲生的摄影经历，也想跟他聊聊参观感触，可是他未在现场。临走，我在观众留言簿上写下两行字：

> 行色为你而出彩
> 远方因你而亲近

3

从传播学来看，影展往往受制于场地及展期的局限，比不上出书可久远地超越时空，受众也无疑更广泛。或许，这正是出版者的出发点。蒲生这部摄影集，虽然尚在出版运作中，但从出书策划、编辑方案、装帧设计及版式图样来看，确实有不少亮点：

首先，内容更丰富充实了。全书从数万件摄影原作中，精选出一百余幅力作，分门别类归为四大部分，即：去西部走一走，到国外转一转，飞天上瞧一瞧，跑南极看一看。这"去到飞跑走转瞧看"，生动传神地展露出一位中国退休长

318

者，眷恋神州、悠游环球的愉悦心境和美好情怀。而且，这众多动人动情的画面，不经意却又深层次地揭示国家改革开放和个人不懈追求而开辟的崭新视野及收获的人生惊喜。

诗意盎然浓郁。比之单纯的影集，本书特意赋上诗篇、诗句、诗眼等诗词元素，这是蒲生的特长发挥，也是他的心智结晶，致使全书可阅可诵。诗情浸润画意中，画意更为诗情生。这是真正的诗情画意融为一体，耐看耐读。

毕竟是老编出书，用足经验，落足老力，加上粤教社领导关心和同事支持，从装帧设计到版式安排，从三审四校到调色精印，以确保全书编校印的品质精良，所以，这部精美画册，也是集体精心之作。

4

喜欢这个书名——《行色·远方》。

行色匆匆奔远方，是作者，是你，也是我。

我们的人生不都是这个过程吗？

这个过程，都说"诗和远方"。但可能对多数人而言，诗是朦胧诗，远方也因遥不可及而更朦胧。

何况春夏秋冬，生老病死，是自然规律。因而，人到老年，凡事不可强求。当然，也不应毫无所求。纵观蒲生近年的远行足印，细思有益，像是一串颇有启迪的养老理念：

一、养生养老先养心。从内心出发，想走就走，该做就做，随心所欲，有益健康快乐就好，别总想那么多"高大上"。蒲生的影集，发现美，捕捉美，展示美，是爱美之心的自然显现，应验了：相由心生。

二、余热只是剩余而并非多余之热，故尤须自珍自重，余热自暖，暖于身心，暖于喜好，千祈别乱发挥，滥发挥。自暖防寒少感冒，如同这次抗疫宅家不出门，也是为社会作贡献啊。

三、主动激活积累。进入老年，无论物质，还是精神（包括兴趣爱好），多少都要有些积蓄储备，才能有助于保障基本的生活质量。进而，盘活存量，顺势而为，老有所为，做起来才不至于太费神费力。蒲生能弄出影展影集，他说是"无心插柳"，我看终归"柳成荫"了，还是得益于他一辈子从艺从文，有了长期积累，厚积薄发，才能触类旁通。所以，老有所学，最好从自己的兴趣基础学起。俗话说，"老来学吹笛"，不是绝对不行，就怕毫无基础，加上手硬牙松，容易漏气跑调。

四、不问远方有多远，只管走前一步近一步。或许走到半路，就遇见春暖花开，或许人在旅途洒泪时，走着走着，前路迷茫，远方更远了！

这时，或许路边又传来那热切的吆喝——

"行过路过冇错过"……

2020 年戴口罩的春日

为广东文艺铸史

——《改革开放与广东文艺 40 年》
编纂出版要旨赏析

　　《改革开放与广东文艺 40 年》这部大书，是"旨在展示改革开放 40 年广东文艺的风采，梳理其发展历程，总结其成就与经验的专著"。它以洋洋 80 万言、820 页篇幅，大气磅礴又细致入微地评述广东文学、影视、音乐、美术、书法及戏剧诸领域的蓬勃气象与发展轨迹，既宏观概述广东文艺事业 40 年来整体质量的全面飞跃，又微观细析众多名家力作的特色精要，广纳流派，开放包容，主旋律嘹亮，多样化生动，堪称一部最鲜活最完整最权威的广东现代文艺发展史，因而，被誉为广东人的思想史、心灵史，成为广东改革开放史的重要组成部分。它甫一出版，便引起主流媒体及社会各界的热烈反响。今天的座谈会，召开于特殊的疫情期间，却有那么多的专家学者踊跃参会发言，足见此书非同凡响。专家们对书的出版意义和历史价值纷纷赞赏有加。我想着重点评全书编纂出版的若干要旨和成功做法。

书名决定内容，选题关乎立旨。秉笔直书改革开放40年的地域性文艺发展，这在全国尚属首开先河，也是敢为人先的广东人精神的又一壮举！纵观全书，既展粤海澎湃的壮观，又见浪花飞扬的精彩，看得出广东文艺的繁荣兴盛，关键得益于全省改革开放的先行先试，也自觉自强于全国文化创新的勇立潮头。因此，以史笔盘点归纳嬗变于改革开放中的广东文艺标志性重大事件及其代表性人物和众多代表作，客观来说，唯其艰难复杂，故而更需要思想勇气和责任担当。难能可贵的是，全书坚持以解放思想、实事求是作为贯穿始终的编写灵魂，不仅完全符合广东文艺客观实际，更生动真切地见证着邓小平理论的伟大指引！以改革开放精神书写改革开放历史，这是成就此书的核心要旨，也是全书最出彩的思想亮点。

编写出版这部综艺类的历史巨著，组织者、主编者、撰稿者及出版者共担职责，倾尽心智，各立奇功，可歌可敬！

翻开扉页，作为本书的组织者，广东省文史馆的领导成员，悉数出任编委会的主要职务。这不仅标示责任担当，也委实在全程操作中，实施严密细致的组织协调。包括面对全书时间跨度大，涉及领域广，而且关乎舆论导向与文艺事件、人物及其作品的选择与评价……文史馆的领导敢于迎难而上，敢于拍板决策，以责任意识、大局意识，积极做好组织指导和服务保障。从而，不仅促进全书编纂出版的顺利进展，也为新时代文史研究工作开创了崭新局面。

本书主编陈剑晖、徐南铁、郭小东，都是术有专攻的文艺名家。主编此书，他们立了主功：主持策划，主把方向，主谋布局，主定体例，主笔统稿，主促成书，呕心沥血，亲力亲为。仅举一例：剑晖要评及我的习作，相熟多年不算数，还要当面采访做笔记，成稿送来又再三电话征询意见，令人感动得不好意思！还有编委杨兴锋、陈中秋、陈海烈、陈小奇、许钦松、张桂光、黄树森、林伦伦，都是相关领域的领军人物，更是本书各分编的主编或主将。这群大咖的全程参与，全力操持，既丰富充实了全书的内容，也提升了史实的品质。这个举措，不特是本书的成功经验，也为多学科多领域的综合性文史研究工作提供了有益的借鉴。

很难想象，若无足够的写作高手，何以成此史书，毕竟评述的代表性人物多达数百人，分析的代表作更是数以千计！令人欣慰的是，《后记》以满满两页的篇幅，详细恭列出本书共计 31 位撰写者的姓名、职务或职称及其成稿的相关篇目。细读下来，你会惊喜地发现，正是这群绝大部分属于生力军，也真的是写作高手，高学历，高学识，不仅出色地交上了文稿，而且他们原本就是冲着改革开放来广东的建设者！他们把来广东参与改革开放的亲身经历，提炼成对改革开放深切的理性思辨，融入书写成各个章节。因而，令全书活泼生猛又富理论色彩。放手让后浪展露才华，放胆让后浪"喜大普奔"，正是本书的一大特色，也是广东文艺发展的希望所在。

本书的出版者为广东高等教育出版社，也恰恰是广东出版界近年杀出的一匹黑马。锐意改革创新，以致好书迭出，双效显著。该社出版此书，既是慧眼识珠，也是担当使命。前些天，偶然读到总编辑黄红丽的终审意见，短得一针见血，堪称审读范文。既严格政治把关，又提出统一体例、拾遗补阙的建议（事后她亲笔补写了两位作家的评介），文末落款时间是"2018年12月6日凌晨3：16"，那正是隆冬寒夜三更时啊！为出好此书，破例强配四位责任编辑和一位校对高手，还特地外聘装帧设计名师陈国梁，封面封底呈南海似的壮丽深蓝。作为重点图书，严格用纸选材及印刷选厂，采用国际标准大16开本，以确保书品雅正端庄，大气厚重。

全书以改革开放精神，为广东文艺铸史，群策群力，各出高招，共承担当，成果丰硕，值得大赞！

2020年5月15日黎明

《陈瑸全集》的出版价值及其他

　　读书、教书、著书——陈瑸的一生都与书结下不解之缘。自四十四岁从政之后，他从县令做起，及至郎中、道员，升至封疆大吏、国家重臣，仕途轨迹由古田知县—台湾知县—北京曹部—四川学政—分巡台厦道—湖南巡抚—福建巡抚（兼摄闽浙总督），为清官，为循吏，其显赫的政绩及丰厚的著作，充满爱国爱民情怀，深得朝廷及百姓的赞誉。雍正皇帝说："陈瑸之清操，乃圣祖所久知，亦举朝所共晓。"（见《雍正论陈瑸清操》）然而，随着岁月流逝，陈瑸的事迹及著述，原本就少见正式出版，尤其难见有全集的版本，大都流散于民间，或存于手抄稿，或见单册刻印，也都多灾多难，不是"白蚁啃蚀，毁烂已尽"，就是在"文革"惨遭付之一炬！据悉，乾隆三十年（1765）出版的八卷本兼山堂刻本《陈清端公文集》，是目前所能查到并能找到的最早付梓的出版物。直至 20 世纪 90 年代，东北师范大学出版社重印十卷本《陈清端公文集》，接着山东齐鲁书社出版了八卷本《陈清端公文集》等，及至后来台湾地区也相继出版《陈清端公文集》及丁宗洛《陈清端公年谱》《陈清端诗集》等著作。凡此种种，都不是冠名以"全集"出版的。因此，这次即 2020 年 9 月由广东人民出版社出版的《陈瑸全集》（上、中、下三册）是篇目最全、内容最详的陈瑸全集，弥足珍贵！它的面世，不仅填补了中国出版史上的一个长期空白，也委实丰富了中华文化宝库的珍贵典藏。从国家层面来看，它的出版价值也是非同寻常的。

下面拟从四个方面，具体谈谈《陈瑸全集》的出版价值及意义。

《陈瑸全集》的出版，从历史源流上丰富了岭南文化。岭南文化的形成与发展，学界公认的是，得益于中原文化、本土文化与海外文化的三结合而推进的。中原文化的注入与传播，多有丰富的史实与例证。且以谪官文化而见著，尤以韩愈、苏轼、寇准、秦观、王阳明、汤显祖等为代表，一大批受贬而流放南蛮之地的文化大家功不可没。岭南的本土文化则多流布于民间文化的兴盛。岭南文化的本土代表人物，包括谪官文化的代表人物，他们所留下的文字，也多属于文学性的诗文，正式的官样文献不是很多。《陈瑸全集》的出版，是对岭南文化历史源泉的深入挖掘与拓展。毕竟，陈瑸是生于斯长于斯的广东雷州人，其生命时光有三分之二是沐浴热带阳光而度过的。他的学养、情操、思想及至著作，很大程度形成于岭南椰风蕉雨的熏陶之中。把陈瑸作为岭南文化本土标志性人物之一，隆重出版他的全集，不仅其官职的"吨位"够重，而且更重要的是其作品数量够多，品位也够高，着实从根本上丰富了岭南文化的历史渊源与历史底蕴，是一次足令广东人自豪的文化"井喷"。因为陈瑸的著作早有定论："人传而诗亦传，诗传而地亦著。"（见丁宗洛《陈清端公诗集·复札》）并认为，陈瑸有"旋乾转坤之才，而有吟风弄月之趣，以茹蘖饮冰之操，而有敲金戛玉之韵"（见丁宗洛《陈清端公诗集·复札》），"粤之雷郡有陈清端公，洵为岭海生色"（见《陈清端公年谱·杨序》）。

《陈瑸全集》的出版，以雷州本土文化之主柱支撑雷州文化。雷州文化无论在历史上，还是现实中，都是不可置疑的客观存在。所以，这些年来，许多有识之士鲜明地提出，雷州文化是岭南文化不可或缺的重要组成部分。她与广府文化、潮汕文化及客家文化并列同构为广东四大区域文化，是岭南文化的四大支柱之一。岭南文化版图的这种新视野、新观念，不仅在中山大学司徒尚纪教授的专著《雷州文化概论》中得到全面科学的论证，更是引起了广东省委、省政府高度重视而写进了《广东省建设文化强省规划纲要（2011—2020年)》。雷州文化由此得到了正名。《陈瑸全集》的出版，恰如为建设雷州文化大厦而奠定了一块坚实的基石。陈瑸生为雷州人，成长于雷州，学识秉性饱经雷雨风电的淬炼，即便踏上仕途，履职四方，但他总是情系雷州，关爱雷州，通过一封封家书、一篇篇诗文，表达对家乡的眷恋、对父老的孝敬、对儿辈的嘱托。陈瑸无疑是雷州文化杰出的代表人物。他既是土生土长的雷州文化的受益者，也是雷州文化发展的见证者和促进者，更是走遍大江南北、往来海峡两岸的雷州文化的传播者。有了这一套《陈瑸全集》，雷州文化的历史久远，影响深远，历久弥新，是不到你不信不服的。

《陈瑸全集》的出版，为现实提供了治国理政的历史经验和借鉴。在我国实现现代化的进程中，国家治理的现代化，已是摆在党和政府面前的紧迫而重大的崭新课题。在坚持马克思主义，坚持党的"为人民服务"的执政宗旨和优良传统，坚持习近平新时代中国特色社会主义思想的同时，还须借鉴外国的先进经验，并从我国优秀传统文化及千百年来积累的丰富的治国谋略、施政方针、利民良策中汲取精华，古为今用。《陈瑸全集》的出版，便是为现实的治国理政提供了一份有益的历史借鉴。陈瑸从政近二十年，在多个地方历任多个官职，从治理县政做起，及至任封疆大吏而统管数省，造福百姓。陈瑸的盖世之功，无疑首功在于清廉。康熙皇帝道："朕昨召见陈瑸，细察其言论，实系清官"，"天下莫不共赞其清"（见《民国古田县志陈瑸传》）。清廉，应是为官者最重要的关键品质。这一点，陈瑸在著作中多有论述。与此同时，他又是勤政、善政、良政的表率。不然，光是清廉，很可能会不作为，无担当，老百姓就不会尊他为神明为圣贤。《陈瑸全集》的内文，以陈瑸履职轨迹为序，收尽在各地为官为政的文章著述以及政令、文告等等，其治理一方的思路、谋略、方针、政策，包括察访民情民意的调研文稿，乃至实施中的经验、心得、感悟等等，几乎囊括其中。"以天下为己任，温饱无求"，"瘦在己而肥在民"，这些文字记载，充分体现了陈瑸的民本思想、为政智慧、家国情怀和献身精神。这对于当下的公务人员和各级干部，无疑是一份很值得钻研、探讨、参考的学习文本。就刻苦学习而言，陈瑸在公务繁忙的长年累月，仍一直"仕不废学，勉强砥砺，务为无瑕之玉而后快"（见陈瑸《上大中丞梅公书》）。

《陈瑸全集》的出版，也为祖国统一大业的实现，提供了历史上治理台湾的前人实践与经验借鉴。实现四个现代化，实现祖国统一，是我国既定的两大战略任务。尤其当前，在"台独"猖獗、台海局势严峻的关头，力促两岸必须统一的发展态势，彰显台湾必然要统一的坚定信心，党和国家正在紧密部署、落实一系列当务之急及长治久安的战略举措。恰恰在此背景下，《陈瑸全集》适时出版了。《陈瑸全集》中有许多涉台内容，同样提供极其宝贵的历史借鉴。

请看全集的前言，本书整理点校者龙鸣教授是如何评述陈瑸的台湾功绩的——

清初，社会秩序大乱初定，台湾重归版图，朝廷挑选能员干吏前去治理。这批官员对台湾社会的转型具有划时代的贡献，他们的努力使台湾从原始的渔猎社会进入农耕文明，从原始社会状态进入封建社会，社会文化从自发的杂乱状态进入以儒家文化为核心的繁荣时期，使台湾文化发展迅速，拉近了与大陆的距离。陈瑛是其中治台时间最长的一位官员。

"陈瑛任台湾县令，呕心沥血"，"有开拓之功，有教育之功，也有安民之功。经过他十年治理，成就了一个秩序井然的新台湾：吏役守法，商业繁荣，兵士严整，人口不断增长，社会和平稳定。"

陈瑛的台湾诗文、政令谋略等详见全集中第一编《陈瑛文集》之卷三《台邑任》、卷六《台厦道任》（上）、卷七《台厦道任》（下）、卷九《福建巡抚任》，以及第二编《陈瑛诗集》之中。陈瑛感慨于治理台湾的巨大变化而动情地说："台令历任未有调为台道者，而予得以调台道再来；台道历任未有擢为抚军者，而予得以擢偏抚归去。""予不负台，台不负予，天地之间，此感彼应，理或然也。"他深为感叹："不计功而未尝无功，不谋利而未尝不利也。"（见《重修台湾县学文庙碑记》）

陈瑛当年深得台湾民众的拥戴，以致每临届满离任之际，台湾民众"扶老携幼，欢呼载道，如望岁焉"（见《乾隆重修台湾县志陈瑛传》）。并一再派出数位长者，不避惊涛，拄杖渡海，专程到省城福州，恳请恩准陈瑛留任。及至勒石刻碑，名曰"去思碑"，并建起供奉的庙宇寺殿，至今香火不绝。

台湾的发展，凝聚着陈瑸的心血智慧；陈瑸的功名事迹，铭刻在台湾的史册之中。有关陈瑸治理台湾的思想、事迹及著作，是一笔珍贵的精神财富，有助于实现祖国统一和台湾的长治久安，很值得我们发扬光大。

在充分肯定《陈瑸全集》的出版价值的同时，这部古籍的出版经验也值得梳理总结。我认为，出版经验主要体现在四个方面。

一、广泛搜集。陈瑸著述甚丰，著作时间距今已隔三百余年，而史上并无全集的出版，多见于民间的刻印本或手抄本。因此，这次出版全集的难度之大，超乎想象。但整理者唐有伯和龙鸣二位教授，不畏艰辛，不辞劳苦，从广泛搜集原始材料入手，日夜钻图书馆，深入民间追踪版本线索与信息，并利用互联网现代手段，登录世界各地著名藏书机构，还亲赴台湾搜集有关文献资料……个中的故事和情节，堪比电视连续剧还复杂曲折！最终功夫不负有心人，他们得到了民间收藏家和图书馆的支持，如湖南籍收藏家吴伶忠先生收藏的一套六册陈瑸的线装书古籍及浙江图书馆提供的一套陈瑸手抄稿影印件等等，成为出版全集最可靠的基础性版本。

二、严格甄选。众多的版本，众多的篇目，既有杂乱的，也有重复的，还有遗缺的，更有莫衷一是，公说公有理，婆说婆有理的……这一切，对于出版全集而言，都必须严格甄别、科学挑选。好在唐有伯和龙鸣二位教授是潜心研究陈瑸的专家，他们有学识、有诚心、有智慧去处理上述棘手的学术问题。在甄选过程中，既去伪存真，又拾遗补阙，以确保全书内容的真实、全面、完整。

三、细加点校。古籍出版的一道重要工序，是对古人著作的细加点校。毕竟，古人之作，无论引文，还是辞藻，抑或用典，乃至背景、段落、断句等等，对于当代读者都有许多隔阂与不便。因此，认真负责地整理点校，显然是《陈瑸全集》的一大出版特色。这同样需要科学严谨的学术精神。这种精神几乎贯穿于全书的字里行间（详见《陈瑸全集》中《整理点校说明》一文）。整理点校者对历史、对未来、对陈瑸、对广大读者认真负责的精神，令人敬佩。

四、事在人为。上述三条经验，都是出版者和编注者干出来的。广东人民出版社出版《陈瑸全集》，体现了责任意识和担当精神。客观地说，此书是一套亏本书，而不是畅销书，广东人民出版社却出得如此大气、厚重、端庄，足见他们看重的是此书的社会效益和历史价值。这在当下的出版氛围中难能可贵。同时，作为主干将、全书实操的整理点校者唐有伯和龙鸣二位教授，十年磨一剑，不避寒暑，长年甘坐冷板凳。唐教授编书编得人先走了，书还未编完，前赴后继，龙鸣教授接着坚持干下来，令人感动！龙鸣教授还在后记中谈及："陈海烈先生年高德劭，是广东人民出版社的老社长，他退而不休，怀着对乡梓的无限热爱，对清端公的无限崇敬和对出版事业的无限忠诚，花数年精力校勘此书。在他四十多年的出版生涯中，在单种书中此书所用时间最长，投入精力最多。"海烈我再熟悉不过了。我知道他热衷于此书的编辑工作而废寝忘餐，肯定出于两个原因：一是有编校古籍的功底，有丰富的出版经验不说，单是为全书的编校，他可是厚积而薄发：大学毕业分配至人民社不久，他曾被选派去中国人民大学专修古汉语、文字学、音韵学、训诂学、词典学，何况他又踏实、认真、敬业。二是有深深的家乡情结，他也是雷州人，陈瑸的故事传说，从小就耳濡目染，能为自己崇敬的乡梓先贤出书出力，更是他的人生夙愿。龙鸣教授在前言中说的一段话，当是他们这三位主将的共同心声："陈瑸是一处令人仰望的精神高地，我们带着景仰的心情编辑此书，是一次庄严的精神朝圣；我们抱着钦敬的心情阅读陈瑸的诗文，是一场神圣的道德洗礼。陈瑸青史流芳，其超越时代的文化品质，是雷州乃至整个中华民族巨大的精神财富。"

随着社会经济的发展和文化自信的增强，近些年，广东各地纷纷涌现编辑地方文献包括整理本土先贤著作的出版热潮。广州市雷州文化研究会、广东省雷州商会在这方面的成效尤为明显。他们坚定文化自信，认识一致，行动一致，慷慨解囊，有一个雄心勃勃的出版规划，经过十年努力，要把雷州文化有代表性、有特色的民歌民谣、雷州戏曲、历代名家名作以及当代文艺作品成系列地整理出版，当作雷州文化积累传承工程。近年接连组织出版了《雷州文化概论》、《岭南文化版图新视野——〈雷州文化概论〉评论集》、《东海嫁》、《众说〈东海嫁〉》、《陈昌齐诗文集》（上、下册）、《陈瑸全集》（上、中、下三册，含丁宗洛的《陈清端公年谱》），即将出版的还有《雷州民系概论》《穿越时空说清官》等一批图书。

我参加过广州市雷州文化研究会的相关活动，目睹了符小文会长、陈柔好执行会长对雷州文化热心务实的感人言行。而广东人民出版社也热情拥抱接纳这波出版热潮。在编辑出版的过程中，讲究质量，不辞劳苦，深入基层，包括远赴雷州采集资料、核对史实等等。每每出书后，接连多次取得省文史馆、出版集团及雷州市相关部门的支持，认真组织专家学者开好新书出版座谈会、研讨会，并邀请新闻媒体宣传推介，为新书发行、传播做了大量工作。文化建设是需要花钱的，更需要花心智花心血。经过出版界与社会各界的通力合作，我相信，雷州文化一定会震撼出雷鸣般的巨大影响力！

2020 年 12 月 1 日清晨

《聆听苍茫》小序

欣闻《聆听苍茫》组歌专辑，由广东音像出版社公开出版发行，真是大件事，可喜可贺！

偶然的一次点击，万能的朋友圈，就领我直入《问路深山》的曼妙音乐之中，听得我欢喜莫名，便一路凝神谛听，一路急切追寻：竟然是足足 10 首的组歌《聆听苍茫》！哈哈，"苍茫"还足以倾耳"聆听"，那是多么辽远、激荡，且又深沉、空灵的天籁意境啊。那当儿，我着迷得忘了吃早餐，却也委实是饕餮了一顿精神盛宴！

下载了组歌的词曲，细读一番，不禁为郑集思和连向先的合作默契、匠心独运而叩节钦佩！

郑集思是经验丰富的文化老将。连向先则是累累获奖的青年作曲家。他作曲的这组《聆听苍茫》，音乐古朴典雅，旋律依词行腔。取山水天籁之音，化人生百结柔肠。松风溪声，委婉流畅；明月星光，亮成音符。

郑集思创作的这 10 首歌词，首首都借取唐诗宋词经典名篇的美妙意境，并融入自己的当代意识以解读且升华，极具传统文化底蕴，又有鲜明的现代审美情趣，且切入角度新颖深刻，以音乐形象来阐释人生悟道与哲理，追求"既是古典的又是现代的"，一派积极的浪漫主义的情怀。比如《问路深山》，既有古意古韵，更有新拓新问，丰富了古诗的内涵与立意，延伸出今人的探索与追求。而浑然天成的曲谱，宛如轻雾，层层缭绕，忽开忽合，一问三叹！词曲意境旷远辽阔，山重水复，在若隐若现中引人寻觅，耐人深思。在乐队配器上中西结合，以西洋管弦乐队编制为底色，中国民乐中的特色乐器则为醒目的点睛之笔，着实为我们展现出一幅"既是民族的又是世界的"绚丽画卷。

写一首好歌难，写一组好歌更难。郑集思和连向先在这组 10 首的《聆听苍茫》的合作中，却实现了好中求好的创作心愿。况且，这组创意，发轫于 2014 年的创作，给躁动的乐坛注入了一股恬静的禅意，比中央电视台 2018 年才播出的《经典咏流传》栏目还早了 4 年。可见他俩不屑低俗，志趣高远！

2021 年 4 月

书卷风云金石声

——读杨牧之新著《一位编辑的自述：我的出版之路》

一、出版情结和出版之路

也算是几十年的老出版了，虽然管理机构在变化，但是，改变不了我们的出版情结。

那天傍晚，收到北京快递，拆开一看，是中国书籍出版社出版的牧之新著，书名是《一位编辑的自述：我的出版之路》，我兴奋不已，连忙捧读。读到临睡前，忍不住给朋友圈发一则微信——郑重推荐：杨牧之新著《一位编辑的自述：我的出版之路》，完全不是官样文章，而是亲切的口述出版史，精粹的编辑经验谈。我甚至认为，它应当成为中国出版人的必读教科书。

半月前，牧之发微信嘱写篇书评，我不敢应承。说实话，我难就难在，面对此书楔入历史本质的真切与深刻程度，要深研细析，自愧力不从心。我如实复他：压力山大。他复我：兄承压力，我于心不安。秉笔直书，对我是个鞭策。看到这个"兄"字，小弟我只好从命。

牧之新著恭列"口述出版史丛书"。丛书强调收集鲜活史料，知古鉴今资政。从书"总序"中说："中国共产党领导下的当代出版史是党史、国史的一个缩影。"因此，"需要对一个时期以来的出版史进行返观自省，梳理过往的发展轨迹，剖析发展节点上的是非曲直，总结疏导事业发展的经验教训"，以利于"为在新的历史时期继续推进我国出版业的改革发展，提供更好更多的借鉴"。可见，丛书的出版，高屋建瓴，又求真务实。

丛书的出版立项制定了严格的原则、定位和操作流程：丛书的编辑出版统一由中国新闻出版研究院负责；"采访人要有跨学科的研究视角、严谨的史学素养、扎实的实务功底、严格的保密规程"；受访人则"大多是行业内重要政策出台的起草者、参与者、见证者"，即多为德高望重的老领导、老行尊；丛书内容定位，着重"从'三亲'（亲历、亲见、亲闻）切入，聚焦'两重'（重大事件的处理始末、重要政策的起草出台）"，并明确"丛书将以出版人物的个人访谈、出版事件的集体记忆等形式陆续推出，形式不同，但相同的是对历史真实的尊重"。

爱因斯坦说："世间最好的情谊，莫过于有几个头脑和心地都很正直的朋友。"牧之正是我多年的老朋友，更是我尊敬的老领导。他当新闻出版署图书司司长时，我是省局图书处处长；他当副署长，我是省局领导班子成员。后来，他是中国出版集团首任党组书记、总裁，我则是广东省出版集团首任党委书记、董事长。通读全书，好像听着《同一首歌》，心里涌起许多亲切的记忆和感念。尤其他的从政履责、编辑经验和做人修行，令我会心憬悟，深受教益。

二、改革开放的出版史实

改革开放是中国当代出版史最重要的发展时期，也是全书最重要的核心内容。牧之满怀激情，倾注心血，写得全面、真实。

此期间，牧之长期负责出版、发行管理工作。他的出版工作经历，恰好是完整的参与改革开放全过程。署（总署）党组一系列重要政策、重大事件的决策拍板，他也是参与者、亲历者，尤其有关加强出版管理，促进多出好书的重要举措，如制定出版规划，评析年度选题，有关图书审读、校对质量、品种总量掌控等建章立制，设立、评选国家图书奖，评选优秀出版社和良好出版社，以及改革出版体制机制，组建出版集团……事无巨细，宏观微观，触及出版领域的方方面面。此书全景式展现中国出版业改革开放的历史画卷，真是风起云涌，波澜壮阔，有故事、有细节、有情怀，凝聚着中国出版人的不懈追求和共同憧憬。史学讲究史料的精确全面，力戒挂一漏万、以偏概全。此书凸现改革开放的出版史实，内容丰富翔实、弥足珍贵。

"真实是思想体系的一种美德。"牧之写出版业的改革开放，既是过程的真实，更是本质的真实，包括人们的思想认识变化，决策重要政策和处理重大事件的焦点难点，以及改革开放带来的新情况、新问题，特别是那些"摸着石头过河"的探索，出版改革不可能不涉及、触碰的深水区等等。这段历史，风云激荡，峰回路转，从而见证改革开放绝非一蹴而就，取得丰硕成果实属来之不易。比如，记述堂堂国家图书奖的设立，牧之不禁感慨："想得很好，大家也都认同，但第一个问题就来了，到哪儿去搞这笔钱？总不能也像一些评奖那样收参评费吧？"后来，柳暗花明，他的兴奋之情溢于言表："感谢唐砥中司长的大力支持。计财司上上下下，请示申诉，终于得到了财政部的理解。这笔钱国家财政作出了支持。此件署党组先后讨论三年的大事，终于确定下来了。"

真实是史书的第一生命，此书主写改革开放的出版史实，生动鲜活，真实严谨，经得起历史检验。对现实的借鉴不消多说，我只想建言，当下的出版管理者，应当读读此书。

三、编辑工作的经验精粹

牧之从事编辑工作长达 50 多年。早在北大毕业待分配期间，他就和同学一起编写内部发行数十万册的《毛主席诗词注释》。入职中华书局，编过风靡全国的《活页文选》，参与创办并主持"大专家写小文章"、雅俗共赏的《文史知识》月刊。策划主持编辑《文史知识文库》。调入署里负责出版、发行管理。兼任全国古籍整理出版规划领导小组常务副组长。担任点校本"二十四史"及《清史稿》修订工程工作委员会主任、国家重大出版工程《大中华文库》总编辑、《中国出版史研究》主编。被聘任为北京大学中文系古典文献专业兼职教授，讲授《诗经》专书课，开办"传统文化与现代化"讲座。任清华大学古典文献研究中心兼职研究员。2009 年起，任《中国大百科全书》第三版总主编。

实践出真知。经历决定经验。丰富的编辑经验积累，加之长期深入思考，牧之写成系列专著《编辑艺术》《论编辑素养》《我的出版憧憬》《关于出版的思考与再思考》等以及一批论文，如《〈史记〉修订本的成绩和出版的意义》《继承传统文化的立足点与着眼点》《我对古籍整理研究与出版认识的三个阶段》《精品图书七论》《从〈不列颠百科全书〉到〈中国大百科全书〉》等，这些著述围绕多出好书的主题，不说官话套话，而是紧贴编辑工作实际，剖析众多个案，梳理要务难点，探索如何提高编辑素质和编辑艺术，从经验教训中总结编辑工作的普遍规律，因而，对广大编辑富有普遍的借鉴、指导意义。

近些年，牧之策划主编国家多套重大图书。他的新实践、新感悟、新思考，集结成本书另一方面的重要内容和鲜明特色。他以宽广胸怀，深邃目光，驰笔书海，纵论经典，并总结自己的体会，从反思最初写书做书的经验教训说起，畅谈做好编辑的八点感想和《〈中国古籍总目〉编纂随想》，记录走向世界的《大中华文库》的铿锵足音，展示出版大国迈向出版强国的最新进程。这些专题专论占满 5 个篇章，每章篇幅长达二三十乃至六七十个页码，写得恣意酣畅，富有真知灼见。

牧之倾谈编辑工作体会，宏观上主要有 6 点：1. 社会效益第一；2. 出版家应该追求重大选题；3. 多出雅俗共赏的书；4. 一家出版社应当为打造"品牌"而奋斗；5. 勤于思考，善于总结，让创新保持始终；6. 策划选题、组稿，要倚重专家学者。微观上，他还特意附录编辑应注重的 10 件小事：1. 不用的书稿快退；2. 要切实做到图书成批装订前的样书检查；3. 编辑也要参与校对；4. 新书出来后要第一个送给作者；5. 要和发行部门多沟通；6. 责任编辑不要忘记写书评；7. 编辑要把自己放到适当的位置；8. 编辑要常逛书店；9. 不要迷信名人；10. 学会勤用工具书。以上 6 点体会及 10 件小事的每一句话，牧之都展述成数千字，有理论的提炼阐释，又有实践的生动例证，读下去，记得住，用得上。

有两个故事，过目难忘。一个事关组稿，一个事关书评。限于篇幅，略作述评。

那年元旦后，牧之在研讨会上碰见北大教授邓广铭先生，便主动向他约稿。又了解到邓先生对岳飞的《满江红》一词的观点与词学大师夏承焘的观点相左，便请他就此写篇文章。先生是大学者、大忙人。但感动于牧之的诚恳，先生应承春节后交稿。大年初六一上班，牧之和同室编辑黄克冒着风雪骑自行车去登门拜年并取稿。先生却完全忘了此事。牧之赶忙提议，为先生省点时间，下次改为我们来录音如何？那年头，录音访谈还是新鲜事。先生赞成。第三天，牧之和黄克又冒着风雪骑车去北大。先生见录音机立在那里，搓搓手，连咳两声，硬是讲不出来。牧之和黄克便当学生听课似的，诱导先生慢慢讲开，侃侃而谈。倒带回放时，先生听了很兴奋。回来后，牧之亲自整理录音，打字校对，再送先生审定。先生这篇文章《岳飞的〈满江红〉不是伪作》，发表在1981年《文史知识》第三期。因为这个观点是和词学大师夏承焘"此词不是岳飞所做"的观点辩论的，社会反响热烈。约稿，取稿，催稿，甚至"逼稿"，约稿见心智，风雪见真情。牧之对工作的执着、热忱、锲而不舍以及对作者的理解、关心和尊敬跃然纸上。

有一次，署里派牧之参加评价《白鹿原》会议。大多与会者认为，《白鹿原》一是有色情内容，二是政治方面也有问题。最后领导让牧之讲讲意见。牧之实话实说，先说接触和阅读《白鹿原》的过程。接着，坦诚己见："我认为，这本书是比较好的。"对书中确乎有些"色情描写"，他分析是"人物形象塑造和小说情节发展需要的"，并非"为写性而写性，不能说是色情描写"。并对比《红楼梦》《水浒传》《静静的顿河》《查泰莱夫人的情人》，"也有不少很原本的描写，都是反映社会问题的需要"。至于"政治问题"，涉及书中一位忠诚的共产党员，却死于自己人"肃反"中。牧之问道："这样的在革命斗争中间被误会的、被冤枉的也不是个别的吧？这也就是阶级斗争复杂性造成的吧？我说当然不写更好，不过，写了是不是可以体现革命斗争的艰巨性和复杂性？""会议最后的结论是，小说有些地方需要修改，但没说停止发行。"1997 年《白鹿原》获第四届茅盾文学奖。

四、做人修行与盛世修史

做领导也好，做编辑也好，总要做事，事在人为。这个过程，体现一个人的胸怀气度、品格风格、学识能力。做人决定做事。所以，砺炼修行是人生必备的基本功。书中虽然没有专题谈及做人的修养心得，但透过字里行间，仍然读得出牧之的人生抱负、情怀和憧憬，读得出他的价值取向、审美旨趣和专业水平，以及他对人生甜酸苦辣、担重负累的真切感悟，"人就是在受累甚至受委屈的过程中成长的"。牧之说"最喜今生为书忙"。忙是常态，喜是心态，今生是时间长度，最喜是追求高度。为书忙：忙出书，忙读书，忙写书。这种精神追求，实乃是人生修行的至高境界。

牧之的书香人生，若细究其香源，我觉得，主要源自六方面的长期修养：勤于学习；善于思考；敬业乐业；正直真诚；谦虚谨慎；与人为善，"尽力帮助大家把事做好"。

记得那年冬天，为广东旅游出版社拟出《梁羽生小说作品全集》（已购得版权）一事，我们专程上京请示汇报。牧之听完汇报，笑着说："梁羽生的武侠小说在海外很受欢迎，你们能得到版权是好事。但按出书分工原则，武侠小说不属于旅游社的出书范围，要出得由文艺社来出，在广东，花城出版社可以适当出武侠书。""花城社没有梁羽生的版权啊。"我想了想又说，"能不能让旅游社和花城社合作出版这套书？"牧之想了一会儿，嘱我们先回去商量商量，后来又嘱咐："这样吧，如果花城社和旅游社愿意合作出版，你们就发文来专题报批，不必再跑一趟。"我大喜过望。时值晌午，牧之请我们去署对面胡同的小饭馆共进午餐。窗外下着大雪，我心里却暖洋洋的……

说到中国书籍出版社策划出版的这套口述史，我要多说几句。"总序"中说出版"口述出版史丛书"，"既是一种非常强烈的现实需要，同时从某种意义上说，也是一种史学研究的创新"。我也觉得这套丛书不仅为出版界所急需，更为全国各地方兴未艾的修史热潮提供了一套新鲜的成功经验，

345

包括丛书宗旨和规划的制定，以及严密的组织工作，严格的实施规程和严谨的编辑作风。书中的采访提纲和提问题目精心设置，慧眼识珠，穷究细问，直叩心灵。这种口述笔录的史实，实事实说，随手写心，荡气回肠。尤其牧之这本新著，对于如何编好出好口述史类的专著，可以说是一部值得学习的样板。

诺贝尔说"工作使一切美化，思想能创造新的生命"。牧之还在想大事，干大事，总在为多出好书而牧之，令人敬佩。祈愿他不要太忙太累。恰逢今夜月正圆，我给牧之发微信致祝福：健健康康，多多保重。

2022 年中秋之夜

改革开放：粤港出版
合作的若干回忆

——《粤港澳近现代出版史论集》代序

　　读完金炳亮《粤港澳近现代出版史论集》这部书稿，感触良多。粤港澳出版界的密切关系与频繁互动，不仅仅是一百多年来的历史传统，更是近些年间的现实弘扬。毕竟这是一片特别的人文生态：山水相接，血脉相连，文化同源，语言相通。因此，潜心对粤港澳近现代出版史进行挖掘、梳理、归纳、研究，既做追根溯源的历史摸底，又作探索规律的理论提升，金炳亮为此著书立说，艰辛地做出了首创性、开拓性的系列工作，成果显著，令人击节。

　　的确，尤其改革开放，凡四十余年间，粤港澳的出版合作互动，无论广度还是深度，都呈现前所未有的发展局面。作为广东的一名出版人，我也恰恰是躬逢改革开放的参与者、见证者及受益者。既亲历过许多难忘的历史场景，也目睹了许多感人的现实细节。因此，很想藉此序言，尽我所见所知，说说此期间，粤港出版业尤其是编、印、发等主要方面，合作共赢的发展史实与有趣往事。

一、关于编辑出版

改革开放之初，内地出版香港作家作品，最早是广东人民出版社文艺编辑室（岑桑任室主任），于 1980 年出版了阮朗的《黑裙》及海辛的《寒夜的微笑》。1981 年文艺室分立并扩建为花城出版社，就设立对外合作编辑室，专司港台文学的出版业务，这也是全国率先之举。那时候，黄文俞任省委宣传部副部长兼省出版局局长，他制定的出版方针就鲜明地提出"立足广东，面向全国，兼顾海外"，并很放胆放手地鼓励我们：要充分发挥广东毗邻港澳的地缘、人缘、文缘的特殊优势，改革从我们内部做起，开放就先向港澳开放。因此，苏晨、岑桑、李士非、易征、范汉生、林振名、黄伟经、邝雪林等一群编辑名家，深受振奋，憋足一股劲儿，纷纷出谋献策。在"乍暖还寒"的氛围中，既有解放思想的勇气，又有成功突围的智慧，接连出版一大批港台文学作品，如金庸、梁羽生的武侠小说，琼瑶、亦舒的言情小说，后来还有柏杨的杂文、席慕蓉的诗歌。我任责编的有彦火游记《醉人的旅程》和原甸诗集《香港风景线》。港台书的印数动辄数万、几十万乃至超百万册，社会反响热烈。

林振名先生原是我们花城社的同事，移居香港后，创办香江出版公司，热心助力香港与内地的出版文化交流，热情接待许多旅港的出版界、文学界人士，及时编辑出版一系列内地作家作品，如戴厚英的三部长篇小说《人啊人》《诗人之死》《空中的足音》，后来他还重版了内地畅销书《健康忠告》（洪昭光著，广东教育出版社初版）。"香江"虽然是小公司，但对文化交流贡献不小。

　　1986 年盛夏，香港文友给王曼社长送来台湾作家柏杨的《丑陋的中国人》一书，王曼嘱我看看能否出版。我读了一天一夜，觉得全书着重批判国民劣根性，而且主要是批评人们的日常陋习，如"臭鞋阵""窝里斗"及"酱缸文化"等等，并未涉及政治体制。若能抓紧出版，当有助于解放思想，进一步清扫"文革"余毒，估计反响会很激烈。王曼即嘱我全权主持《丑》书的编辑出版。我们一边编辑发稿，一边向全国征订。总订数竟达 280 万册。为稳妥起见，我采取了以下措施：1. 删去某些敏感内容；2. 补写一则"出版说明"，如实表述编辑过程及出版意图；3. 注明"内部发行"，"仅供有关专家、学者及研究人员参考之用"；4. 总印数压缩为 210 万册，分两次印制，先印 80 万，后印 130 万。1988年秋天，当得知柏杨携夫人张香华，第一次回西安探望女儿，我带上《丑》书稿酬，专程赴西安亲手送给柏杨。柏杨大喜。我们还当即谈妥，由花城社编辑出版一本张香华诗集《千般是情》。为此，我遵嘱撰写序文《温香弥漫的华章》。

诗集于 1990 年出版。有关《丑》书的出版经历，2009 年 6 月我应中国出版科学研究所约稿，写成《花城版〈丑陋的中国人〉出版前后》一文，被收入《出版六十年·名著的故事》（2009 年，中国书籍出版社出版）。

说实话，有关港台书稿来源，最初通过民间渠道，大多为责编的港台亲朋好友推荐或代购。后来则得益于三联书店香港分店、香江出版公司、天地图书公司等牵线搭桥，或推荐版本，或联系作家。他们的热心热情，令人难忘！与此同时，我们也常受香港出版机构委托，代物色作者，代组稿或一审二审。据我所知，我们有些编辑，还受聘为港方的内地新书信息员，每月负责代购代邮最新上市的内地图书。凡此种种，可见拥护改革开放、参与改革开放，的确是我们发自内心的渴望与行动。

应该说，合作出版的起始阶段，双方的版权意识还较淡薄，不大注重合同协议的签订，只讲究对方看得上、能出书就好，双方合作十分愉快。记得 1980 年代初期，花城出版社与三联书店香港分店商定，联合出版《郁达夫文集》和《沈从文文集》，皇皇两大套各十二卷（另附一册"资料研究"）的精美图书，均由花城出版社苏晨率领责编林振名、邝雪林、叶曙明，前后历时四年多，深入省市图书馆，查阅搜集了大量文史资料，忙于复印，细做卡片，满屋子堆放着编书文档，工作极为繁杂琐碎。同时，也得益于聘请的有关学者、教授为编辑这两套大书作出的艰辛和贡献。这两套文集如期在粤港面市后，深得海内外文学界和学术界的好评。这过程中，双方并未讲究谁投资多，谁出力大，而是秉着精诚合作，确保质量而共担责任。对于作者稿酬等著作权益，我们倒是很上心维护。毕竟是作者心血，劳动所得。尽管那时稿酬标准顶多是千字十元，但我们尽量计足算够。只是由于人隔两地，常常未能及时付上。积压多了，我们惶恐不安。后来我分管对外合作。1986 年春节前夕，我策划在《羊城晚报》发半版广告，向读者作者贺岁道福的同时，向尚未领取稿酬的港台作家致以歉意，并如实列出一串书名及作者名单，诚邀他们速来联系。林贤治撰写的那句广告词蛮有诗意：花城赠你一枝春！

随着改革开放，赴港人士与日俱增，因此，我提议编辑出版一本香港导游读物，得到王曼社长的肯定，而且由他领着摄影编辑丹青和我，专程赴港组稿。这是我们第一次公务赴港，审批很严。临行前，还要接受纪律培训，并学习香港交通法规等等，并且严格细致到要学吃西餐，学穿西装（按当时规定，每人有七百元服装费补助），学打领带，搞得紧张兮兮。好在一到香港红磡火车站，就得到三联书店同行们的热情接待。午宴由肖滋先生做东，下午还开了座谈会。肖滋也不见外，直说内地出版香港旅游读物，正合时宜，大有必要。并富有经验地告知，在港组稿，找人不易，费时费力，不如改为此行专找资料，搜集图文，带回广州自己动手自主编撰。为此，双方当即敲定：由三联书店派梅子、彦火先生等负责在港联络协调，丹青负责摄影，我则要汇总资料及编著全书。

那是 1984 年初夏，整整半个月，我们在三联书店诸位编辑或香江出版公司林振名先生的带领陪同下，几乎跑遍全港的旅游景点，找遍许多书店及图书馆，拜访了香港旅游协会、著名酒店和主要交通部门。甚至他们还帮我们联系租用直升机，飞临维多利亚港上空，俯瞰航拍了美丽的港湾街景……那期间，时遇烈日，时遇台风，他们不辞辛苦，陪我们远足郊野，翻山越岭，去选景摄影。1986 年 5 月，我们最早在内地出版了香港旅游指南《带你游香港》。书名很亲切（易征命名），图文很生猛，甫一上市，就畅销全国。说实话，虽然封面署名我为编著，但全书委实凝聚着粤港出版同仁的心血智慧，更是粤港合作出版的共同成果和生动见证。在书末《爱我香港·后记》中，我写道："尤其香港旅游协会、三联书店香港分店和香江出版公司等热情地提供了大量图书报刊资料……这一切，使我鼓足勇气，连续奋战了半年的业余时间，终于编成此书。借此，我衷心地感激他们。"

二、关于印刷复制

1980 年，广东省出版局成立对外合作办公室，加挂出版进出口公司的牌子。起初是想主营图书进出口业务，但经营很困难。于是，他们想方设法，摸清行情，另辟蹊径，试探性开展承接港澳印刷业务：不敢接印香港书刊，只限于承印挂历、年历、通书之类。因为内地印工价格远低于港澳，所以业务大增。但也发现，部分文字涉及"运程"如"吉日、忌日、凶日"等迷信、敏感色彩，便请示局里。黄文俞局长思想比较解放，原则也很明确，他拍板定调：来料加工，照单印刷，如数交货，严禁加印内销。至此，撕开了一道口子，广东印刷业与港澳合作便由此起步启程了。这也是当时经济领域，普遍实行"三来一补""大进大出""两头在外"的基本策略，在广东印刷业的具体实践，得到了国家有关部门的肯定认可，后来广东省出版进出口公司独立经营，并加挂中国出版外贸总公司广东分公司牌子。

1980年代至2000年代，凡20年间，深圳、珠海、汕头特区及整个珠三角的招商引资，发展外贸，如火如荼。广东印刷业也迎来了最迅猛的发展机遇。由于地价低廉，用工方便，税收优惠，加之交通运输日趋便捷，港澳外资尤其香港印刷商家，纷纷北上置地，大兴土木，或整厂迁入，或创办新厂，形成了蔚然壮观的发展热潮。

久负盛名的中华商务联合印刷（香港）有限公司，作为香港印刷业挺进内地的先头部队和主力军，早在1980年代初就勇于探索，并在1988年与深圳有关部门合办了"深圳公司"，形成业务设计、制版、印刷、装订等综合能力的印刷公司，承印《紫禁城宫殿》《藏传佛教艺术》《国宝》《香港回归典礼》等大型精美画册。经过10余年的发展壮大，深圳公司成长为"广东公司"，建成国内最大型的商业轮转印刷基地及国内印刷业首个企业院校式的培训中心及配套设施，步入持续高速发展阶段。2013 年，广东公司年销售总额已逾 14. 63 亿港元，先后获评国家绿色印刷环境标志产品认证企业、国家高新技术企业、国家印刷示范企业、国家文化出口重点企业，2018 年获第四届中国出版政府奖，2022 年获首届广东出版政府奖。

1991 年落户于鹤山市古劳镇的港资"雅图仕"印刷企业，居然在西江边设有专用码头（走水运，可直抵香港），还有厂办的现代化消防车队及医疗机构，其鼎盛时员工达二万多人（据称，饭堂每天宰猪都要近百头）！这个"巨无霸"的印刷企业，拥有成片成片的现代化厂房及员工宿舍，远远看上去，俨然像珠三角的一座美丽小镇。他们承印世界各国的出版物，品种繁多，图书就有平面的、立体的、镂空的、可玩的、可吃的……单是印刷精美的手提纸袋，就占了美国市场的"半壁江山"。2020 年，虽受新冠疫情影响，雅图仕员工也多达上万人，年总产值 25. 20 亿元。

如同浪潮汹涌，难免无序。在发展初期，有些地方，求快心切，甚至不按《印刷业管理条例》办事，在未向省新闻出版局报批，领取印刷经营许可证之前，先发工商营业执照（规范的做法，应是通常说的"先证后照"），留下了管理隐患。2005 年 4 月，我们对全省印刷业"排查整顿"，发现1200 多家外资或合资企业中，仍有 46 家尚未持有印刷经营许可证。对此，我们逐一调研审核，发现它们：1. 虽未持证，却是一直遵规守法，从未有不良记录；2. 投资规模大，动辄数千万或数亿元；3. 员工总数近五万之众；4. 所印出版物都是照单造货，如数外销，从未加印内销；5. 皆为当地或海关的纳税大户；6. 设备一流，管理先进，印刷质量领先内地，如，首创高仿真宣纸挂历，承印国内最复杂、最精美的大型画册，连续几届荣获中国最美图书奖，等等。有鉴于此，为了实事求是地妥处历史遗留问题，我们还征求了当地政府及海关部门的意见，并专程上京如实地向新闻出版总署汇报请示，得到了柳斌杰署长的重视和指导。于是，我局在组织有关政府人员及印企负责人，参加学习《印刷业管理条例》培训班之后，召开全省印刷业大会，公开、郑重地向 46 家印企补发印刷经营许可证，确保全省印企持续健康发展。

与此同时，得益于公安、工商、物价与新闻出版部门的通力合作，坚持在全省光盘复制业开展扫黄打非，深挖地下光盘生产线，保持高压态势，强化知识产权保护，确保合法经营的全省近六百条光盘生产线名列全国第一，前些年的年产量稳定在 13 亿张（片、盒）以上。近年来由于互联网的发展普及，光盘生产大多转行了。

据统计，2020 年广东省印刷企业 16616 家，全年总产值 2552.76 亿元，从业人员总数 59.85 万人。活跃在改革开放热土上的这支庞大的印刷大军，不仅是广东出版业的主力军，也是全省文化产业的主力军。事实证明，广东不仅是全国第一的印刷强省，也是全球最发达的印刷基地之一。

为促进交流，增进情谊，感谢香港印刷企业家们，2005年2月，我带队赴港，举办粤港印刷业迎春茶话会；接着，香港印刷商会会长杨金溪带队来穗，召开"春茗答谢会"。这已成为惯例，每年新春，双方互访，走亲戚似的，你来我往，欢叙友情，共商发展。

同年9月，为落实省委、省政府关于泛珠三角（9＋2）发展协议部署，由我局牵头，联合闽、赣、湘、粤、琼、桂、云、贵、川共9省区及港、澳2个特别行政区的出版行政部门及出版集团和发行集团共同举办首届"泛珠三角出版论坛"。会期三天，先在穗开会，后赴港参观交流，并共同签署了《泛珠三角出版合作发展协议》等三个文件，由此标志着内地与港澳的出版合作更广更深。

发展总是带来机遇。但未料到，广东印刷业的迅猛发展，竟也催生了印刷会展业的崛起与兴旺。

2006年8月，基于对广东印刷业实力、分布及市场需求着想，我提议，以战略眼光和全球视野，力争创办一个全国性或世界性的印刷技术设备大型展览会。在具体参与策划中，我提出会址选在东莞，并主动邀请东莞市政府为重要的主办方。2007年4月，由中国印刷工业协会、中国国际展览中心集团、广东省经贸委、广东省新闻出版局、东莞市政府、广东省印刷复制业协会共同主办的首届中国（广东）国际印刷技术展览会（简称"广印会"），在东莞成功举行。广印会展出面积 8 万平方米，参展商来自 15 个国家和地区共1047 家，其中海外 268 家；海内外观众 10 万人次，有来自31 个国家和地区的 40 多个参观团组，来自全国各省市区的团组 50 多个，其中来自本省印刷企业代表 18000 人。2010年 7 月，广印会被《广东省建设文化强省规划纲要》列入全省九大文化会展之一，并确定为东莞市文化名城建设重点项目。历经三届发展，2019 年第四届广印展面积 14 万平方米，比首届增长 75%。参展商 1268 家，比首届增长 21.1%，其中海外展商增长 18.4%；专业卖家达创纪录的 20 万人次，比首届增长 100%；贸易成交总额 66 亿元（含意向成交额），比首届增长 32%。世界知名印刷设备器材制造商几乎全部大面积参展，如海德堡、高宝、惠普、小森、柯尼卡美能达、北正电子、天津长荣、博斯特、炜冈、乐凯、科雷等，参展厂商普遍反映取得了好于预期的订单和成交额。广印会以其壮观的规模和巨大的影响，一跃成为世界印刷第三大展、中国印刷第二大展。

第五届广印会正在紧锣密鼓筹备，将于 2023 年继续在东莞举办。

三、关于书刊发行

改革开放中，粤港书刊发行的紧密合作，同样充满敢闯敢试、敢为人先的勇气，取得了早改革、早发展的生机与硕果。

1980 年，经"深圳市革命委员会"批复，由深圳展览馆与香港博雅艺术公司联合创办的"深圳博雅画廊"，是深圳第一家中外合资的文化企业，于 1981 年 7 月 1 日正式营业。这家实际上兼营图书发行的实体门店，经营面积 2000 平方米，坐落在宝安旧县城的老东门附近。

别看当年兼营图书仅限于艺术门类，但那些引进外版的画册图集，包括城市建筑、路桥园林、橱窗展示、书刊装帧、美容服饰及家居装修等等设计类艺术读物，令人惊喜雀跃，恰如久旱逢甘霖，为史无前例的特区建设，从根本上注入美学的知识力量。所以常常是，读者抢购，排队付款。1983 年，深圳博雅画廊与中华书局香港分局联合主办首届"深圳书市"，进场读者 5 万人次。

作为深圳当年最具现代感、时尚性的文化平台和优势资源，大量名家书画通过博雅走向香港，走向国际，在业界享有"北荣宝（斋），南博雅"的美誉。博雅不仅是我国名家书画的主要集散场所，是特区文化发展的集体记忆，更是深圳文化享誉海内外的一块金字招牌。至 2018 年博雅实现了全资国有化，老品牌从更高的新起点出发，正焕发更蓬勃的新生机。

1994 年，深圳市新华书店成立益文图书进出口公司，成为全国地方出版外贸联合体成员单位，系全国新华书店首家图书进出口公司，也是深圳市唯一主营图书并兼营外贸的市属进出口机构。益文公司以弘扬中华优秀文化，促进文化繁荣与交流为宗旨，积极发挥中外文化交流桥梁与纽带作用，依托毗邻港澳的区位优势，提供快捷、高效、优质的订邮服务，为海外读者及内地读者推介海内外尤其是港澳台的最新图书。同时，还致力于扩大文化产品及非图书类进出口贸易。业务直接与国际接轨，网络遍及全球多个国家和地区，与数百家海内外发行机构、书店和出版社建立了密切的业务关系。作为益文公司多年打造的外文书店品牌——益文书局成立于 2006 年 9 月，以经营外文原版及港台版图书为主，是深圳市第一家综合外文书店。书局现有营业面积近 400 平方米，图书品种 1 万余种，并设有海外知名出版集团童书专架及《纽约时报》畅销书榜专架，紧跟海外潮流资讯，第一时间引进世界畅销图书。益文书局还为读者特别提供世界主流出版机构图书征订服务，成为连接深圳与世界的文化窗口。

粤港图书发行的全面合作，规模最大的，当数"香港新华书城"。

成立背景：1. 贯彻中央和我省关于"中华文化走出去"的发展战略，利用广东毗邻港澳，具有地缘、人缘、语源和文化优势的有利条件，在境外设立发行机构，逐步将内地出版物打入境外市场，香港无疑是"走出去"的首选地和外延发展的中转站。2. 香港长期使用繁体字，在一定程度上影响与内地的文化交流。"回归"后，香港与内地交流增强，普通话逐步普及，对简体字出版物的需求增加。在香港建设一个最大的简体字出版物书城，扩大简体字的使用和影响，既是当务的市场之需更是长远的战略之举。3. 香港合作方聪明影音公司为霍英东集团董事霍震宇控股。霍震宇先生合办香港新华书城的理念与我方相同，其合作伙伴有较丰富从业经验，有经营简体字版图书的热情，对香港图书市场比较熟悉。4. 香港新华书城建设于 2003 年立项，经过一年多的市场调研和筹建，经广东新华发行集团董事会、股东大会同意，并报省出版集团、省外汇管理局、商务部批准投资，香港新华书城有限公司于 2004 年 12 月在香港礼顿道一号正式开业。

书城管理：1. 粤方派出股东代表黄思铭、严小希，港方派出股东代表霍震宇、尹建文。2. 初期由港方主导管理。后因存在管理缺陷，经双方同意由省出版集团参与指导，省出版集团派出股东代表陈玉敏。广东新华集团派出股东代表陈志强、杨跃红、方端于常驻书城。

经营活动：香港新华书城，楼高三层，营业面积 3000 多平方米，书城内铺售书种包括 5 万种简体字版、逾万种繁体字版中文图书与英文及外文书籍，总册数达 15 万册，同时兼营文具、文创精品、咖啡店及店中店的业务，其间举办多种不同类型的文化活动逾 150 项。随着知名度和影响力的扩大，新华书城不仅是香港面积最大、品种最多的图书实体卖场，也是中外文化交流的重要平台，积极助力香港文化的建设发展。

由于亚洲金融风暴的严重冲击，加之香港楼市泡沫，致使场地业主不断要求提高租金，香港市场包括图书市场明显萧条，于是，2008 年 10 月，经上报批准，广东省新华发行集团退出香港新华书城股份公司。退出未必不是另一种进入。凡五年间，新华书城对繁荣香港文化出版事业作出的努力值得肯定。勇于实践"走出去"的探索弥足珍贵。

四、关于创办南国书香节和组建广东省出版集团

创办南国书香节和组建省出版集团，是广东出版业改革开放的战略举措。回想起来，筹办之初，这两件大事都与香港出版业密切关联。

1991 年 7 月，我和省新华书店总经理童自烈、花城出版社发行科长朱讯，去香港书展摆摊参展。虽然我们书摊少人问津，但整个展场人山人海，读者冒着台风暴雨排队进场，令人震撼。当时我就联想，广东人口比香港多十几倍，读者也更多。若举全省乃至全国出版之力，创办一个类似的群众读书活动，必定大受欢迎。灵感的萌生，令我很兴奋。回穗后，我就参照香港书展的经验，着手构思策划活动宗旨、实施项目及其冠名等等，并向周圣英局长作了详细汇报。周局长嘱我起草专题报告，呈送省委谢非书记及省委宣传部（有关内容，请见本书《我的文学和出版经历》一文）。谢非欣

然题字：改革开放，南国书香。

说实话，我为此读书活动命名为"南国书香节"，是基于如下考虑：1. 题名"南国"，可突破"广东"的地域局限，以更大的气魄和文化胸襟吸引全国出版界的参与和支持。2. 纵观全国全球的书市书展图书贸博会，直观强调的是图书销售交易，而忽视了她的本质意义，即传播文明，营造文化氛围。所以，我好不容易找到了"书香"一词（委实得益于台湾散文集《书香》一书的启迪）！书香浓缩了中华优秀传统文化的悠久芬芳，中国对读书人家历来有"书香门第""书香世家"等美称，虽然久违了（曾几何时，"老九"都"臭"了，何来"书香"），但现在来激活书香，无疑是"拨乱反正"，是对中华优秀传统文化的传承与弘扬！3. 称之为"节"，即是著书人、出书人与读书人共同狂欢的盛大节日。读书活动不仅仅是传统的"面壁""坐冷板凳"，现代人读书是愉悦心灵的精神充电，有声有色，相互交流，应该拥有共同的悦读庆典。

但未料到也有人质疑：用"南国"似有"台独"的意味。我反驳道：毛主席就有著名诗句"北国风光"，我们为什么就不能提"南国书香"？！

1992 年，为贯彻邓小平南方谈话精神，周圣英局长指示我们全面启动书香节的筹办事宜。当时，借了 10 万元做开办费，归还则要 20 万，头两届都按这个数上缴。万事起头难，再难我们都挺过来了。

1993 年 12 月 19 日上午，首届南国书香节在广交会流花展馆隆重举行。省委副书记黄华华作开幕致辞。

　　开幕当天下午，中央政治局委员、省委书记谢非亲临现场参观指导。谢非此行的历史照片，于 2018 年被陈列在"改革开放 40 周年大型展览"上。

　　书香节期间，举办了"好读书，读好书，读书好"的系列出版文化活动，如：毛泽东思想与中国出版业研讨会、中国图书走向市场走向世界研讨会、书香之夜交响音乐会、读者发烧友联谊会、评选读者最喜欢的十本书等等。

　　首届南国书香节特别设立了港台馆，吸引了港台出版商踊跃参加，共有 286 位来宾，光是台湾参展团就包揽了 50 个摊位。图书品种近两万种。按当时规定，港台图书原则上只展不销。但考虑到书已审阅，且参展商飞机来回、食宿酒店，花销较大。为减轻来宾负担，满足读者需求，组委会决定，同意港台图书现场销售。组委会还特意举办招待会，感谢港台出版商的热情参与。当年，港台馆的招商布展工作，由省出版进出口公司负责。香港联合出版集团做了许多推介动员工作。他们为支持书香节出了大力，帮了大忙。

　　展场火爆，人如潮涌。为策安全，公安部门增加安保，出版局也由处长们带队来轮值，并请来省出版技校师生，共同维护秩序。我嘱展场总管曾昭仁去买两套军被和手电筒，以便住在办公室，守夜值班。每晚临睡前，我俩就打着手电，去巡视楼上楼下的摊位，查看电源、消防设施。时值隆冬寒夜，却忙得周身飙汗。

有关书香节的盛况，国内外众多媒体作出详尽报道。《人民日报》连发三篇短评。《新闻出版报》刊发该报记者虹飞的长篇通讯，以《给文明插上翅膀——南国书香节启示录》为题，开篇评述道：

> 好一方沃土，得改革开放风气之先。
>
> 1993 年 12 月 19 日—26 日南国书香节期间，位于广交会会场中占地 6500 平方米面积，摊位 320 多个的销售场所，陈设图书达 7 万余种，共计接待读者 56 万人次，图书销售额为 920 万元，订货额 1300 多万元。参展省区市 20 个，还有港台等地区，计有出版发行单位 300 余家，来宾 3000 余人。
>
> 无疑，上述数字显示了成功。南国书香节的成功，深究其重要原因：天时、地利、人和，关键是改革开放，敢为人先。

经过近 30 年的培育发展，尤其在广东省委宣传部直接领导下，省出版集团和发行集团精心组织，锐意创新，使南国书香节不仅成为广东的文化名牌，也是全国全民阅读活动的闪亮品牌，成为全球最大的华文书展。近三年，即便受新冠肺炎疫情冲击，南国书香节分会场却遍及全省 21 个市，澳门今年也办了分会场，连同网上书香节，其影响已超越岭南千家万户。进场人次，已在全球书市书展中名列前茅。明年是南国书香节创办 30 周年，广东出版界正携手全国出版同仁积极筹办更大的文化庆典。

下面说说广东省出版集团组建情况。

1999 年 6 月，为贯彻"文化体制改革"精神，广东省新闻出版局党组在筹建省出版集团之初，决定兵分两路：一路由吴至强局长带队北上，去有关省市调研学习，并去中宣部、新闻出版署汇报有关构想，了解领会文化体制改革的目标方向和方针政策；一路由我带队南下香港，去香港联合出版集团拜师取经。

此行香港，得到香港中联办有关部门的具体指导和联合出版集团的盛情接待。著名出版家、联合集团名誉董事长李祖泽博士，集团总裁、董事长赵斌和副总陈万雄等，几番和我们座谈交流，详细地介绍集团的组建模式及发展经验。

联合出版（集团）有限公司是香港最大的综合性、多元化的出版集团，于 1988 年在数家历史悠久的著名出版机构，如三联书店、中华书局、中华商务印书馆及新民主、集古斋、万里、新雅文化等的基础上组建而成。集团拥有全资子公司三十间，员工六千多名；业务以图书报刊出版、发行、零售业和印刷业为主；同时经营多媒体电子产品、唱片音带、文物书画、文具邮票等。扎根香港本土、服务全国包括澳门、台湾，业务遍及欧美。积极参与香港出版总会、图书文具商会等活动，与一大批专家学者结下深厚情缘，出版一大批好书；举办中国文化主题展览等，深入社区和学校开展售书公益慈善活动，推广阅读文化，并正在全面介入电子出版及电子商务，致力打造一个新型的现代文化传媒企业。

两路人马回穗，南北经验汇合，我们较顺利地制定省出版集团组建方案，并按照《公司法》和现代企业制度，设置董事会、经营班子和监事会。省委、省政府任命我为集团董事长，黄尚立为总经理。新闻出版署批准确认，广东省出版集团为全国出版体制改革首家试点单位。

1999年12月22日，广东省出版集团有限公司正式挂牌成立，出席大会的领导嘉宾有：于友先、杨牧之、石峰、张小影、黄丽满、李兰芳、李祖泽等。

2003年10月，我主持局党组会议，决定除保留广东出版技校之外，其余所有的局属企事业单位包括广东新华发行集团、广东新华印刷厂等等，连同国有资产，全部成建制划入省出版集团主管，至此，省局主动彻底政企分开，政事分开，省出版集团成为编、印、发一条龙的大型集团。

写下以上大大小小的往事，记录点点滴滴的素材，既是对自己的经历有所回顾梳理，也想为历史研究者和著作者提供一些借鉴参考。金炳亮这部《粤港澳近现代出版史论集》内容多与粤港澳出版有关，使我对历史上粤港澳出版的关联性、密切度有了新的认识，比如书中写到，在中国共产党领导下，粤港澳出版人为了民族独立和解放，为创建新中国的新闻出版事业而不懈奋斗的光荣历史，尤其令人印象深刻。

书中写及的黄文俞、杨奇、黄秋耘、岑桑、罗宗海等等新闻出版名家，也是我的老领导，所以读来倍感亲切。不足之处是在时间跨度上，21 世纪这二十多年书里没有写。历史证明，包括改革开放这四十余年，恰恰是粤港澳出版业合作共赢，最为迅猛、最为兴盛的发展机遇期，出版交往空前频繁密切，成果丰硕，令人瞩目。可以写、值得写的也数不胜数。所以，我不揣浅陋，在前述大篇幅地写及改革开放中粤港出版业合作发展的相关内容，权当补充，聊供参考。书中另一个不足是，新中国成立之后的港澳出版业态几乎没有涉及。其实，1949 年以来的港澳出版，对港澳地区的文化建设发展和中外文化交流，发挥了非常重要的作用，可谓功不可没。像金庸（查良镛）、李祖泽等著名出版家，即使放在整个中国出版史，都是不可遗漏的名家大师。

我认识金炳亮三十多年了，他勤奋好学，做事认真，在不同岗位都有过人业绩，在广东出版界很受大家认可。他在业余时间研究出版史，把他历史学的专业背景与编辑出版的从业经验结合起来，写出来的文章有史料有细节，也有精到评析。这是他对出版界的新贡献。这些年，他每有新作，总是赠我分享。我偶有习作，也请他指点。过去我们是同事，现在是文友。我期待他在出版史领域继续深研广拓，祝福他佳作迭出。

2022 年 11 月修改

附录 各有所见

三位专家的鉴定书

本书作者小语：2002 年，对本人申报编审的送评作品，岑桑、雷达及程文超先生均作出书面鉴定，现原文首刊如下，并借此向三位专家敬致深切感念！

岑桑鉴定书

《大西洋拾"贝"》是陈俊年参加"中国出版发行代表团"到德国考察贝塔斯曼集团所写的一篇观后感。读后深感作者对这个举世知名的传媒王国的考察，绝非流于皮毛。而是真正掌握了它之所以取得巨大成功的要领，并结合我国出版业现状进行反思，从别人的成功经验中得到启发和有所借鉴。因此，这篇短文虽被作者谦称为观后感，但远非泛泛之谈，而是一篇对我国出版业大局了如指掌，有思想、有见地的综论，从中可以看到，作为我省出版界处于高位的领导者洞悉全局并有所期待的目光和抱负。

本文作者从事出版工作多年，由普通编辑累升至广东省新闻出版局副局长，又调任广东省出版集团董事长，对我省出版事业作出过重要贡献。在任职图书处处长期间，代表新闻出版局具体指导我省图书出版重点工程"岭南文库"的创办事宜，并作为这套丛书的编委，参与全面策划和厘定选题，为这套在全国开先河并荣获第三届国家图书奖的地域文化大型丛书的问世，起到重要作用。

本人认为作者完全合乎晋升编审条件。

岑桑（签名并加盖单位公章）

2002 年 7 月 20 日

（作者系编审，中国作家协会会员，历任广东人民出版社社长、广东省作协副主席、《岭南文库》执行主编，荣获中国韬奋出版奖、广东省文艺终身成就奖。2022 年去世。）

雷达鉴定书

作为资深编辑、散文家陈俊年，在以主要精力从事编辑出版事业的前提下，多年来坚持业余写作，取得了引人瞩目的成绩，与编辑出版业务相得益彰。已出版散文集四部，另有诗集、报告文学集等。

　　纵观陈俊年的创作，我以为有以下突出特色。第一，他与时俱进，视野开阔，关注现实，对大时代的变动充满敏感和热情。因而他的文章虽从小处入手，写凡人小事，但总能感到活动的时代脉搏，浓烈的生活气息，富有动感、节奏感、现场感。像《深圳初夜》《家住天河》式的作品，以小喻大，有很强的概括力量。第二，陈俊年善于捕捉含义丰厚的生活瞬间，挖掘其意义，生发其思想，引发对生活和人生的广泛思考，显示了独特的视角，如《专煲电话粥》《会笑的红灯》，切入角度就非常巧妙。第三，在语言和文体上，陈俊年也有个性，诗歌的简洁和色彩感，民间流行语汇的智性，以及会心一笑的幽默，他都拿来，汇成一种只属于他的风格化的明快的语体，非常符合他的表达方式。陈俊年是一个带着微笑看生活的人，这使他的文风明朗坦荡，素朴质直，实际是作者人格的一种外化。总之，陈俊年已在创作上达到较高的境界，在多种文体中进行过多种尝试，作为一个编辑出版家，这是难能可贵的。

雷达（签名并加盖单位公章）

2002 年 7 月 18 日

　　（作者系文艺批评家、散文家，中国作家协会创研部原主任，中国作协第九届全委名誉委员，研究员，博士生导师。2018 年去世。）

程文超鉴定书

陈俊年同志提交的两部著作（《有龙则灵》《初夜》）比较全面地反映了他在报告文学创作和散文创作方面的独特成就，同时也充分体现了他在选题策划、编辑出版方面的敏锐眼光、深厚功底和杰出才华。两部著作都达到了编审水平。

《有龙则灵》是陈俊年同志改革开放 20 余年来的报告文学作品结集。全书 19 篇优秀报道，从最早写于 1978 年的《"广东蛇药"诞生记》到近期的《仰望阳山》，都饱含着他对"大写的 20 年"可贵的激情体验和理性思考。这些作品，敏锐地抓住了广东身处改革开放前沿阵地的独特之处，全方位地记载了广东 20 年来所经历的翻天覆地的伟大变革。这些记载，既是忠实的，朴素的，又是大手笔的，充满理性思辨色彩的，贯穿着陈俊年同志对中国社会现代化转型过程的深刻思考。另一方面，这些作品又将饱满的笔触延伸到大时代变革之下个体的内心变化上。在高德良、吴秀荣、肖明礼、微音这些改革者的故事里面，我们可以贴切地感受到时代激荡下一篇篇动人的生命乐章。这些普通人的追求与超越、欲望与激情、痛苦与欢欣，共同构成了一首大时代的磅礴澎湃的颂歌。在这两方面，《有龙则灵》取得的成绩是显著的。这类优点，在散文集《初夜》里也得到了很好的发挥。《初夜》无论写 70 年代末他初到深圳特区的奇特感受，还是写家住天河的所见所感，都很注意以小见大，着重发掘人们观念的嬗变与律动，捕捉时代激动人心的进步。因此，我们可以说，这两部著作是为广东的文学创作增添了光彩的。

更为重要的是，从两部著作里，我们可以发现，陈俊年同志不仅是优秀作家，更是优秀的编辑家。其作为优秀的编辑家的功底和才华表现在三个方面。其一，是他作为编辑的卓越的选材眼光。《有龙则灵》的各个选题，都具有高度的时代敏感性。《"太爷鸡"与探索者》写改革开放之初个体经济的崛起，《羊城晚霞》写《羊城晚报》姓"羊"姓"晚"同时又姓"党"的探索历程，《仰望阳山》写扶贫，都是大众和读者热切关注的。同时，他很善于把握社会普遍的情绪及心理并将之巧妙地化入自己的立意和选材中。其二，是他作为编辑组织材料的出色能力。他从不使用与广大读者审美趣味不合的叙述技巧。这充分显示出他在组织材料时，对读者趣味、爱好和习惯的重视，以及他对书刊发行、市场需求的周到考虑。其三，是他作为编辑与时代、社会之间的良好协调关系。《有龙则灵》《初夜》里各篇文章之间的时间跨度达 20 年，但今天读来并不觉得"隔"，相反，字里行间的时代气息、幽默感仍是扑面而来。这反映出他与时代、社会之间具有一种良好的沟通与协调的关系，这既包括他对读书界文化趣味、审美注意力的转变的高度敏感，又包括他对更大范围内社会文化思想变迁的积极关注。所有这些，都显示了他作为资深编辑出色才能的某些重要方面。

综上所述，我认为陈俊年同志已完全达到编审水平，特郑重推荐他晋升为编审！

程文超（签名并加盖单位公章）

2002 年 7 月 23 日

（作者系中山大学教授，博士生导师，中国新文学协会原副主席，广东省作协原副主席，广东省文艺批评家协会原副主席。2004 年去世。）

家国情怀出好诗

杨牧之

　　俊年兄是我的老朋友，在报刊上也常见他的诗文，但没有想到，他的诗集《南风的祝福》（广东教育出版社 2021 年12 月出版）竟然收录了 120 首诗，时间跨度整整长达五十年。钟晓毅先生为诗集写的序，第一句便是"陈俊年原来首先是诗人"。这"原来"和"首先"二字，令我与钟先生产生了共鸣。我读过俊年的报告文学，热烈歌颂广东的改革开放；我读过他的散文，写不夜的珠三角火树银花；这回读到他的新诗集《南风的祝福》，格外欣喜。诗言志歌咏言。请看他的《你来春就来》：

举一盏灯

照夜海

接一滴雨

湿情怀

裁一段云

托梦去

乘一匹风

捎上爱

牵一道青山

化为桥

掏一片真心

等你来

等你来

你来春就来

春来心花开

　　这是 2020 年春节期间大疫泛滥之时，俊年为广东援鄂医疗队而歌。他情意深长地赞美医疗队员给人们带来了春天，他的情感，他的心，和灾区人民一起跳动。

　　我很喜欢他写的日常生活的诗篇。看看下面这首小诗：

说出来

无人信

新书包

是婆婆

亲手缝

图是哈宝画的
线是爸妈采的
布是公公裁的
婆婆正在合成

书包不大
只放课本汗巾
书包不小
装满家国深情

我仿佛看到一幅画：公公、婆婆，爸爸、妈妈，哈哈、嘻嘻，都在为即将上学的钉钉制作书包（哈哈、嘻嘻、钉钉是俊年的孙辈）。"纳三代人的心愿""装满家国深情"。

他写山写海写潮汐，写日出日落，写故乡写大地，写四海风云……辽阔的胸怀。但这些抒发个人情怀的诗篇，铺展出心灵的喜悦和对生活的热爱。

真让人感动。《新书包》这是一幅全家乐、合家欢呐！

很多年前，我拜访过俊年的家。这么多年过去了，别的我都忘记了，但老岳母的笑脸，嘻嘻哈哈楼上楼下跑着，还见到了俊年的夫人，一看便觉得是个贤惠的妻子和妈妈。后来我才知道她在一个协会任职，不像。温和质朴，热情大方，不是我脑中那种严肃地布置工作的女干部模样。

俊年的诗与他家的和睦欢乐的气氛，多么一致。

去年10月，他们全家游珠海淇澳担杆岛。他给我发过来诗和照片，眼前又一次看到了他们一家人。

诗写道：

民宿淇澳岛，鸡鸣起床号。

风染红树林，露亮绿水桥。

湿地润心田，骑行追海潮。

囡囡饰龙女，公公扮海盗。

提得鱼虾归，满街海味飘。

岛小名气大，环保当前哨。

担杆横深海，挑出秋阳照。

这首诗写于去年10月，其时大概《南风的祝福》已付印，似乎没有收进书中。

我心里高兴，立马回一小诗，顺口溜，表达我的羡慕之情：

淇澳有俊年，龙女护两边。

哈哈何欢乐，嘻嘻跑得欢。

鱼虾来庆贺，海盗亦变贤。

满街飘海味，可是在人间？

几天前，俊年又给我发过来哈哈的画作：《猫》，还有钉钉祈祷的照片。钉钉说，闭上眼睛，对手中的面团说句心里话，面团就会很好吃了。我相信钉钉的祈祷，一定会很灵的。还有雕塑家女婿获奖作品目录。最后发来一帧俊年与夫人的合影。

哇，好精神！十余年未见了，他们还是那么年轻、潇洒，洋溢着阳光般的快乐。照片中二人的背后是绿树、青山、瀑布，我立即凑了四句话发过去：

青春靓丽正当年，
女织男耕赛神仙。
万年流水千年树，
栽得菩提在人间。

借以祝贺《南风的祝福》的出版，我想，这快乐、和睦的家庭，这种精神气氛鼓舞下的善良之心，大概是俊年诗作喷涌而出的源泉吧？

2022 年 1 月 9 日

（作者系编审，《中国大百科全书》第三版执行总主编，原新闻出版总署副署长。主要著作有《编辑艺术》《论编辑素养》《我的出版憧憬》《关于出版的思考再思考》《我的出版之路》等。）

《南边的岸》颇值玩咂

黄树森

情感链思想链，链链勾连，营造一种境界

俊年放笔直干，纵情挥洒，以广东一连串地级市名无不在水一方，带水成名入题。进而状写广州、梅州、惠州，貌似无水，但那"州"字中间的三江为"川"，一一穿城而过，诠释得当而富情致。复又以故土和平之巨变，清远挂职之亲历游弋其中。感受、体验、憬悟与土地、历史、时代同在。情感链思想链一经撞击契合，便萌生一种境界，一种沉湎，一种回味无穷的文化、哲学意境。引领我们穿过近代广东——现代广东那悠长而幽深的历史隧道。

广东的"城是水做的"。水而生岸。岸而成史。

岸的映象，活脱出岸的本体，岸的绝代风华。

382

历史的乳汁养育滋润岸边的每一片绿叶都满怀根的情意。让我们感受到珠江岸边的现代化真正君临天下时，给国人和人类社会醍醐灌顶般的冲击和震撼。

昆德拉曾悲痛地说："生活在别处。"那别处，那已离开了的彼岸、家园、土地，令他难以忘怀。失去文化母体和生活家园的精神搏击，就难以承受那份"轻"了。

南边的岸，"承受历史之重"。话挺机敏，且有嚼头。近代的裂岸惊涛，"文革"时又变作阶级斗争的固化防线，即便《岸边激浪》《南海长城》，也历经火药味的熏陶。"承受生命之轻"与"承受历史之重"，牵惹着人的无尽思绪和遐想。

岸，有了灵性，有了生命，就有史的意义在。

岸上的一切辉煌灿烂都是历史筑成。岸上的一切参天古树都是苦水浇灌。

切断历史脐带，也就切断了人的感悟认知之路。

散点凝聚，集成信息，凸现一种张力

生活选择视点，艺术感悟触角，作者的视界是奇崛的、新颖的、细密的。散发式思维，多思路地在历史和时代的相激相荡中不断转换思考视角。海，海之门，海之岸，乃至"没有统一的发源地，也没有共同出海口"的珠江，然后集中、收敛于珠江的品格、禀性和"满腹力量"："垂手可掬"

"务实睿智"，既"不大肆张扬"，又"不大抛浪头"。柔丽、清爽、舒快、自豪。城市个性，在多元包容的文化态势中彰显凸现。鄙意以为，作者深得岭南文化之精髓，那就是：①"游水的"——酸甜苦辣/鲜味为上；②"咸淡水"养殖——"基围虾效应"/兼容为大；③"咸甜相间"互补——"莲蓉月品格"/错位为高。

隐起、漏空，文采粲然，妙得一种攻略

"城市是水做的"，"浩浩'威水'"，"岸也变成新的诗行了"，"多有见识多感悟，多有艳遇多惊喜"，"拆除了落后与丑陋"，"堤岸上长出笋盘楼花"，"清远不远"，以至广州"骑楼"，梅州山歌"五句板""尾驳尾"，初恋者"旱禾见水心就生"，热恋者"打生打死做一堆"，珠江两岸"互为活动景，两相看不厌"。妙语、俗谚、民俗、民风、诗情、诗境穿插其中，使文章陡然生动起来。两张牌，都打得很靓。中国文化，在心理积淀和思维惯性上，患着一种极难医治的虚悬化、极端化顽症，纵情于假、大、空，而鄙薄于怀疑与批判；热衷于歌功狂欢、盛世辉煌，而恐惧于"危机意识"和"忧患意识"。有弹有赞，有张有弛，这三张牌，打得最劲。这岸，少了飘动的风帆；少了艇仔粥；少了"雨打芭蕉""平湖秋月"的音乐；少了百看不厌的、具有整体美感的标志建筑。诚哉斯言。展示出一种别有洞天的力度和况

味。某也有同感。比如，"广州兰桂坊""广东周庄""广州外滩"之类的表述，平庸寡淡，味同嚼蜡。广东"年桔"，几年内估计要大举"北伐"；佛山，已有人穿着黑胶绸招摇过市。广东文化资源开掘，只开了个头，大把事要干。有此一笔，文章的附加值大幅飙升。

2003 年 4 月 8 日

（作者系广东省文艺批评家协会首任主席，"粤派批评"的重要代表，获广东省鲁迅文艺奖、广东文艺终身成就奖。代表作有《题材纵横谈》《手记·叩问》《黄说》《春天记》，主编《当代文坛报》及图书《广东九章》《深圳九章》《东莞九章》《广州九章》等。）

闻弦歌而知雅意

——陈俊年印象

章以武

陈俊年至今依然人见人爱，圆脑袋、娃娃脸、薄嘴唇、笑嘻嘻，思维敏捷、睿智风趣，年过七十，又患夜盲症。虽未到目瞽跛足的程度，但上下石阶得有人搀扶。

然各种文坛聚会常见他的身影，且发言"猛料"频爆，引笑声迭起。一文友道：陈俊年心里有一团火！

陈俊年爱用脑，三句不离本行。

他对我说：

"老哥，我是从粤东和平县大山沟里走出来的。1968 年参军，是湖南省军区业余宣传队的创作员，学'码字'，从'三句半'开始。复员后，入读华南师范大学中文系。

"毕业后有幸迈进花城出版社门槛，遇到了易征、岑桑、

386

苏晨、若丁这些长辈、老哥的教诲，才使我一天天成长。我感恩知足，我是一个惜福的人！

"你几次三番要为我'画像'我也无法拒绝。要说很能展示我审美个性的作品，是 1986 年金秋十月，独自骑自行车采访连接广深的、中国南部黄金大道——广深公路（当时还没有广深高速），我一连写了 10 篇散文——《广深走笔》，在《羊城晚报》上连载。"

1986 年金秋十月，陈俊年独自骑自行车，从广州黄埔出发至深圳南头，进行为期七天的广深公路沿途采访，边走边写边寄文稿给《羊城晚报》。

我道："你是集大气才气灵气勇气于一身。"

俊年笑答："过奖了。那时，我三十出头，凭一股蛮气倒是真的。"

南方 10 月，骄阳逼人，风雨莫测。陈俊年在车头插了一束痴红的勒杜鹃，以祈此行吉祥。一路上，流水般的车辆轰鸣震耳，但有花香蒸腾，心情蛮好。

他踩车至离东莞市区六公里处的偏僻乡野，在一间路边店采访。正午的阳光碎片跌落肩头，他与青年店主互递香烟，聊得颇投机。

那间路边店连个招牌也没有，孤零零地兀立在公路右侧，是以竹子支起来的矮棚，上盖甘蔗叶，下露黄泥地，店堂约摸七米见方，货架上汽水啤酒糖果饼干卫生纸一应俱全。

陈俊年问，这里做生意有顾客吗？对方答，偏僻有利于独家经营，独霸一方。看来店主颇有"战略眼光"。

店主还说，这里大半年是夏天，饮料要备足，不能只卖易拉罐可乐，司机驾车要提神明目，所以菊花茶、人参茶最受欢迎。

东莞米粉是本地特产，物美价廉，外地司机喜欢，成箱成箱地买。一回生，二回熟，烟台过来的司机将苹果成箱成箱地捎过来，大家赚一点，每斤苹果能赚5角钱。这间路边店每月赚五六百元不难。

陈俊年告诉我，这位小店主有点现代经营管理的头脑，所谓经营意识、竞争意识、搞活意识，不都闪烁在他的言谈中吗？市场一开放，观念一转变，路边店也有了新气象。

陈俊年在东莞采访时，发生了一个耐人寻味的故事。

那时，凭花城出版社记者证，走到哪里就住到哪里，住乡镇招待所。落脚东莞长安镇那晚，半夜1点有人来查房。他们怕陈俊年是假记者，说记者都是市委宣传部用车送过来的，从未见过骑自行车来的。陈俊年笑答："你十天后在《羊城晚报》看我的文章。"

结果，在系列散文中，陈俊年为东莞长安专门写了一篇《南望长安》。

后来，长安镇负责宣传的头头说："这位陈记者很有水平，很有干劲，很独创，我们不能以老眼光对待新事物。该请他饮早茶！"

广深沿线，外来的打工仔打工妹，少说也有六十多万，光东莞就超过二十万。那些打工妹，个个豆蔻年华，十六七八，紧身牛仔裤，柔姿衫。

陈俊年告诉我，东莞常平镇，本地人口两万多，四面八方来打工的就超过一万，他们冲破地域阻隔，不安于贫穷、死守一方，而是四处出击、八方谋生、开拓人生未来。

有一个皮革厂的打工妹，语出惊人，她道："我是来'偷师'的，两年时间学会皮革加工的全过程。我们老家，有的是牛皮羊皮。我学了本领回乡之后自己开个皮革厂当老板。"

在《广深走笔》中，还有《香港来的"插队落户"者》，记述了曾经的偷渡客，乘改革开放之风返乡创业，尝到甜头。

《超负荷的交通与管理》《大时代的礼赞》《南方流行语汇》等等这些直面广深公路的书写，展示了呼啸而至的新生活图景，留下了上世纪八十年代南方大动脉的呼吸与身影，而且昭示了社会主义市场经济的魅力。

2018年12月18日，《羊城晚报》刊发庆祝改革开放四十周年专版，编者按语指出：在《广深走笔》系列散文中，陈俊年首创"打工妹"的亲切称谓，后被社会上广泛采用，并引发了打工题材的电视剧创作热潮。

闻弦歌而知雅意，一个作家的思想境界，决定了他文章的高度。陈俊年于散文林中，射出了一支支响箭；而他的诗，也是让人啧啧叫好的。

一晃，已七老八十了。不过，在我心中，陈俊年仍是少年——

鲜衣怒马，归来依然是少年！

2021 年 8 月 8 日

（作者系教授，中国作家协会会员，广东省作协原副主席，广州市作协原主席，获广东文艺终身成就奖。代表作有电影剧本《雅马哈鱼档》，电视连续剧《情满珠江》《南国有佳人》，话剧剧本《三姐妹》，文集《章以武作品选》《当代岭南文化名家章以武》（小说卷），散文集《风一样开阔的男人》，中短篇小说选《朱砂痣》。）

喧哗与骚动

——陈俊年散文阅读札记

黄红丽

　　在岭南文坛多彩的风景线上，陈俊年的散文创作可谓独树一帜：他自创作伊始，便一以贯之以一种自觉主动的姿态，切入当下生活，讴歌改革开放中涌现出来的新人新事新观念。可以说，他真诚地记录了这个时代的光和影、笑和泪、喧哗与骚动。陈俊年编辑记者出身，敏感于"现在时"当是职业操练之后生成的一种本能，而他的散文有相当多的篇什，也带着现场目击的快捷与鲜活。然而，陈俊年的散文在吸纳记者型散文的优点的同时，并没像某些短命的"时文"一样，因时光的流逝而减弱它的可读性，而是常读常新，这可能得益于陈氏观念的相对超前以及他对语言不遗余力的锤炼。文如其人，陈氏的散文语言活泼幽默，流畅自然，警语佳句迭出，让读者在会心一笑中享受一种酣畅淋漓、妙趣横生、且惊且喜的阅读快感。陈氏散文虽注重以情感人，但不乏一种哲理的闪光，一种境界的提升。

之一：真性情与平常心

在诸多文体中，散文可能是最见作家个性的。它厌弃伪饰，是作家灵魂的坦露。因此，在散文的创作过程中，写作者的学识才情、胸襟气度、性格品味影响着文章境界的高下。

陈俊年虽为文化官员，然文章没有丝毫的纱帽气，这已是相当的难得。让人惊喜的是陈氏散文有一种话家常式的亲切，正如饶芃子教授所说的"使人感到他和对象之间没有隔膜"，这或许因为陈氏是以诗人身份闯入散文领域的，诗人那一颗赤子之心便一直跳动在那一簇簇并非押韵的文字中。几个月前，我读罢陈氏的散文新著《初夜》，不禁叹曰："真性情中人也！"

作家的个性往往在潜意识中规定他的文学选择。时下风花雪月、名人隐私、暴力色情这些文化快餐充斥于铺天盖地的报章杂志上，陈俊年却丝毫没有沾染上时髦的世纪末毛病，他一直近乎执拗地坚守着自己的精神家园，始终关注着芸芸众生的平凡事迹和情感历程，这种平常心在这个浮躁的年代显得尤为难能可贵，同时也可见出作者性情的真诚与品位的高洁。从"龙潭里的民工"到"天堂来的木匠"，从广汕公路路边的小店主、长江客轮上的播音员到作者故乡那一群不知名的乡土诗人和业余作者，陈俊年的视域里一直活跃着那些平凡的小人物，这些小人物品性的闪光及他们的一点点成绩都会引起他由衷的激赏和强烈的共鸣，他为他们呐喊，为他们击节。而这些小人物生活的艰辛以及他们对命运的抗争则更使陈俊年牵肠挂肚，彻夜无眠。陈氏对他笔下小人物的体贴真是让人感动。

陈氏的平常心还弥漫在他对身边琐事的描撰之中。乔迁、陪读、健身……这些作者所体验的喜怒忧乐，我们都会或多或少或深或浅地体验到。周作人说"琐事难写"，但人与事既是平常，普遍性则更大，更能使读者引为同调。一篇"陪读"，是一出感人的家庭悲喜剧，这样的剧本相信在许多家庭都会上演。孩子的天真与压抑，父亲的苦心与无奈，都表现得淋漓尽致。而篇末一连串的问题："陪读何时了？陪读如何陪？不陪又如何？"则把学校与家庭教育这个具有普遍意义的话题引向更深的层面，文章了犹未了，其味无穷。由于作者在描摹生活琐事的同时，注重一种人物精神面貌的表达，一种社会人性的深层开掘，使得作品不致因描写琐事而流于琐碎。同时，作者那种带着热情的微笑看待人生世界的态度，保证了作品美好底蕴的产生。

之二：品尝这道"精神粤菜"

作为广东的一位文化官员，陈俊年可谓尽职尽责，守土有方，他不仅在大小会议上呼吁新闻出版界多出精品，且身体力行，亲自捉刀下厨，以南国的"生猛海鲜""佳果时蔬"，炒出一盘盘色香味俱全的"精神粤菜"，煲出一锅锅让人回味无穷的"老火靓汤"。下面我们将细细品尝陈氏用他纯青的炉火烩制的这道"精神粤菜"。

改革开放以来，经济的迅猛发展使广货北上成为一种事实，有人戏称这是一次"经济北伐"。相对于经济的发展势头，广东的文化似乎处于滞后的状态。因此前几年有所谓"文化沙漠"之类的讨论。事实上，广东的文化人一直在默默地构筑着有岭南特色的文化大厦，只是作为一项巨大的文化工程，它不可能像粤菜一样短时间内占领全国的饮食市场。建设与经济发展相配衬的文化工程，岭南文化人任重道远矣！

陈俊年散文创作的地域特色相当鲜明，他的几本散文集均主要以广州及珠三角为抒写对象，真实而生动地展示改革开放大背景下岭南这块热土的人和物、情与事。《专煲"电话粥"》围绕电话的今昔变迁，从一个侧面巧妙地表现了改革开放给民众生活带来的巨大变化，其中有纵的历史交代，又有横的世态人情的摹写，而行文流畅，不枝不蔓，娓娓道来。《深圳初夜》以作者亲身经历的一个惊心动魄而迂回曲折的夜晚为我们保留了一份鲜活的历史档案。《家住天河》及《赤岗那个地方》则分别通过展示一个社区的衣食住行来揭示广州这个南方大都市的改革历程；其中有真诚的礼赞，有轻松的调侃，有善意的批评，把一个难写的题材写得如此轻松自如，妙趣天然，确实需要深厚的文字功夫。有时，陈俊年还像庖丁解牛一样，以一组集束散文解剖同一事物的方方面面，《广深走笔》即是这样一组文章。它从十个不同的角度观照这条改革开放的南国大动脉，收到了一种深度报道的艺术效果。

语言是思想的外壳，是文化的载体。陈俊年通常用一些岭南方言真切地传达这一方水土的风土人情。在《"倾偈"≠"侃大山"》中，作者用近5000字的篇幅揭示作为岭南特有的"倾偈"一词的文化内涵，以一个词写一方人的思想观念和精神面貌，且写得如此丰富扎实，的确不多。而"煲电话粥""打的""买单""搞掂"等粤方言词也已随着岭南强劲的改革春风传遍大江南北，成为新时期家喻户晓的流行词汇。流行词汇往往是一个时代一个民族精神风貌的写照，负载着丰富的时代信息。正如陈氏文章中指出的那样，在人人自危的"文革"中，充斥人们视野的是一些"千万不要""打倒"等词句，只有在今天这样宽松、富裕的环境中，才会有人情味十足的标语口号。这一点，陈俊年是把握到点子上，故一而再、再而三地罗列这些方言词汇。

之三：文字七巧盘上显风流

炼字炼句是中国诗人的优良传统，为觅佳句而"捻断数根须"者在文化的长河中比比皆是。陈氏显然在乎此道。在他的压轴之作《家住天河》中，作者对"天河"二字的诗意解读，对广州不少新地名缺乏"含文量"的批评，足证作者对炼字的用心。毕竟，作家的思想感情只能通过文字来表达，时代的信息和文化的内涵也只能由文字来负载。

陈氏的文字很能抓住人。标题是文章的眼睛，陈氏文章的题目往往是"美目盼兮"，一下子抓住读者的阅读兴奋点。《当你还是一朵花》是老作家岑桑的成名作，打动了一代又一代的青少年读者，陈氏以"你还是一朵花"为题，唤起读者与岑桑的亲和感，同时与文中记述的岑桑对不知名的作者的热诚及他坦诚亲切的工作作风相得益彰。许实是"羊城晚报"的老总，"羊城晚霞"四字极其诗意地渲染了许实工作与人生的美丽，抓住了此文的精神内核。其他如"深圳初夜""会笑的红灯""故乡盛产诗歌"等，均是上乘的好题目。

文中有诗也是陈氏语言的明显特色。兹录一二与读者诸君共赏：

"漫漫漆黑中，最触目的当是远处那条边境线，明晃晃如一把长剑将河山劈成两片，铁丝网上的电灯俨然警醒不眠的眼睛，彻夜圆睁！那绵延数十里的灯串，我认定它不是深圳胸前美丽的项链，而是注释历史的一行闪着泪光的破折号……"

"无论早晚，无论是工作日，还是节假日，总是有少年在蓝天放飞理想，总是有青年在花丛中拥抱爱情，总是有老人在操场上舞练长寿……晨曦中，舞扇姑娘招来万道霞彩；月光下，击剑长者劈落满地星光。"

以诗为文使得陈氏散文含蓄凝练，可读耐读，提高了文章的艺术含量。

"幽默是智者的心灵微笑，是集智慧、思想、信念及风度于一瞬的粲然流露。"陈氏如此推崇幽默，显然这也是他的艺术追求。他的文章中常有"幽你一默"的场景。如果说《"样板"笑泪录》是沉重的黑色幽默，《专煲"电话粥"》中那个美丽的误会足让人开怀一笑。且看《会笑的红灯》这出轻喜剧：文章开头描述作者与妻子周末争相到幼儿园接女儿，"先睹为快"一语可让读者一乐。接着，当女儿见到父亲，故意演出跌跤戏时，有谁不为孩子那句撒娇的话暗暗叫好呢？而当作者由于陶醉于亲情而忘形，自行车前轮竟然"咬"住了民警的大头皮鞋时，我们忍不住哑然失笑了。接着民警罚站，让读者担心这一对可爱的父女会受到呵斥，但文章峰回路转，当民警把从"我"手中收缴的十元人民币转过身笑容可掬地递给孩子作为加菜费时，我们或许会像孩子一样嚷起来："好嘢!"一场日常生活"危机"消弭于无形，通篇流溢着人情人性之美。说到底，轻松的幽默只能发生于宽松的社会环境中。

在共和国50周年华诞的金秋岁月里，陈俊年也迎来收获的季节，他的散文新著《初夜》喜获广东"鲁迅文学奖"，这是广大读者对陈俊年散文创作的一种有力的肯定。我本人认为这实在是"实至名归",瓜熟蒂落。惭愧的是,由于本人对岭南作家群了解的肤浅,一直到《初夜》出版,我才开始品读陈氏的文字,一读之下,忍不住索要他的旧作,以图了解他的创作全貌,同时忍不住想说一说,因此不揣浅陋,写下上面这些琐碎的读后感,以就教于方家。岭南有优良的散文传统,汪洋恣肆的梁启超文本就曾经感动一个时代的人心,且继续惠泽后人。陈俊年正当创造力最旺盛、人生体验最丰富的生命年轮,我们有理由相信他会为读者端上更为上乘的"精神粤菜"。

2000 年元月 10 月初稿

2000 年元月 13 日二稿

(作者系广东高等教育出版社总编辑,著有《批评的实验》。)

向日葵一样的陈俊年先生

杨向群

在一个冬日周末的早晨，从键盘上敲出这样一个题目，我自己都觉得有些惊奇。但这种惊奇却又像此刻的阳光照进书房那样来得自然，让人不得不将写作进行到底。

其人

我对时间的记忆总是很模糊。说不出是哪一年，总之还是我在广州出版社工作的时候，在也是冬季的一次年度选题会上，第一次见到陈俊年先生。他是以省新闻出版局副局长的身份出席我们社的论证会的。他给我的第一印象是其貌不扬，但颇有个性，绝对的性情中人。因为一般的上级领导参加这种业务性很强的活动，多半只会讲一些套话，先肯定个一二三，再提两点希望，或者将他们近水楼台先得月的上级精神透露几许，是不会对具体的项目选题表示臧否的。可是陈俊年却热情有加地对当时的一套名为"西关古仔"的丛书表示了极大的兴趣，并进一步发表意见，认为岭南文化别具特色，很值得挖掘，图书出版在这一领域有很多事情可做，还列举了客家山歌、潮汕民居等等民俗文化现象。也许是我自己对这类选题的偏好，当时就觉得，嗯，这个领导不一般，还颇有文化。时隔一年后的又一次年度选题会，再一次验证了我的眼光。那一年我们社的选题上报省局以后，社长循例参加了省局的选题论证会。他一回来便绘声绘色地向我们描述说，陈俊年在听了我们社关于横排标点《康熙字典》的设想以后，不但表示了明确的赞同，还当场就开起了小差，情不自禁地在一张白纸上画起封面来。他的设计是用皇帝蟒袍上的龙鳞做底纹，墨色由下而上渐淡，再压上书名。社长将这一纸钢笔画的图样像宝物一样带了回来传阅，所以我曾有幸目睹。

后来听说他被派往清远挂职锻炼，就再也没见过，直到几年后我调到广东教育出版社工作。同一个大门进出上下班，才发现陈俊年永远一副笑模笑样，并且不是微微笑或眯眯笑，而是很开心很舒展的眉开眼笑那种，颇像小朋友笔下的向日葵。即便是目空一切的时候，也常常是这种表情。据说就这样，在他家还不算最好的笑容。再后来他做了广东省出版集团的董事长，有更多的机会聆听他的讲话，才又发现他不仅笑容灿烂，而且声若洪钟。往往是轻言细语开场，渐渐地抑扬顿挫，而必定过渡到慷慨激昂，就像既富诗意又有哲理的交响诗套曲，很有艺术效果。

其文

第一次读陈俊年先生的文章也记不起时间了，是在《羊城晚报》上，题为《警卫韶山的日子》，也许因为自己是湖南人，所以对其中的一个情节记得特别清楚。作者记叙了当年从军时的一段采访，据韶山的乡亲们回忆，毛主席1959年回故乡接见了邻里父老后说，手都握劳（累）哒。这是在别的回忆录中所没见过的一个富有人情味的生动细节。大约又过了两年以后，再在《羊城晚报》上读到他的长篇大作《南边的岸》，更给人以今时不同往日之感。这篇散文立意高远，溯古论今，纵横捭阖，温暖精妙而又气势恢弘。怪不得后来被《新华文摘》转载。于是忍不住斗胆向他讨书来看，虽然隔了大半年才讨得两本——散文集《初夜》和报告文学作品集《有龙则灵》——但还是异常地高兴。因为从他充满激情、带着温度和力度的文字里，我看出了他向日葵般的笑容源来有自。他是一个热爱自然，热爱社会，热爱人生，尤其热爱新鲜生活的人。正如饶芃子为其散文集《初夜》所作序言中所说："俊年是一个积极面对人生、对生活满怀爱心和信心的人，他的思想跟着时代的车轮前进，在前进中感受良多，他看到时代的变化，看到社会的进步，看到人们观念的更新……文必载情，是他思想和灵魂的外射。"他自己也说："我真诚而自觉地切入改革开放的现实生活，取小说的情节、诗歌的意境、杂文的思辨以及语言的幽默融为一体，求活泼生猛热辣，求可信可亲可读。"所以他要将第一次采访我国第一个经济特区深圳的经历和感受取名为《深圳初夜》，所以即便是误闯红灯挨了民警的训斥，也要写一篇"不笑也不行"的《会笑的红灯》，所以《潮声并非依旧》《异想果然天开》《浪花为你鼓掌》《温香弥漫的华章》《你还是一朵花》等等，都是一望可知因正面感受生活而充满了阳光味道的标题。不仅如此，我还从中"以小见大"，知道陈俊年先生演说时声若洪钟的底气和联欢会上颇有功力的猫步，除了源自他热情饱满的个性和正面贴近生活的态度，还由于他曾在部队扮演过《沙家浜》里的伤员小王和"匪兵丙"的人生历练。不看不知道，他还常常忙里偷闲地"悠然吹一曲口哨"呢。

其事

对于个人来说，仅仅 4 万来字的《谁动了我的奶酪》改变了我的两个方面的观念：第一，任何时候没有了奶酪，不要怪罪别人，自己找出路。第二，图书虽然是特殊商品，但并不比别种更尊贵，同样适用于"不管白猫黑猫，捉到老鼠就是好猫"的理论。关于这种认识的明确，则来自一次读书活动。2001年夏天，出版集团少有地发给我们每人一册"奶酪"书，还安排了专门的时间召开座谈会。时为董事长的陈俊年的主题发言的具体内容已经记不得，但效果是显而易见的。我个人的认识当然算不得什么，而作为理论联系实际的集体行动，董事长、总经理、社长、总编辑、美女记者一干精英则策划了后来畅销全国、远播海外的《健康忠告》。陈俊年先生不仅亲自操刀作序，还广泛联系同学战友，大力推销。接下来更有《非典型肺炎防治指南》《护士长日记》等等叫好又叫座的产品的适时炮制。至于陈董在非典时期冒着"敌人的炮火"率部前往火车站广场免费派书、急赴百里外的清远小山村送书之类的英勇事迹，却都是事后看报纸、电视才知道的。

仍然是读报，前不久获悉省新闻出版局在2003年底有一项新的改革措施，即将一系列印刷审批事权下放给各地市级新闻出版局。而从刚刚结束的高级职称评审委员会传出信息，我们广东教育出版社上报的五个正高因为硬件够硬，均获通过，突破了过去正高非得至少磨两年，一个单位至多不过批一两个的不成文规矩。我还注意到其公示布告中明白地写着，举报须具真实姓名，否则不予受理。虽然这些都不能说是新上任的陈俊年局长的个人所为，但我觉得一定与他有关，而且绝不仅仅是新官上任三把火那么简单。我确信是其人格性格使然。不信，读读他记录童年旧事的《采山稔》就能找到线索。

2004 年 2 月

（作者系广东教育出版社编审。）

花城情结

谢日新

"花城情结"这个词的版权属于陈俊年同志。他是从花城起步的最高级别的领导，现任广东省政协常委、政协提案委员会主任，曾任广东省出版集团董事长、广东省新闻出版局党组书记、局长，大家都叫他"陈局"。我也叫他陈局。

陈局曾是"陈社"，曾任花城出版社副总编辑、副社长、党委书记。

陈社曾是陈编辑、陈主任，曾是花城出版社旅游编辑室编辑、室主任。

我与陈局，共事的时间并不长，也就四年左右，以后都是受他领导。但这四年左右的时间里，有几件事给我留下很深的印象。

一是1981年他责任编辑的《客家情歌精选1900首》一

书，书上他写的"内容简介"就是一首客家山歌对唱：

> 女：客家情歌特有名，
> 　　条条情歌有妹名，
> 　　条条情歌有妹姓，
> 　　一条无妹唱唔成。
> 男：敢放白鸽敢响铃，
> 　　郎唱情歌敢大声，
> 　　哪个敢话唱唔得，
> 　　官司打到北京城。
> 合：客家情歌远传扬，
> 　　条条唱出情意长，
> 　　句句唱出郎心事，
> 　　声声唱出妹心肠。

　　当时我觉得奇怪，"内容简介"怎么可以这样写。后来我认真想了想，在乍暖还寒的年头，要想向读者介绍客家山歌的特点及其出版意图，实在想不出比这更好更恰当的文字与形式。因而，时至今日，这几句精彩对唱，已成为许多山歌晚会的经典开场。

　　二是仍在乍暖还寒中，他主持编辑了台湾柏杨先生《丑陋的中国人》，这本近乎原版的书当时给花城带来很好的经济效益和影响。我之所以说影响，是因为当年出版这本书，要担很大的风险，此书当时也确实惹了不小的风波，他在检讨会上作检讨、受批判。此书在国人正确审视自己，推动思想解放、观念更新方面，几十年来，能与之相比的不是没有，但肯定不多。前不久，媒体庆祝改革开放30年评出30本好书，其中就选了《丑》书。

三是我社有一位编辑叫曾定夷的，英年早逝，陈局作为花城的党委书记致悼词。那悼词完全不是虚应故事的官样文章，而是出自肺腑，自心中哀然流出。似伯牙毁琴、杜鹃啼血，动情处乃至哽咽失声，这是我见到过的最情真意切的悼词。曾定夷同志如泉下有知，应该引以为知音吧。

陈局还是很有成就的作家，曾任广东作协副主席。他创作上的成就，主要在散文和诗歌方面，我认为。

我曾读到他的散文《北京，我对你说点别的》，把北京人格化了。就像跟一个相知多年的老朋友在促膝谈心，善意地指出他的缺点。读他的《仰望阳山》，我想不到一位下去挂职的领导，居然对挂职所在地的贫困山区有如此深厚的感情，这不是镀金，是把这里当作立命之地和精神家园，是对"三农"的伟大奉献及现实负重而倾注深深的关切与感恩，是与这一方土地和人民水乳交融后发自内心的崇敬呼唤。

我曾读到他的诗歌，"多思缘于情深/忧患出自厚爱/只要春风/传送真话/即便坏消息/又有什么关系"，曾暗暗祈祷，愿每一个手握大权的领导，都能有这样的气度；我读到他写一位把春节"流失在流水线上"的打工妹的诗,"跑去镇上的邮局/给母亲汇上 100 元",然后抒发他的感情:"1 是一年的思念/0 是汗珠/0 是泪珠/合起来是 100 个祝福。"此诗写于 1990 年春节前夕。窃以为这是描述打工妹的最好的诗歌,也曾暗暗祈祷,愿每一个身居高位的官员,都能有这样的情怀。

这样的好诗,不用刻意去记,我读一遍就能背出来,这也是我判断一首好诗的标准之一。

这样的情怀,陈局给取了个名字,叫"百姓情怀",这个词的版权也属于他。

陈局曾评价过一位省部级领导,说他具有高官远见、学者卓识和百姓情怀。我认为,这三者,陈局都兼而有之,他也是夫子。

我这里不说前面两点,只说这百姓情怀。因为,我认为,当今社会,最缺少的就是这百姓情怀,而百姓们最需要的就是为官者的百姓情怀。

写到这里,我灵光一闪,有一种顿悟的感觉,陈局的花城情结,不就是一种百姓情怀吗?

陈局调离花城后,一路高升。但不管他升到哪里,始终记得花城,记得花城人。

他自己也始终是个花城人。

他以花城之喜为喜,以花城之忧为忧,甚至可以说,他是先花城之忧而忧,后花城之喜而喜。

花城订货会有了好成绩，花城的书，花城的人得了奖，花城出了什么好书，他比自己中了大奖还高兴。这样的例子实在太多，每一个花城人，都可以随举几例，我就不多说了。

1995年，我得了一个省奖，虽然名不副实，他第一个打电话祝贺我，高兴之情，溢于言表，那是装不出来的。

花城及花城人有什么困难，他总是全力解决。那年，花城天河宿舍连连失窃，人心惶惶，商量雇请保安，需启动经费。陈局摸了底后，立即批了5000元。连一向不太善于揄扬他人的老杨（杨光治），都感动得逢人说项。

花城的普通员工，编辑、校对、技编、司机、门卫及至清洁工，都与陈局保持着很好的朋友关系。司机老朱，技编易平，在我面前，不知说了陈局多少好。

一个领导，上面说好不见得真好，普通百姓说好才是真的好。

一个官员，要是只有官场朋友，而没有百姓朋友，那一定不是好官员。

陈局为花城喜的时候多，忧的时候也多。

那年，是我社的多事之秋。先是《山魈》，接着《花都》，后来又是我的《少年冷血》。

《少年冷血》本是几年前的书。那年一个无业游民在市场上买到。发现破绽后找上门来，要求私了。陈局知道后，以他的政治智慧和担当，主动及时向署领导报告请示，化解了这场危机，保住了我，也保住了花城出版社。（事情的经过太复杂，这里不详说。）大恩不言谢，我只有永远记住这天高地厚般的恩情。

更令我感动的是，那年陈局在清远挂职，邀十几位出版界的编辑记者去清远采风。我去了，老莫（莫少云）、老杨（杨光治）也去了。而我们三个，是刚出过事的责任人。我理解陈局的好意和一片苦心，那是对我们这些犯错者的抚慰啊。

到了清远，细心的陈局见苏晨同志年纪大了，怕他走山路有什么闪失，叮嘱我一定要跟在苏晨同志旁边。这事我一直没跟老苏透露，老苏一直不知道。

2009 年 3 月 25 日

（作者系编审，曾任花城出版社副社长、《随笔》主编，著有《唐诗三百首评析》《真假鲤鱼精的故事》《真假驸马的故事》《真假太监的故事》，合作电视剧《古国悲风》《河畔人家》。）

激情燃烧与理性观照

——读陈俊年散文《南边的岸》

李一安

读罢《南边的岸》，不禁大吃一惊，我南下广东十年，日日工作生活在海边江畔，十年来关于海，关于江，关于河，关于澳，关于湾仔的种种猜测联想与自我诠释，竟在瞬间被一条"岸"所激活，眼前顿时一亮，思路豁然开朗，不由得拍案叫绝。难怪新年伊始，广东文学界的朋友都纷纷传阅《南边的岸》；难怪《新华文摘》要全文转载洋洋洒洒四千字的《南边的岸》；也难怪中共中央政治局委员、中共广东省委书记张德江在百忙之中专门拨冗阅读并作出批示高度评价《南边的岸》。

寻常的水乡景致，日日呈现在人们眼前的逶迤的江岸，经作者激情燃烧的歌赞和诗意盎然的描摹再升华出闪现着理性光辉的烛照，竟使那水那岸有了灵气，有了动感，有了人格，有了从时间到空间，从偶然到必然的关于历史与现实的深刻反省和感悟。

作品开宗明义，从地名入手，寥寥数笔勾勒出广东水乡泽国的地理特征。随即笔锋一沉，切入人文层面，"史作基石，构成这一条条南边的岸"，用简约而凝重的笔法，线性地概述了从南越王赵佗、康梁维新变法、孙中山"联俄、联共、扶助农工"直至周恩来东征北伐的一幕幕历史活剧。20世纪20年代，东西南北中，革命到广东，一大批有志于改造中国与世界的热血青年潮水般地涌向南边的岸，掀起了"史海钩沉的裂岸惊涛，飞溅着弥漫南天的荣辱悲欢"。"南边的岸，一直承受着历史之重。"

历史的抑郁映衬着今天的阳光和欢笑。20世纪80年代始，东西南北中，发财到广东，一大批有识之士又像潮水一样涌向得改革开放风气之先的"南边的岸"。"随着长河涌动新潮，岸也变成新诗行了"，作者欣喜地看到深圳"踮脚的浪花正从天边朝她簇拥而至"，接着又在珠海"一脚闯进了青春前线"，而番禺的蔗林蕉树直如"一望无际的甜海蜜浪"，虎门大桥就像一把硕大的竖琴"鸣奏着虎啸龙吟般的世纪交响乐"。作者家乡的一河两岸，"一举拆除了落后与丑陋"；作者曾经挂职的贫困山区清远也沧桑巨变，"江风送来清香溢远的清远气息"。梅州的新貌糅合着传统的菁华，"梅江之夜升腾着一股子文化韵律，满天星星都是山歌拨亮的音符"。而"江是珍珠江，堤是翡翠堤"的广州，则"抒写着南国大都市的现代美、神奇美"。

作品就这样高歌猛进，如滔滔江水一泻千里，尽情挥洒着骄傲与自豪，强烈地感染着读者的情绪，震撼着读者的心灵。接着作者乘势借水喻情，以岸写人，自然烘托出"广东人开放包容的情怀"，他们如"满腹力量，却悄然涌动"的珠江水一样，谦逊务实，不事张扬，无私奉献，又欣然接纳一切新生事物，作品满怀热忱地讴歌了生活在南边岸上英雄的广东人民。与此同时，作者更上层楼，轻点笔锋，高屋建瓴地把江山锦绣、人民豪迈归依为邓小平理论与"三个代表"重要思想的光辉指引；而邓小平理论又恰好在"南边的岸"首先付诸实践，"三个代表"重要思想的完整表述也正是发轫于珠江岸边。

至此，"南边的岸"形象生动，鲜活可亲，生存哲理孕育其间，血肉一团，丰盈充沛，浑然天成，作品似可戛然而止，绝对功德圆满了，孰料作者又抖神来之笔，出奇制胜，运用魔幻现实主义的笔法，"迷迷蒙蒙中，分明见冼星海泪流满面，大汗淋漓"，"这位写下了不朽的《黄河大合唱》的珠江之子"，正"振奋双臂，指挥着当前的珠江大合唱"！好一个"豹尾"，勾画出一幅壮观的场景，奏响了"发展才是硬道理"的交响曲，这，就是时代的最强音！

综观全文，作者面对如潮扑面的大好局势，喜上眉梢，喜不自禁，不由得神采飞扬，诗兴勃发，激情迸射，豪气干云，大有手舞足蹈之势。作者以高度的自觉性热烈地展现出诗人的浪漫，作家的激情，学者的缜密，共产党人高度的政治责任心和历史使命感，以及一个领导干部理性的观照与全局在胸的恢宏气度。

《南边的岸》无疑是一篇盛世之作，是当代广东文坛浪漫主义与现实主义相融合的经典作品，我们有理由相信，在时代的感召下，善于正面贴近生活的陈俊年先生，必将佳作迭出，为构建广东文化大省而倾情倾力。

2004 年 8 月 19 日

（作者系编审，中国作家协会会员，珠海市文艺批评家协会副主席，珠海市作协主席团成员。）

地理文化的写意力作

黄治中

陈俊年的散文力作《南边的岸》（以下简称《岸》），首发于 2003 年 3 月《羊城晚报》，同年 9 月《新华文摘》全文转载，后入选《广东九章》等多种文化或文学选本，并被多地教研、考试部门用作中高考语文阅读测试题选文。

有岸必有水。《岸》从广东的地名涉水，起笔奇特，开篇就非常精彩。

　　一连串地级市，如湛江、阳江、珠海、云浮、江门、清远、河源、汕尾、汕头、潮州，无不在水一方，带水成名。广州、惠州、梅州，名字里貌似缺水，事实上，珠江、东江、梅江，恰恰浓缩如"州"字中间的三江成"川"，一一穿城而过。肇庆有西江，韶关有北江，揭阳有榕江，中山有岐江，佛山有汾江，东莞有小运河，茂名有小东江……岭海之间，如此无水不成市的浩浩"威水"，足令曹雪芹将其传世名言改写成：城市是水做的。至于"深圳"，客家话的原意便是"水深的小河"，那是祖国流向香港的一脉血管。何况深圳湾连着太平洋，踮脚的浪花正从天边朝她簇拥而至。

罗列地名难免枯燥，但这段文字读来意趣横生。奥妙在于分类和点睛。第一类带水的十个地名，以"无不在水一方，带水成名"概括，一语中的。第二类三个地名看似缺水，作者却出人预料地拆解"州"字，演绎成"三江成川"，自然贴切。第三类七个地名，本属无水可沾，作者便将地名和江河并举，无水之名也风生水起。最后，将"深圳"这个名字的原意和蕴意融合，揭示岭海之间水的态势和魅力。广东21个地级以上市名称无一遗漏，全被水岸滋养，这是独特的发现，首创的表达。

"有水就有岸，有岸就有史。史作基石，构筑成这一条条南边的岸，漫长而悠久。"作者顺历史之岸而下，从赵佗、韩愈、苏东坡、包宰相、文天祥、宋帝昺到林则徐、丘逢甲、康梁及至彭湃、朱德、周恩来、毛泽东、孙中山、蒋介石，史海钩沉，写尽"弥漫南天的荣辱悲欢"，全程勾勒岸所承受的人文之重。

如果说《岸》至此采用的是全景式的大写意手法，那么，转入广东巨变的抒写后，则以小写意为主大写意为辅，"大小"行文如江流。

在主体部分，《岸》先再次大写意勾画深圳、珠海、南沙、东莞及作者出生地和平县等地的水岸风貌，然后以小写意手法为主描绘清远、梅州和广州的江岸景致。

清远是作者曾挂职两年的地方。《岸》从北江淫威，清远饱受水患写起，写抗洪救灾后，着重描述了今日市民在临江舞池翩翩夜舞的情景，带出夜江垂钓和夜泳抱月的惬意，展现"原生态，现代风，人文野趣，浑然生辉"的北江之岸。

作者祖籍在梅州，自然要浓墨一番。梅江之岸，是歌潮之岸。从革命歌曲到流行歌曲，再到"把山歌唱成主旋律"，"五句板"、"尾驳尾"、客家情歌及至长篇叙事山歌的绵绵吟唱，此起彼伏，高潮迭起，让"梅江之夜升腾着一股子文化韵律，满天星星都是山歌拨亮的音符"。

"如果说，广东众多的水岸构成了一首雄浑的交响诗的话，那么，流经广州的珠江河段，便是它最亮丽、最迷人的'诗眼'了。"作者沿江漫步，目及满河的流光溢彩，联想十里长堤的历历史迹，深深领悟了江水予人以思想的滋润与启迪，也直抒岸美不足的感叹与建言。

这里有三个细节穿插得水乳交融，不能不特别点赞。一是邓小平"画了一个圈"和"写下诗篇"这两大重要事件以及"三个代表"重要思想公开完整表述，都率先发生在珠江两岸，揭示出改革开放潮起珠江的客观史实。二是将没有统一的发源地和有八个入海口的珠江网状复合水系特征与广东人开放包容和务实灵动的情怀睿智相融汇，解悟自然水土孕育文化个性的内在机理。三是雨夜路过二沙岛，猛见冼星海塑像昂然挺立在风雨之中。"真是神奇之遇。想不到这位写下不朽的《黄河大合唱》的珠江之子，竟在此时此岸，仍又振奋双臂，指挥着当前的珠江大合唱！"这一特写镜头，将《岸》的主旨再次掘进至历史的纵深处。

从清远北江两岸的舞到梅州梅江两岸的歌，再到广州珠江两岸交响诗的华丽乐章，作者大笔淋漓的写意，如同国画的浓墨重彩，富有感染力，足见作者善于挖掘、发现、咀嚼和化用，以思想之魂创作美文的功力。

活水伴我在《岸》边沉思，一种气象弥漫心中：大气恢宏，纵横恣肆，凝练酣畅，一如珠江漫流，这就是《岸》的亮色。

联想陈俊年在上个世纪80年代中期发表的系列散文《乔迁时代》《广深走笔》（各10篇）和他挂职时写的《仰望阳山》等力作，我无法不承认，陈俊年是擅于从地理维度切入，敏于捕捉自然与人文的细微，进而深耕宏大叙事的高手。

2020 年 7 月

（作者系《广东教育》杂志社原总编辑，著有诗集《栖居的芦苇》。）

"余热自暖"更暖人

宋晓琪

陈俊年爱笑。笑起来时，花白的头发衬托线条柔和的圆脸，镜片后的眼神满是真诚，如春光灿灿，暖意融融。

正式办理退休手续的那天下午，单位开了个欢送会，同事们舍不得这位笑容可掬、疼惜下属的专家型领导，有人说："陈局，您今后多回来发挥余热啊！"陈俊年乐了，他想的是：余热自暖。退了退了，不要轻易麻烦组织，打扰同事，余下的热量，首先要自暖，关键要暖心，做到自爱自娱，把心态调整好，把余生安排好。在这个基础上，暖人暖家暖社会。

当天傍晚，陈俊年和妻子去散步，手拉着手。想起谈恋爱那个纯真年代，没到拿结婚证那一刻，他都没敢造次去握恋人温软的玉手。他又笑了，掏心掏肺地说："从今天起，就当是茶凉了，我又成为参军前那个和平县的山沟娃，谁也不认识我。忙忙碌碌几十年，现在回归家庭港湾啰！"那一夜，他睡得很踏实。

初次见面的人，或许想不到这位古稀长者有着那么丰富的人生阅历，既是知名作家、出版家，又曾先后担任广东省新闻出版局局长、党组书记，省政协提案委主任，省参事室参事。多年来他总能将数个身份融于一体，协调互补，相得益彰。他写出了《深圳的第一夜》《乔迁时代》《广深走笔》《南边的岸》等带来轰动效应的系列散文和报告文学，用文字记录改革开放中的新人新事新观念，曾由此推动了上世纪80年代后期广州新行业——搬家公司的崛起；走上领导岗位后，他以敏锐的视角、开拓的精神，策划实施了不少出版业界颇具影响力的改革举措、系列活动，其中一年一度的"南国书香节"，促进了各省区的好书大传播、文化大交流，使"书香"傲对"铜臭"，有了自己的节日，无声地宣告广州不仅有茶香果香粤菜香，还有富含岭南文化底蕴的笔墨书香……如今，南国书香节已经成为享誉全国的广东文化品牌。

退休还家，陈俊年自卸光环，笑言："山沟娃有今天，知足了。"不再是文化官员，但文化人的身份不变。他要求自己有感而发，不硬写，不来虚的，坦荡说话，豁达行路。

2015年，在做了一届省参事室参事期满后，66岁的陈俊年开始了真正意义上的余热自暖——

退休后的夫妻二人世界，陈俊年很享受。他天天去市场买菜，还会做一手地道的客家菜。只是随着年龄增长，他的视网膜色素变性症状加重，视力明显下降，妻子坚决把采购权收回去了，厨房里的活儿也不让他沾手，把他照顾得好好的。"我视力不好，她关照我多。每天散步或出外，她总拖着我的手，看上去很恩爱。"——实际上确实恩爱。陈俊年言及此处暂停两秒，笑意盈盈。他的幽默不张扬，是浸润式的："我封了她一个两院院士称号：操心三个外孙，探望九旬老母，幼儿园和养老院的活都干了。她又是个追求完美的人，忙死了。"言语中透着心疼和感激。

女儿家和他们同住一个小区，真正是传说中的"一碗汤"距离。黄昏时候，全家老小齐齐围着餐桌共享家常便饭，平静中便有无言的温馨。何况陈俊年的口才与笑容一样出色，肚子里故事又多，和同是学美术的女儿女婿相谈甚欢。在女儿心里老爸就是一棵大树，遮风挡雨靠得住。晚上两个外孙女打架了，女儿也要微信向老爸倾诉，老爸一如既往地淡定回复："正常。性格表现，适当引导……"

要暖人，先自暖。陈俊年看似睡到自然醒、自在随性的生活很有温度。因为眼疾，他几乎不看电视。眼疾造成夜盲，晚上出门他须得有人陪伴。但他不为眼疾所困，笑容温暖依旧。部队战友会面，他到场；作家老友相聚，他参加。除了写作，他还倾情投入书法、绘画，有时饭菜上桌了还放不下笔。作品拿出来，妻子和女儿都说想不到啊！当然，是想不到的好。而这些年他的两个"大手笔"，则有更深的文化意蕴，是造福社会和百姓之举——

一是对中国大陆南极村的构想和追寻。2012 年秋，陈俊年随省政协考察团去黑龙江漠河，发现漠河因命名为"中国北极村"而声名大振。由此他想："中国大陆南极村"在哪儿呢？必定在广东。找，找到她！让她和北极村南北遥望，成为旅游胜地中的"姐妹花"，成为生态环境展示和爱国主义教育的生动教材，也可以带动当地的经济快速发展。

陈俊年查地理位置，阅相关史籍，好一阵寻找，确定雷州半岛的徐闻角尾乡就是中国大陆最南端的顶点！他兴奋莫名地踏上了实地考察之路。整整两天，他走遍角尾乡，看人文古迹，闻渔家风俗，赏珊瑚建筑，搭餐渔民家，和村民座谈，还特地拜访当年护送解放军渡海解放海南的老船工。当晚枕着海涛入眠，黎明体验踏浪"赶海"……

考察归来，收获颇丰！陈俊年奋笔疾书，先写参事建议，送省政府、湛江市及徐闻县，各级领导均作了批示。然后他又创作了报告文学《徐闻角尾：大陆之角，神州之尾——中国大陆南极村考察报告》，刊于《羊城晚报》，"南极村"一时间美名飞扬，人们从四面八方蜂拥而去。

角尾成了网红之地，陈俊年也成为"南极村"第一号"荣誉村民"，当地政府还给他颁发了证书。一位村民当上民宿老板后生意兴隆，虽与陈俊年素未谋面，却执意寄来雷州特产菠萝、芒果，以表感激之情……

二是热心故乡客家文化的挖掘与传播。陈俊年离别和平县多年，如今有闲重返故土、重访自己度过了青少年时期的那片山区，内心的原乡情结更浓。这位客家之子透过山水溯历史之源，寻文化之根，彭寨镇墩头村尤其令他震撼。数百年来，这里形成了极富特色的纺织文化与耕读文化，代代传承，至今不衰。当地所产的棉纺织印染布料厚密有度、耐磨实用，其清新、柔和、纯粹的蓝色因而被冠名"墩头蓝"，遐迩闻名。

陈俊年徜徉古村道，探访村民，遍查资料，写下《墩头有镜照古今》一文，刊于2019年《岭南文史》第二期，反响热烈，也引起当地政府的进一步重视。墩头村被评为广东省古村落（第五批），墩头蓝纺织技艺也被列入广东省非物质文化遗产。陈俊年提起故乡的文化和变化，笑得眼睛都眯了。

最近，陈俊年的诗集《南风的祝福》和散文集《南边的岸》即将付梓，书中的作品大多是他退休后撰写的。他回故乡，胸中诗意盎然，笔下的山村灵动鲜活："脱贫的山村/穿得很紧身/月夜，欢聚晒谷场/曝晒健身舞/舞曲遒劲/振奋留守的心/连同全村狗狗/舞成青春方阵……"疫情突袭，他夜不能寐，满怀敬意写道："南山/不只是一个人/南山/不仅是一座山/南山是科学/南山是良心/南山是福安康寿/南山是敬天爱人……"

散文集中的主打篇《南边的岸》是陈俊年的代表作，着眼于宏观地看广东，他悟出"有水就有岸，有岸就有史"。

他的目光沿着广东境内在全国排名第一长的海岸线，跟随一场场历史风云和一个个历史人物，在笔下展现时空的纵深穿越、广东的巨变，以及未来的趋势，有思想，有哲理，有文采。四千多字的散文字字珠玑，《羊城晚报》原文照登，后被《新华文摘》全文转载。

我们有足够的理由期待这两部书问世，相信那将是对陈俊年余热自暖更暖人的具体诠释。作品中闪烁的人性之光、智慧之光、文学之光，定能暖家人，暖亲友，暖读者，成为羊城之春的一抹暖色。

这样的长者，未把幸福挂在嘴边，却知福惜福。陈俊年对幸福的独特解读是：幸福，辛苦，两词音谐，含义似乎风马牛不相及。可不辛苦哪来幸福，得幸福必经辛苦。于是二者合一，又在情理中了。

难怪陈俊年爱笑，笑容暖如春风，笑声好似祝福。

2021 年 9 月 16 日

（作者系中国作家协会会员，一级作家，资深电视人。）